RACHESCHWUR

Sylt-Thriller

von Simon Bassner

Über das Buch:

Es ist ein grausiger Anblick, der sich den Menschen in Westerland an einem nebligen Oktobermorgen bietet: Auf dem Friedhof der Heimatlosen liegen die Leichen von drei Frauen, gefoltert, verstümmelt und vom Täter makaber zur Schau gestellt.
Fieberhaft ermittelt Thomas Eiderhoff vom LKA Schleswig-Holstein zusammen mit seinem Team. Die Zeit drängt, denn es ist nicht der erste Mord dieser Art, der Sylt erschüttert hat. Und wenn es Eiderhoff nicht gelingt, den brutalen Killer auf seinem Rachefeldzug zu stoppen, ist es nur eine Frage der Zeit, bis er wieder zuschlägt ...

RACHESCHWUR

Sylt-Thriller

von Simon Bassner

CreateSpace
4900 LaCross Road
North Charleston, SC 29406
USA

ISBN: 978- 1-519491-63-3

www.createspace.com

Prolog

„Ich habe wirklich keine Ahnung, wovon Sie reden. Das muss ein Irrtum sein! Bestimmt verwechseln Sie mich mit irgendjemandem."

Sören Jacobs bemühte sich, seiner Stimme einen ruhigen, souveränen Klang zu geben, aber es gelang ihm nicht. Jedem Wort hörte man die Angst an, die ihn fest in ihrem eisernen Griff hatte.

Hinter ihm ertönte ein abfälliges, schnaubendes Lachen.

„Du weißt genau, worum es geht. Ich will einen Namen!"

„Nein, wirklich, ich weiß nichts. Bitte glauben Sie mir!"

Jacobs rutschte verzweifelt auf dem Stuhl herum, auf dem er saß. Die Fesseln, mit denen seine Handgelenke an den Armlehnen des Stuhls fixiert waren, schnitten schmerzhaft in seine Haut, und bei jedem Atemzug verursachte der Staubgeruch des Stoffbeutels, dem man ihm über den Kopf gezogen hatte, ein unangenehmes Kratzen in seiner Kehle. Zudem lag ein penetranter Geruch nach Schweiß in der abgestandenen Luft, der eine leichte Übelkeit in ihm aufsteigen ließ.

Die ganze Situation erinnerte ihn an einen schlechten Mafia-Film, von denen er schon Dutzende gesehen hatte. Es war absurd. Am Anfang hatte er noch gedacht, dass sich jemand einen schlechten Scherz mit ihm erlaubte.

Einen verdammt schlechten Scherz.

Er schwitzte. Deutlich spürte er, wie dicke Schweißtropfen über sein Gesicht und seinen Nacken rannen. Der Stoff seines dünnen Hemdes klebte unangenehm auf seiner Haut.

Draußen war schönstes Frühlingswetter. Die Jacht schaukelte sanft auf den Wellen hin und her.

Oben an Deck könnte man es sich richtig gutgehen lassen, ging es ihm absurderweise durch den Kopf. Man könnte die Sonne genießen, das Glitzern der Strahlen auf dem blauen Meer. Doch hier unten in der Kajüte war es stickig und beinahe unerträglich heiß.

„Ich will einen Namen!“, wiederholte die Stimme scharf.

Jacobs schluckte schwer.

„Bitte, Sie müssen mir glauben. Ich kann Ihnen nichts sagen, ich ...“

Weiter kam er nicht. Der Schmerz zuckte wie ein Blitzschlag durch seinen ganzen Körper, als die Drahtschlinge um seinen Hals noch ein Stück weiter zugezogen wurde. In seiner Panik, keine Luft mehr zu bekommen, riss Jacobs instinktiv die Arme nach oben, um an seinen Hals zu greifen, doch die Fesseln an seinen Handgelenken saßen genau so fest wie die an seinen Fußgelenken.

Er röchelte. Sein Kopf fühlte sich an, als könnte er jeden Moment zerplatzen. Er versuchte verzweifelt, etwas zu sagen, aber alles, was aus seiner Kehle drang, war ein erstickter Laut.

Obwohl es nur Sekunden gedauert haben konnte, kam es ihm wie eine halbe Ewigkeit vor, bis der Druck endlich wieder etwas gelockert wurde. Mit weit geöffnetem Mund schnappte er nach Luft.

Inzwischen war ihm der Ernst der Lage mehr als deutlich bewusst geworden. Hier ging es um nichts anderes mehr als um das nackte Überleben.

„Sag mir endlich den Namen, dann setzte ich dem Ganzen ein Ende."

Die Stimme war jetzt nur noch ein Flüstern, nur ein paar Zentimeter von seinem Ohr entfernt, und das versetzte Jacobs noch mehr in Angst und Schrecken als ein Schreien oder lautes Drohen.

Er öffnete den Mund, versuchte etwas zu sagen, doch er brachte keinen Ton hervor.

Wieder verstärkte sich der Druck um seinen Hals. Gnadenlos zog sich der Draht zusammen und schnitt sich tief in die weiche Haut.

„Nein!", stieß er würgend hervor. „Bitte, hören Sie auf! Ich sage Ihnen alles!"

Donnerstag, 22. Oktober 2015

Die Straßen von Westerland wirkten wie ausgestorben. Nur hin und wieder waren die Scheinwerfer eines Autos zu sehen, die scharf abgegrenzte Lichtkegel in den dichten Nebel schnitten. Hauptsächlich gehörten sie Lieferanten, die die Geschäfte in der Fußgängerzone mit Waren versorgten oder den naheliegenden Hotels Nachschub zur Rundumversorgung ihrer Gäste brachten. Auch ein paar frühe Touristen waren sicherlich dabei, die ihre Heimreise antraten und Sylt mit einem der ersten Autozüge verlassen wollten.

Beladen mit seiner Fotoausrüstung stapfte Hannes Wittmann die Käpt'n-Christiansen-Straße hinunter. Ein zufriedenes Lächeln umspielte seine Mundwinkel.

Schon als früh er am Morgen aufgewacht war, aus dem Fenster seines kleinen Apartments am Rand von Westerland geblickt und dabei die Nebelschwaden entdeckt hatte, die zwischen den Häusern eingekesselt lagen, war ihm klar gewesen, dass dieser Tag für sein Vorhaben ideal war. Es war ungewöhnlich windstill, sodass wohl erst die Sonne im Lauf des Vormittags langsam den Nebel vertreiben würde. Und die Zeit bis dahin wollte er nutzen.

Nachdem er vor einem halben Jahr in den Ruhestand gegangen war, hatte er sich vorgenommen, sich ganz seinem Hobby zu widmen. In den vielen Jahren, in denen er bei einer großen Versicherung gearbeitet hatte, war es immer viel zu kurz gekommen, doch jetzt hatte er endlich die Zeit dafür: Er liebte das Fotografieren. Vor allem liebte er es, gewöhnliche Orte in ungewöhnlichen Situationen oder aus besonderen Perspektiven zu zeigen.

So gewöhnlich war der Ort allerdings nicht, zu dem er jetzt unterwegs war. Er wollte eine Serie von Bildern vom Friedhof der Heimatlosen machen, der in Westerland ganz in der Nähe der Strandpromenade lag. Hier ruhten zahlreiche unbekannte Tote, die bis zum Anfang des zwanzigsten Jahrhunderts an den Sylter Stränden angespült wurden und – bis auf eine Ausnahme – nicht identifiziert werden konnten.

Tagsüber war der Ort relativ unspektakulär: Vier Reihen schlichter Holzkreuze, auf denen die Fundorte und -daten der Toten angegeben waren, unterbrochen durch schmale Rasenstreifen und Beete mit niedrigen Rosen, dazwischen gepflasterte Wege. Eingerahmt wurde die kleine Freifläche von Wohnhäusern und einem modernen Kirchengebäude. Bei Tageslicht war vermutlich jeder andere Friedhof sehenswerter.

Aber seine Fotos würden das ändern, dachte Hannes voller Vorfreude. Im dämmrigen Licht der ersten Sonnenstrahlen, die den Nebel durchdrangen, würde sich eine gruselig-schöne Atmosphäre entfalten, die er unbedingt einfangen und für die Nachwelt festhalten wollte. Er war stolz darauf, dass es ihm immer wieder gelang, mit seiner Kamera Motive aus Perspektiven zu sehen, die andere Menschen nie entdecken würden.

Wenn die Bilder tatsächlich so gut gelangen, wie er sich das vorstellte, würden sie einer der Höhepunkte seines Bildbandes über Sylt werden, den er schon seit einiger Zeit plante.

Prüfend blickte Hannes zum Himmel. Noch war von der Morgendämmerung nichts zu entdecken. Er hatte also genug Zeit, in Ruhe nach geeigneten Kameraeinstellungen zu suchen.

Er klemmte sich sein dreibeiniges Stativ unter den Arm, um die weiße Holzpforte zu öffnen, in die in altmodisch wirkenden Buchstaben der offizielle Name des Friedhofs, *Heimatstätte für Heimatlose*, geschnitzt war. Sorgsam balancierte er seine große Fototasche und das unhandliche Stativ hindurch, dann ließ er die Tür hinter sich zufallen.

Auf dem Friedhof konnte er noch weniger sehen als vorher auf der Straße, auf der die Straßenlaternen immerhin Anhaltspunkte für seinen Weg gebildet hatten. Er kramte die große Taschenlampe aus seiner Tasche und schaltete sie ein, doch der Nebel reflektierte das Licht sofort, wodurch er nur umso undurchdringlicher wirkte.

Hannes schüttelte den Kopf und schaltete die Lampe wieder aus. Er würde seine Kamera wohl ohne zusätzliches Licht in Stellung bringen müssen.

Zur Probe hielt er sich den Apparat vor das Gesicht, blickte durch den Sucher – dabei das Display zu benutzen, verabscheute er zutiefst – und drückte auf den Auslöser. Erst dann klappte er das Display auf, um das Ergebnis zu kontrollieren.

Es war, wie er befürchtet hatte: Außer einer weißen Nebelwand war nichts zu sehen.

Als Nächstes stellte er den Blitz auf Infrarot um und probierte es wieder. Diesmal war das Ergebnis schon wesentlich besser: Schemenhaft waren die Holzkreuze zu erkennen, umrahmt und teilweise verdeckt von gespenstisch wirkenden Nebelschwaden.

Hannes nickte zufrieden. Das war schon mal ein guter Anfang. Er würde natürlich noch ein bisschen an der Belichtungszeit feilen und die richtige Perspektive finden müssen. Wenn dann noch das erste Tageslicht dazukäme, könnten das sensationelle Bilder werden.

Er wollte gerade das Display wieder zuklappen und sich ans Werk machen, als ihm ein Schatten an der Unterkante des Bildes auffiel.

„Seltsam", murmelte er leise vor sich hin. Er war am Tag zuvor auf dem Friedhof gewesen und hatte sich jeden Winkel in Ruhe angesehen, hatte sich die Gegebenheiten genau eingeprägt, um sich auch im Dunkeln zurechtzufinden. Aber er konnte sich nicht erklären, was diesen Schatten auf dem Foto ausgelöst haben konnte. Es sah fast wie ein Fuß aus.

Er blickte in die Richtung, in der das seltsame Objekt sich befinden musste, doch in der Dunkelheit war nichts zu erkennen. Seufzend steckte er seine Kamera in die Tasche, holte die Taschenlampe hervor und schaltete sie ein.

Langsam und vorsichtig ging er auf die Stelle zu. Der Nebel war immer noch so dicht, dass er nur den Boden beleuchten konnte, der sich direkt vor seinen Füßen befand.

Mit jedem Schritt wurde das mulmige Gefühl, das ihn beim Anblick des dunklen Schattens auf seinem Foto ergriffen hatte, stärker. Mit einem Mal verfluchte er den Nebel und die Dunkelheit. Wäre er doch wie die anderen

Touristen erst nach Sonnenaufgang hergekommen. Dann hätte er sich die ganze Aufregung ersparen können.

„Aber wahrscheinlich ist es sowieso nichts“, versuchte er sich selbst Mut zu machen. Wahrscheinlich hatte er sich so in die Atmosphäre des Friedhofs hineingesteigert, die er ablichten wollte, dass er jetzt schon Gespenster sah. „Da ist nichts, absolut nichts“, sagte er energisch.

Trotzdem wurde er das merkwürdige, ungute Gefühl nicht los, als er weiter auf die hintere Grabreihe zuging.

Als der Lichtstrahl seiner Taschenlampe plötzlich etwas Dunkles erfasste, blieb er abrupt stehen. Er schluckte schwer, sein Atem kam stoßweise.

Es war tatsächlich ein Fuß, der in einem schwarzen Schuh steckte. Darüber zeichnete sich ein Hosenbein ab. Es waren ein flacher Sneaker und eine schlichte Jeans, aber beides sah nach der Kleidung einer Frau aus.

Er schickte ein Stoßgebet in den Himmel.

„Mein Gott, bitte lass es nur einen verfrühten Halloween-Streich sein!“

Eine Weile hielt er inne. Er wagte es nicht, den Lichtstrahl weiter das Bein entlang zu führen, aus Angst vor dem, was ihn dort erwarten könnte. Er war sich nicht sicher, ob er sich den Anblick tatsächlich zumuten sollte. Vielleicht war es besser, einfach ein paar Schritte zurückzutreten und die Polizei zu rufen.

Aber was war, wenn es sich doch nur um einen schlechten Scherz handelte? Er würde sich zum Gespött der ganzen Insel machen.

Und was, wenn die Frau nur gestürzt war und noch lebte?, schoss es ihm durch den Kopf. Vielleicht brauchte sie dringend Hilfe!

Hannes atmete einmal tief durch, dann nahm er seinen ganzen Mut zusammen und führte den Lichtstrahl am Hosenbein entlang aufwärts. Er hatte sich innerlich auf das Schlimmste gefasst gemacht, trotzdem traf ihn der Anblick mit voller Wucht.

Die Frau lag direkt vor einem der Holzkreuze auf dem Rücken. Über der Jeans, auf der sich große, dunkle Flecken abzeichneten, trug sie einen enganliegenden schwarzen Pullover. Die langen blonden Haare hatte sie zu einem schlichten Pferdeschwanz zusammengebunden. Dass sie seine Hilfe nicht mehr brauchen würde, erkannte Hannes nicht nur daran, dass jemand sie wie bei einer Aufbahrung mit auf dem Bauch gefalteten Händen drapiert hatte. Er sah es vor allem an den dünnen, wie Pfeile aussehenden Stäben, die in ihrer Brust steckten – und in ihrem Gesicht.

Doch das war noch nicht das Schlimmste.

Hannes hatte sich innerlich darauf vorbereitet, dass die Frau eventuell grausam zugerichtet sein würde. Er hatte schon vermutet, dass sie üble Verletzungen hatte, deren Anblick ihn noch lange verfolgen würde.

Womit er allerdings nicht gerechnet hatte, war, dass sie nicht allein war. Auf jeder Seite neben ihrem Gesicht entdeckte er den Kopf einer weiteren Leiche. Die Toten waren in der gleichen Körperhaltung wie die erste Frau drapiert. Zusammen bildeten sie ein bizarres, großes T. Wie die erste Frau hatten auch die beiden anderen lange blonde Haare. Ihre Gesichter und ihre Hälse waren blutverschmiert.

„Um Gottes willen!“, stieß Hannes erstickt hervor.

Er spürte, dass ihm schwindlig wurde. Er torkelte ein paar Schritte zur Seite, griff nach einem der Holzkreuze und hielt sich krampfhaft daran fest. Dann kotzte er direkt vor seine Füße.

*

„Kannten Sie die Frauen?"

Lasse Niehaus von der Sylter Polizei trat neben Thomas Eiderhoff an die Stelle, an der die drei Frauenleichen lagen.

Der LKA-Beamte nickte ernst.

„Die mittlere von ihnen ist Gabriele Gambrowski. Ich hatte schon öfter beruflich mit ihr zu tun. Sie ist – sie *war* Staatsanwältin in Flensburg. Die beiden anderen müssen ihre Töchter sein, Ellen und Sophie. Die Familie hat hier auf Sylt zusammen Urlaub gemacht."

„Scheiße", murmelte Niehaus betroffen. „Sie haben recht. Ich habe sie gar nicht erkannt. Ich hatte auch schon mal mit ihr zu tun. Ist allerdings schon eine Weile her. Und in ihrer Robe sah sie ganz anders aus."

Eiderhoff biss die Zähne aufeinander. „Ich nehme an, damals hatte sie auch keine Pfeile im Gesicht stecken", stieß er gepresst hervor.

In mehr als zwanzig Dienstjahren hatte er gelernt, seine Gefühle an Tatorten weitgehend abzustellen. Er konnte nur effizient arbeiten, wenn seine Objektivität weder durch Mitleid mit den Opfern noch durch Wut oder Hass auf den Täter getrübt war.

Doch diesmal gelang es ihm nicht, ruhig zu bleiben. Er hatte Gabi Gambrowski gemocht, sehr sogar. Sie war eine sehr intelligente und strategisch denkende Frau gewesen, die genau gewusst hatte, was sie wollte. Im Gerichtssaal hatte sie als „harter Hund" gegolten, und die Erfolgsquote ihrer Fälle war ungewöhnlich hoch gewesen.

Doch Eiderhoff hatte sie auch anders gekannt. Wenn er nach einer Besprechung noch mit ihr einen Kaffee oder ein Bier trinken gegangen war, hatte er die private, die warmherzige Gabi erlebt. Nachdem ihr Mann bei einem Autounfall ums Leben gekommen war, hatte sie ihre beiden Zwillingstöchter allein großgezogen, und sobald sie von ihnen gesprochen hatte, hatten ihre Augen zu strahlen begonnen. Die beiden Mädchen waren gerade mit der Schule fertig geworden und wollten demnächst anfangen zu studieren.

Eiderhoff hatte sich oft gefragt, woher diese schmale, zierliche Frau die Energie genommen hatte, sowohl ihren hektischen Job als auch ihr Familienleben so gut auf die Reihe zu bekommen. Sie schien das perfekte Leben geführt zu haben – bis ihr Mörder ihr mit einem Schlag alles genommen hatte.

„Entschuldigung", sagte er leise, als er Niehaus' betretene Miene sah. Er hatte selbst gemerkt, dass er mit seinem respektlosen Kommentar zu weit gegangen war – sowohl den Toten als auch dem Sylter Beamten gegenüber.

„Schon gut", murmelte dieser. „Ist für uns alle nicht einfach."

Eiderhoff blickte sich um.

Die Sylter Polizeibeamten, die als Erste am Friedhof der Heimatlosen eingetroffen waren, hatten das Gelände so gut wie möglich abgesperrt. Trotzdem war es kaum möglich, die Gaffer so weit vom Fundort fernzuhalten, dass sie nicht den einen oder anderen Blick auf die Toten werfen konnten, wenn auch nur aus der Ferne. Eiderhoff wusste, dass Neugier in der Natur des Menschen lag, dennoch nervten ihn die Leute, die sich vor der Absperrung drängten. Als er sah, dass einer der Hausbewohner des Wohnblocks, der direkt neben dem Friedhof lag, aus dem Fenster heraus Fotos oder ein Video mit seinem Handy machte, ballte er unwillkürlich die Hände zu Fäusten.

„Jetzt decken Sie sie endlich ab", herrschte er einen Mitarbeiter der Spurensicherung an, der sich an den Holzkreuzen in der Nähe der Leichen zu schaffen machte.

Der Mann sah fragend zu ihm auf.

„Wenn der Gerichtsmediziner fertig ist", sagte er, bevor er seine Arbeit fortsetzte.

Sein Ton war gleichgültig, aber wie allen anderen stand ihm der Schreck über den grausigen Anblick deutlich ins Gesicht geschrieben. Sie hatten öfter mit Toten zu tun, auch mit Opfern von Gewaltverbrechen. Aber selten war der Anblick eines Fundortes so schwer zu ertragen wie in diesem Fall. Vor allem die Zurschaustellung der Toten in der Öffentlichkeit machte ihnen zu schaffen.

„Erst ein Richter, jetzt eine Staatsanwältin", sagte Inken Stübig leise. Die junge Kripo-Beamtin war unbemerkt neben Eiderhoff getreten. „Glauben Sie, das geht noch weiter?"

Der LKA-Beamte betrachtete sie nachdenklich. Über ein Jahr war es jetzt her, dass er zuletzt auf Sylt ermittelt hatte, zusammen mit Lasse Niehaus, Inken Stübig und ihrem Kollegen Sven Brähme, der gerade am Eingang des Friedhofs mit einem der Männer von der Spurensicherung sprach.

Inken Stübig war zwar nicht viel älter als bei ihrer letzten gemeinsamen Ermittlung, aber sie wirkte deutlich gereift, irgendwie erwachsener. Sie trug ihre braunen Haare inzwischen etwas kürzer, was ihr gut stand. Wie die anderen schien sie an dem feuchtkalten Morgen zu frieren. Sie hatte den Kragen ihrer Jacke hochgeschlagen und die Hände tief in die Taschen gesteckt. Ihr hübsches Gesicht sah blass aus, nur die Nasenspitze war durch die Kälte etwas gerötet.

„Solange wir nicht wissen, wer hinter den Morden steckt und was für ein Motiv der Täter hat, müssen wir wohl davon ausgehen", beantwortete Eiderhoff ihre Frage.

„Ich würde mal ganz stark darauf tippen, dass sein Motiv Rache ist", warf Lasse Niehaus ein. Er deutete mit einem Kopfnicken in Richtung der Leichen. „Und die zelebriert er auf übelste Weise."

Er erklärte nicht, was er mit seiner Aussage meinte, aber die anderen verstanden ihn auch ohne weitere Worte. Außer den Pfeilen in der Brust und im Gesicht wies die Leiche der Staatsanwältin keine offensichtlichen Verletzungen auf. Ihre beiden Töchter dagegen waren übel zugerichtet. Beide hatten Brandwunden an den Händen und im Gesicht. Lange Schnittverletzungen klafften auf ihren Wangen. Und um ihren Hals war jeweils eine Drahtschlinge gelegt.

Eiderhoff zweifelte nicht daran, dass sich letztendlich das Erdrosseln mit dem Draht als Todesursache herausstellen würde. Genau so war es zumindest bei der Ehefrau und dem Enkel von Richter Theo Engler gewesen. Der Richter dagegen war – wie Gabriele Gambrowski – schnell und gezielt durch die Pfeile einer Armbrust getötet worden.

Ein Mitarbeiter der Wattenmeerstation in List hatte die drei Leichen am frühen Morgen auf dem Weg zur Arbeit in den Dünen entdeckt – erst drei Tage zuvor. Sie waren zwar an nicht ganz so exponierter Stelle gefunden worden wie die Gambrowskis, aber der Täter hatte sie ähnlich makaber zur Schau gestellt.

„Er quält diejenigen, um die es ihm eigentlich geht, indem er sie nicht selber verletzt, sondern ihre Angehörigen foltert“, brachte Inken es auf den Punkt. Ihre Stimme klang verbittert. „Und sicher lässt er sie dabei zusehen. Sie sollen sehen, wie ihre Liebsten leiden, sollen ihre Schreie hören. Und wahrscheinlich hat er sogar noch Spaß daran und genießt jede einzelne Sekunde.“ Sie schüttelte den Kopf. „Ich glaube, so etwas Krankes habe ich noch nie gesehen.“

„Ich möchte wirklich wissen, was in so einem durchgeknallten Hirn vorgeht“, ergänzte Lasse Niehaus.

Eiderhoff wandte sich von den Toten ab, als ein Mitarbeiter der Spurensicherung begann, sie mit einem Tuch abzudecken.

„In dem Augenblick, in dem ich das nachvollziehen kann“, knurrte er düster, „stecke ich mir eigenhändig meine Dienstwaffe in den Mund und drücke ab.“

*

„Wenn der Täter sie hier geschnappt hat, haben sie es ihm nicht gerade schwer gemacht“, bemerkte Eiderhoff, als sie aus dem Wagen stiegen und auf das kleine Ferienhaus zugingen, das Gabriele Gambrowski mit ihren Töchtern für eine Woche gemietet hatte.

Inken Stübig sah sich aufmerksam um. Auf Eiderhoffs Wunsch hin begleitete sie den LKA-Mann, um sich das Haus genauer anzusehen. Sie war waschechte Sylterin und Eiderhoff hatte die Hoffnung geäußert, dass ihr daher etwas Ungewöhnliches vielleicht am ehesten auffallen würde.

Für sie war es nicht schwierig gewesen, die Adresse des Ferienhauses herauszufinden. Sie wusste genau, wer über die einzelnen Orte der Insel am besten Bescheid wusste. Genau drei Anrufe hatte sie gebraucht, um den Vermieter des Ferienhauses zu finden.

Lasse Niehaus wollte sich in der Zwischenzeit um die Befragung der Anwohner rund um die Heimatstätte der Heimatlosen kümmern, während Sven Brähme schon zur Wache zurückgefahren war, um erste Informationen zu Gabriele Gambrowski und ihren Töchtern zusammenzustellen.

Eiderhoff hatte recht, wie sie jetzt feststellte. Das kleine Reetdachhaus gehörte zwar noch offiziell zu Westerland, lag aber schon recht weit außerhalb des Ortskerns in Richtung Rantum. Ein großer Garten umgab das Haus, sodass die nächsten Nachbarn ein ganzes Stück entfernt waren. Noch dazu hatte der Eigentümer den Garten vor einiger Zeit mit einer dichten Hecke aus Kirschlorbeer umgeben, die inzwischen gut zwei Meter hoch sein musste. Von der Straße aus waren vom Haus nur ein Teil des Dachs und eine Gaube mit einem kleinen, halbrunden Fenster zu sehen. Ein idealer Tatort also, zumindest aus der Sicht des Täters. Keiner würde merken, wenn im oder direkt am Haus etwas Ungewöhnliches vor sich ging, dachte sie.

Das Klingeln von Eiderhoffs Handy riss sie aus ihren Gedanken.

Der LKA-Beamte nahm das Gespräch an, hörte eine Weile zu, bedankte sich knapp und legte auf. Dann sah er zu ihr herüber.

„Die Kollegen haben Gambrowskis Wagen gefunden, einen weißen Mercedes M-Klasse", berichtete er. „Er steht in Westerland in der Schützenstraße."

„Also ganz in der Nähe des Fundorts", folgerte Inken. „Vermutlich hat der Täter die Leichen in ihrem eigenen Auto zum Friedhof gefahren."

So war es auch im Fall von Richter Engler gewesen, dessen Wagen ebenfalls nicht weit vom Fundort der Toten abgestellt worden war.

Eiderhoff nickte. „Ist anzunehmen. Aber wenn die Spurensicherung mit dem Fahrzeug durch ist, wissen wir bestimmt mehr." Er wies mit einer Kopfbewegung auf das kleine Ferienhaus vor ihnen. „Mal sehen, ob wir dort etwas finden, das uns weiterbringt."

„Hoffentlich", seufzte Inken leise. Sie zog den Schlüssel aus der Tasche, den sie vorher beim Eigentümer des Häuschens abgeholt hatten. Der Mann hatte schon davon gehört, dass es wieder einen Leichenfund gegeben hatte.

Wie ein Lauffeuer hatte die Nachricht sich auf der Insel verbreitet.

Als Inken ihm jedoch mitgeteilt hatte, dass es ausgerechnet seine Feriengäste gewesen waren, die man tot aufgefunden hatte, war er vollkommen geschockt gewesen. Inken war es nicht schwergefallen, ihn davon zu überzeugen, lieber zu Hause zu bleiben, als mit ihnen zum Ferienhaus zu fahren. Er hätte es vorerst ohnehin nicht betreten dürfen.

Selbst Inken war nicht ganz wohl zumute bei dem Gedanken daran, was sie im Inneren des kleinen Hauses erwarten würde. In das Haus, das Richter Engler mit seiner Frau und seinem Enkel bewohnt hatten, war sie recht unbefangen – um nicht zu sagen unbedarft – gegangen. Umso mehr war ihr das, was sie gesehen hatte, an die Nieren gegangen.

Sie hatte vorher die Leichen gesehen gehabt und wusste, was der Täter mit ihnen gemacht hatte. Bei jedem Blutfleck, jeder durchschnittenen Fessel hatte sie ständig die Qualen vor Augen gehabt, die Klara Engler hatte ausstehen müssen. An Steffen Engler, den Enkel des Richters, der gerade erst sechzehn Jahre alt geworden war, wollte sie lieber gar nicht denken. Genauso wenig wie an den Richter selbst, der – dessen war sie sich ganz sicher – das eigentliche Ziel der Grausamkeiten gewesen war.

Mit gemischten Gefühlen öffnete sie die niedrige Holztür, die in eine kleine Diele führte. Obwohl sie nicht davon ausging, dass der Mörder der Gambrowskis noch im Haus sein könnte, hatte sie ihre Hand ständig am Griff ihrer Dienstwaffe, als sie das Haus betrat. Eiderhoff folgte ihr.

Zum Glück hatte sie sich innerlich schon auf das vorbereitet, was sie in dem kleinen Wohnraum erwartete. Mitten im Zimmer standen sich zwei Stühle gegenüber. Ein dritter lag umgekippt daneben. Auf dem Boden lagen durchgeschnittene Kabelbinder aus Plastik, rötlich-braun verfärbt von geronnenem Blut. Auch auf den Fliesen am Boden und im unteren Bereich der weiß gestrichenen Wände waren überall Blutflecken und Blutspritzer zu sehen.

Schon allein der Anblick des Raumes löste ein Gefühl des Ekels in Inken aus. Aber noch viel schlimmer war der Geruch. Alle Fenster waren geschlossen, daher hing der metallische Geruch des Blutes noch immer schwer in der Luft – und der nach verbranntem Fleisch.

Sofort musste Inken an die Verletzungen denken, die sie gerade noch bei Ellen und Sophie Gambrowski gesehen hatte. Sie konnte sich nur zu gut vorstellen, was sich in der Nacht in diesem Zimmer abgespielt haben musste. Mit großer Kraftanstrengung kämpfte sie gegen die Übelkeit an, die in ihr aufstieg.

Eiderhoff war wie Inken am Rand des Zimmers stehen geblieben, um keine Spuren zu zerstören. Er ging in die Hocke und betrachtete eingehend ein auf dem Boden liegendes Stück graues Klebeband, ohne es zu berühren. Wahrscheinlich würde der Gerichtsmediziner ihnen später bestätigen, dass der Täter den drei Frauen den Mund zugeklebt hatte, um sie am Schreien zu hindern.

Und wahrscheinlich würde er an ihren Leichen wie bei den Englers Spuren eines Elektroschockers finden, mit denen er seine Opfer erst einmal außer Gefecht gesetzt hatte, bevor er sie an die Stühle gefesselt und angefangen hatte, sie zu quälen.

Inken presste die Lippen fest aufeinander.

Sie mussten den Kerl unbedingt kriegen, bevor er sich über seine nächsten Opfer hermachen konnte!

„Was halten Sie davon?“, fragte Eiderhoff scheinbar ohne jede Gefühlsregung. Er war aufgestanden und sah sie erwartungsvoll an. Mit der Hand fuhr er sich durch seine schwarzen Haare, die durch die Feuchtigkeit draußen immer noch etwas verstrubbelt waren. Sein hageres Gesicht zeigte hundertprozentige Konzentration.

„Die Stühle, die Blutspuren, die durchgeschnittenen Kabelbinder und das Klebeband – es sieht genau so aus wie im Haus von Richter Engler“, stellte Inken in möglichst neutralem Tonfall fest. „Und bisher habe ich keinerlei Einbruchspuren entdeckt, weder an der Haustür noch an den Fenstern. Entweder hatte der Täter also einen Schlüssel, oder die Gambrowskis haben ihn selbst ins Haus gelassen.“

Sie deutete auf eine schmale Treppe, die ins Obergeschoss des Hauses führte. „Wir müssen natürlich noch nach oben gehen, aber ich bin mir ziemlich sicher, dass wir da nichts mehr finden werden.“

„Das denke ich auch.“ Eiderhoff nickte zustimmend. „Und ich bin mir ebenfalls ziemlich sicher, dass dieser Mistkerl es hier genauso wie bei den Englers geschafft hat, keine brauchbaren Spuren zu hinterlassen.“

*

„Das ist wie die Nadel, die man im sprichwörtlichen Heuhaufen sucht“, stöhnte Sven Brähme, als er auf die lange Liste von Verdächtigen blickte. „Selbst wenn wir davon ausgehen, dass der Kerl mindestens ein paar Jahre aufgebrummt gekriegt hat. Sonst hätte er bestimmt nicht solche extremen Rachegelüste entwickelt. Aber es bleiben trotzdem noch mehr als genug Verdächtige übrig.“

In den letzten Stunden hatten er und seine Kollegen alle Straftäter aufgelistet, die von Gabriele Gambrowski angeklagt und von Richter Theo Engler verurteilt worden waren. Dabei hatten sie ein Mindeststrafmaß von drei Jahren vorausgesetzt. Doch da Engler am Landgericht tätig gewesen war, wo keine kleineren Vergehen verhandelt wurden, schränkte das die Auswahl kaum ein.

„Immerhin ist die Liste jetzt schon deutlich kürzer als direkt nach dem Mord an den Englers“, bemerkte Inken Stübig. Sie bemühte sich, zuversichtlich zu klingen. „Alle, bei deren Prozess ein anderer Staatsanwalt die Anklage geführt hat, sind ja schon rausgefallen.“

Eiderhoff nickte. „Ich denke, das private Umfeld der Opfer können wir bei unseren Ermittlungen auch erst mal vernachlässigen. Ich werde da noch mal bei einigen ihrer Freunde und Bekannten nachfragen, aber soweit ich weiß, hatten Engler und Gambrowski nur beruflich miteinander zu tun. Also werden wir aller Voraussicht nach dort den Täter am ehesten finden.“

„Trotzdem sind das noch verdammt viele, die wir überprüfen müssen“, wandte Brähme wieder ein.

Eiderhoff musterte den Beamten unauffällig. Er war groß und sportlich, trug seine dunkelblonden Haare in einem modernen Kurzhaarschnitt und wirkte meist souverän und selbstbewusst, obwohl er ein eher ruhiger Typ war, der sich meistens im Hintergrund hielt. Äußerlich machte er einen robusten Eindruck, wie ein Mann, den nichts so schnell erschüttern konnte.

Doch Eiderhoff fiel auf, dass Brähme wesentlich niedergeschlagener wirkte als noch am Tag zuvor. Ihm machte es anscheinend noch mehr zu schaffen als den anderen, dass sie den Mörder des Richters und seiner Familie nicht rechtzeitig gefunden hatten, um seine nächste Tat zu verhindern.

Sie alle wurden das quälende Gefühl nicht los, versagt zu haben, das wusste er. Zumindest unterschwellig war das Gefühl immer da.

Ihm selbst ging es ganz ähnlich. Obwohl er erst am Vortag auf Sylt angekommen war, um die ermittelnden Sylter Beamten bei der Morduntersuchung an Richter Engler zu unterstützen, hatte er seit dem Fund der drei weiteren Leichen ständig die bohrende Frage im Hinterkopf, ob er etwas übersehen hatte. Etwas, das Gabi Gambrowski und ihre Töchter vielleicht hätte retten können.

Aber ihm war durchaus klar, dass die Ermittlungen nun mal Zeit kosteten. Sie hatten das private Umfeld von Klara und Theo Engler und sogar das ihres Enkels genauso in Betracht ziehen müssen wie die beruflichen Kontakte des Richters. Und die waren – nachdem Engler jahrzehntelang bei Gericht gearbeitet hatte – mehr als umfangreich.

„Wir alle wollen diesen Mistkerl zur Strecke bringen", sagte er daher. „Keiner von uns will, dass in den nächsten Tagen wieder drei Opfer irgendwo auf Sylt auftauchen. Und ich weiß, dass jeder hier sein Bestes gibt. Aber es bleibt uns nun mal nichts anderes übrig, als unseren Job so gut und so schnell wie möglich zu machen. Ich schlage vor, dass wir die Verdächtigen priorisieren. Zuerst kümmern wir uns um diejenigen, die erst vor Kurzem aus der Haft entlassen wurden. Allerdings sollte die Entlassung schon mindestens ein paar Wochen her sein. Schneller war die Planung bestimmt nicht zu bewerkstelligen. Außerdem sollten wir uns auf die Gewaltverbrecher konzentrieren. Betrüger oder Wirtschaftskriminelle kommen für die Taten wohl eher nicht infrage."

„Ich habe schon in unseren Datenbanken gesucht, ob die Fundorte der Leichen uns einen Hinweis auf den Täter geben", berichtete Niehaus. „Speziell nach dem Friedhof der Heimatlosen habe ich gesucht, ob es dort schon einmal einen Leichenfund gab oder ob dort mal irgendetwas passiert ist, was mit unseren Morden in Zusammenhang stehen könnte. Leider ohne Ergebnis."

Eiderhoff nickte nachdenklich. Er hatte auch nicht damit gerechnet, dass der Täter ihnen so leichtfertig mehr über sich verraten würde. „Es war auf jeden Fall einen Versuch wert", sagte er trotzdem.

Nach dem Mord an Richter Engler hatten sie bereits die nationalen Datenbanken durchforstet, ob es schon in der Vergangenheit Verbrechen mit ähnlicher Vorgehensweise gegeben hatte. Aber weder beim Tatablauf an sich noch bei der Art und Weise, wie der Täter die Leichen nach den Morden herrichtete, waren sie fündig geworden. Es gab bisher keine bekannten ähnlichen Fälle.

„Vielleicht hat das Grabkreuz eine Bedeutung", warf Inken Stübig ein. „Ich meine das, vor dem die Toten lagen. Vielleicht war es nur ein Zufall, oder der Täter hat das Kreuz nur ausgewählt, weil es in einer für ihn günstigen Ecke des Friedhofs steht. Aber es kann natürlich auch anders sein."

Sie zog einen Zettel hervor und las die Daten ab, um keinen Fehler zu machen. *„Rantum Strand, 28.05.1865* stand auf dem Kreuz. Ich weiß, dass es kaum um das Jahr 1865 gehen kann, aber möglicherweise haben der 28. Mai oder der Strand in Rantum eine besondere Bedeutung für den Täter."

Eiderhoff nickte. „Gute Idee. Achten Sie auf jeden Fall darauf, wenn Sie die Akten weiter durchgehen, ob der Ort oder das Datum irgendwo erwähnt werden."

Er wurde durch Lasse Niehaus unterbrochen, der den Raum betrat. Trotz der Oktoberkälte trug der Beamte seine übliche Montur aus Jeans und Jeansjacke über einem karierten Hemd, das über seinen kugelrunden Bauch spannte. Seine braunen Haare waren feucht vom Nebel und genauso unordentlich wie immer.

Aber im Gegensatz zu sonst wirkte er niedergeschlagen. Er hatte die Befragung der Anwohner rund um den Friedhof der Heimatlosen geleitet, doch seiner Miene nach zu urteilen war sie nicht besonders erfolgreich gewesen.

„Es ist, wie wir es befürchtet haben", bestätigte er Eiderhoffs Vermutung. „Niemand hat etwas gesehen, etwas gehört oder sonst irgendetwas Auffälliges bemerkt. Auch den Wagen von Gabriele Gambrowski hat niemand bemerkt, obwohl er gestern Nacht ja eine ganze Weile am Friedhof der Heimatlosen gestanden haben muss, während der Täter die Leichen ausgeladen hat. Jetzt können wir nur noch hoffen, dass es diesmal wenigstens die eine oder andere Spur am Tatort gibt, die auf den Täter hinweist."

*

Inken Stübig streckte ihren schmerzenden Rücken durch und nippte an dem Kaffee, den Lasse Niehaus ihr hingestellt hatte.

Es war das erste Mal seit zwei Stunden, dass sie überhaupt vom Bildschirm aufblickte. Im Gegensatz zu vielen ihrer Kollegen liebte sie es, sich in den Akten zu vertiefen, nach entscheidenden Details zu forschen und Zusammenhänge zu finden, die vorher noch niemandem aufgefallen waren. Es fühlte sich an wie ein Puzzle, das man Stück für Stück zusammensetzte. Ein Rätsel, an dessen Ende sich eventuell ein neuer Verdächtiger herauskristallisierte – oder das einen bisher für verdächtig Gehaltenen entlastete.

Aber heute war alles anders. Normalerweise machte es ihr nichts aus, unter Druck zu arbeiten. Das war sie gewohnt. In ihrem Job ging es oft darum, eine Spur zu erkennen und zu verfolgen, ehe sie kalt war, und die richtigen Zeugen zu finden, bevor deren Erinnerung verblasste und sie wichtige Details vergaßen.

Doch diesmal ging es um viel mehr. Ihr war genauso klar wie allen anderen, dass der sadistische Killer jederzeit wieder zuschlagen konnte. Wenn es tatsächlich um eine Verurteilung ging, für die der Kerl sich rächen wollte, gab es noch eine ganze Reihe möglicher Opfer: den Anwalt des Täters zum Beispiel, der es nicht geschafft hatte, eine Verurteilung zu verhindern, Zeugen, die gegen ihn ausgesagt hatten, und nicht zuletzt die Polizisten, die ihn verhaftet hatten.

Vor allem dieser Gedanke war es, der Inken ein ungutes Gefühl gab. Nachdenklich blickte sie zur offen stehenden Tür ihres Büros, an der gelegentlich einer der anderen Polizisten entlanglief. War vielleicht einer ihrer direkten Kollegen, einer, der sich jetzt hier mit ihr im gleichen Gebäude befand und wie sie fieberhaft an der Ergreifung des Mörders arbeitete, dessen nächstes Opfer?

Sie zwang sich, den Gedanken beiseite zu schieben. Es brachte nichts, wenn sie ihre kostbare Zeit für derlei Gedankenspiele verschwendete. Im Gegenteil, es machte sie nur nervös. Und Nervosität konnte sie sich bei ihrer Arbeit auf keinen Fall leisten. Sie sollte lieber jede Sekunde darauf verwenden, den Täter zu finden und zur Strecke zu bringen.

Sie nahm sich den nächsten Namen auf ihrer Liste vor. Niehaus, Brähme und sie hatten sich die Liste der bisher bekannten Verdächtigen aufgeteilt, während Eiderhoff sich auf den Weg in die Gerichtsmedizin gemacht hatte, um mehr über den Zustand der drei Toten zu erfahren.

Jetzt arbeitete sie nach und nach die Namen ab. Einige davon hatte sie schon streichen können, weil sie wieder in

Haft waren oder sich zum Zeitpunkt der Morde definitiv nicht auf Sylt befunden haben konnten.

„Gut, dann der nächste Name auf der Liste“, murmelte sie und gab den Namen *Christian Dobenscheidt* in den Computer ein.

„Okay, du kannst es ganz sicher nicht gewesen sein“, sagte sie und strich den Namen ebenfalls durch. Laut der Angabe auf ihrem Monitor war der Mann seit drei Wochen tot, gestorben bei einer Messerstecherei mit einem ehemaligen Mithäftling, einem bekannten Dealer, der noch nie als besonders zimperlich gegolten hatte.

Besonders überrascht war sie davon nicht, und auch ihr Mitleid hielt sich in sehr überschaubaren Grenzen. Wer sich mit Schwerkriminellen einließ, lebte eben ziemlich gefährlich.

Der nächste Name auf ihrer Liste ließ sie aufhorchen. Es war *Klaas Steewe*, ein Name, der vor einiger Zeit für ordentlich Aufsehen auf Sylt gesorgt hatte. Und sie kannte nicht nur den Namen, sondern auch die Geschichte dahinter.

Als Steewe die Tat begangen hatte, wegen der Richter Engler ihn verurteilt hatte, war sie zwar noch in der Ausbildung gewesen und hatte nicht auf Sylt gewohnt. Aber die Sache hatte auf der Insel so hohe Wellen geschlagen, dass sie selbstverständlich davon gehört hatte. Steewe war verurteilt worden, weil er eine junge Frau vergewaltigt und dabei brutal misshandelt hatte. Nur durch eine Notoperation hatte die Frau damals überlebt.

Für noch mehr Aufsehen als die schreckliche Tat selbst hatte damals allerdings die Tatsache gesorgt, dass die Steewes als eine der bekanntesten Familien auf Sylt galten. Klaas' Vater war gestorben, als sein Sohn gerade fünfzehn Jahre alt gewesen war. Nach seinem Tod hatte seine Frau, Tina Steewe, die drei Galerien, die der Vater aufgebaut hatte, übernommen und nicht nur erfolgreich weitergeführt, sondern auch noch ausgebaut. Als Mitglied der Sylter High Society war Tina Steewe auf fast allen wichtigen Veranstaltungen auf der Insel anzutreffen, und ihr Name tauchte häufig in den Klatschspalten der regionalen Magazine und Internetseiten auf.

Interessiert las Inken die Akte des Vergewaltigungsfalls. Die Tat war etwas mehr als acht Jahre her. Nach dem Prozess hatte Klaas Steewe sieben Jahre abgesessen, die gesamte Strafe, die er damals aufgebrummt bekommen hatte. Allein das war schon bemerkenswert.

„Ein Musterknabe warst du im Knast anscheinend auch nicht gerade", murmelte Inken.

Vor etwas mehr als zwei Monaten war Steewe entlassen worden. Seitdem wohnte er laut Angabe des Computers bei seiner Mutter in einer schönen Villa in Kampen. Genug Zeit hätte er also gehabt, um seinen Racheplan vorzubereiten. Noch dazu, da Steewe auf der Insel aufgewachsen war und jeden Winkel genau kannte. Und was das Wichtigste war: Er lebte immer noch auf der Insel – oder besser gesagt: wieder.

Sie las noch einmal den Bericht über den Hergang der Vergewaltigung und der Misshandlung durch. Steewe hatte sein Opfer, eine junge Slowakin namens Svetlana Kraikowa, nicht nur brutal geschlagen, sondern ihr auch mehrfache Schnittwunden beigebracht und sie mit ihrem eigenen Gürtel fast erdrosselt.

Mit Abscheu betrachtete Inken die Fotos, die jedes Detail der Verletzungen zeigten, die Steewes Opfer erlitten hatte.

Klaas Steewe hatte die junge Frau mit dem abgeschlagenen Hals einer Whiskeyflasche traktiert, ihr Schnittwunden an den Armen, den Händen und am Bauch zugefügt. Die Haut am Hals der Frau zeigte hässliche Quetschungen von ihrem Gürtel. Außerdem hatte sie üble Hämatome am Kopf gehabt, die von harten Faustschlägen herrührten. Lebensgefährlich waren letztendlich jedoch die brutalen Faustschläge in den Bauch gewesen, die zu inneren Blutungen geführt hatten.

Inken kniff konzentriert die Augen zusammen, als sie sich die Verletzungen in Erinnerung rief, die Gabriele Gambrowskis Töchter aufgewiesen hatten. Brandwunden, Messerschnitte und eine Drahtschlinge um den Hals.

So weit wäre der Weg von damals zu heute nicht, dachte sie.

Sie merkte, dass ihre Handflächen vor Aufregung schwitzig wurden. Vielleicht war sie tatsächlich auf der richtigen Spur. Zumindest passte bei Steewe bisher alles zusammen. Er hatte mit Engler und Gabriele Gambrowski zu tun gehabt, war äußerst gewaltbereit und lebte auf Sylt. Sie mussten sofort überprüfen, ob er für die beiden Taten ein Alibi hatte, überlegte Inken. Wenn nicht, käme er auf jeden Fall als Täter infrage.

Und noch eines passte absolut ins Bild, etwas, das sie nicht mehr in Erinnerung gehabt hatte.

Inken schluckte schwer, als sie las, wo die Vergewaltigung stattgefunden hatte: Es war am Strand gewesen, und zwar ganz in der Nähe von Rantum.

*

„Es sieht alles ganz genau wie bei dem Dreifachmord an der Familie Engler aus", berichtete Eiderhoff, als er von seinem Besuch bei der Gerichtsmedizin zurückkehrte. „Die Verletzungen sind ganz ähnlich, und auch die Todesursachen sind die Gleichen. Ebenso die Zeitpunkte des Todes. Eine genaue Bestimmung ist natürlich schwierig, weil wir nicht wissen, seit wann die Opfer schon draußen in der Kälte gelegen haben, aber sie müssen alle zwischen Mitternacht und drei Uhr morgens gestorben sein."

Der LKA-Beamte hatte sein Team im Besprechungsraum zusammengerufen, um die bisherigen Ergebnisse ihrer Ermittlungen auszutauschen. Inzwischen war es schon nach sieben Uhr am Abend. Draußen war es bereits dunkel, doch noch dachte niemand daran, Feierabend zu machen.

„Das Vorgehen bei den Morden scheint exakt dasselbe gewesen zu sein", fuhr Eiderhoff fort. „Der Täter muss von den Familien ins Haus gelassen worden sein. Es gibt keinerlei Einbruchspuren, und dass eine Terrassentür oder ein Fenster über längere Zeit offenstand, sodass sich der Kerl unbemerkt ins Haus hätte schleichen können, ist bei der Kälte doch eher unwahrscheinlich."

„Theoretisch wäre es auch möglich, dass der Täter einen Schlüssel hatte", warf Inken ein. „Beide Häuser waren Ferienhäuser. Wenn der Täter sie irgendwann gemietet hat, hätte er die Gelegenheit gehabt, sich einen Nachschlüssel machen zu lassen. Dann hätte er nachts unbemerkt ins Haus kommen und die Opfer im Schlaf überraschen können."

Eiderhoff überlegte kurz. „Möglich wäre das natürlich schon, aber ich halte es nicht für besonders wahrscheinlich. Es gibt in keinem der Fälle einen Hinweis darauf, dass die Opfer schon geschlafen haben. Und ich glaube nicht, dass der Täter die Betten gemacht hätte, bevor er die Leichen rausgeschleppt hat. Trotzdem sollten Sie die Listen der Mieter beider Häuser aus den letzten Monaten abgleichen. Vielleicht findet sich tatsächlich etwas Auffälliges. Momentan würde ich aber eher davon ausgehen, dass der Täter ins Haus gelassen wurde."

„Dann muss es ein Familienmitglied gewesen sein, das die Tür geöffnet hat", überlegte Niehaus. „Der Richter oder die Staatsanwältin hätten den Täter doch wahrscheinlich erkannt und auf keinen Fall ins Haus gelassen."

Eiderhoff zuckte die Achseln. „Darüber können wir im Augenblick nur spekulieren. Möglicherweise hat auch jemand unvorsichtigerweise die Tür geöffnet und der Täter hat einfach den Überraschungsmoment ausgenutzt und denjenigen mit einem Elektroschocker außer Gefecht gesetzt. Jedenfalls weisen alle Leichen die typischen Brandmarken auf, und zwar im Brust- oder Halsbereich. Das gab dem Täter wahrscheinlich genug Zeit, seine Opfer auf einen der Stühle zu setzen und mit Kabelbindern aus Plastik zu fesseln, und zwar an Händen und Füßen. Außerdem hat er ihnen einen Streifen Klebeband über den Mund geklebt. Die Rückstände des Klebers konnten ebenfalls bei allen Toten nachgewiesen werden. Nachdem der Kerl seine Opfer in ihrem Haus umgebracht hat, hat er sie anscheinend losgeschnitten, sie in ihre eigenen Fahrzeuge geladen und sie anschließend zu den Fundorten gefahren, um sie dort öffentlich zur Schau zu stellen. Offenbar will er der ganzen Welt zeigen, welche Macht er besitzt."

Lasse Niehaus fuhr sich nachdenklich mit der Hand durch den dichten Vollbart. „Und die Todesursache?", hakte er nach. „War die auch dieselbe?"

„Ellen und Sophie Gambrowski wurden mit der Drahtschlinge erdrosselt, die sie noch um den Hals hatten, als unser Hobbyfotograf sie gefunden hat. Es ist ein ganz normaler Draht, wie man ihn in jedem Baumarkt oder Gartencenter bekommt. Zur Waffe geworden ist er durch die beiden Rundhölzer, die an den Enden befestigt waren, und durch die man die Schlinge schnell und kräftig zuziehen kann. Alles sieht nach Marke Eigenbau aus, aber leider ist es sehr effektiv. Damit war es für den Täter sicher ein Leichtes, die beiden Mädchen zu erdrosseln. Natürlich erst, nachdem dieser Scheißkerl sie auf Übelste gefoltert hat."

Eiderhoff spuckte die Worte förmlich aus. Seine Stimme klang verbittert, und seine eisblauen Augen blitzten hasserfüllt. Es war das erste Mal, seitdem die anderen ihn kannten, dass er in diesem Ton redete.

„Also genau wie Klara und Steffen Engler", stellte Sven Brähme nüchtern fest, als Eiderhoff nicht weitersprach. „Und was ist mit der Staatsanwältin?"

„Wie wir schon dachten, ist sie durch die Pfeile in der Brust oder im Gesicht gestorben. Welcher Pfeil letztendlich ihren Tod verursacht hat, lässt sich wohl nicht mehr genau feststellen, für uns ist das aber auch egal. Wichtig ist nur, dass es sich bei den Pfeilen um genau das gleiche

Fabrikat handelt wie bei Theo Engler. Die Pfeile sind aus Karbon und werden in Tschechien gefertigt. Sie passen in fast jede handelsübliche moderne Armbrust, egal ob es eine ganz schlichte oder eine Hightech-Armbrust mit allen möglichen Hilfsmitteln ist."

„Lautlos und absolut tödlich", bemerkte Niehaus grimmig. „Wenn das bei uns Schule macht, werden wir bald noch sehr viel mehr Arbeit mit Tötungsdelikten dieser Art haben."

„Wollen wir's nicht hoffen", gab Eiderhoff zurück. „Aber nun zu Ihnen. Was haben Sie über die Verdächtigen herausgekriegt?"

„Ich hatte eigentlich nur einen Namen auf der Liste, bei dem bisher alles gepasst hat", antwortete Inken. Sachlich und in knappen Worten berichtete sie, was sie über Klaas Steewe herausgefunden hatte. Als sie erwähnte, dass die Vergewaltigung am Strand von Rantum stattgefunden hatte, pfiff Eiderhoff leise durch die Zähne.

„Das würde genau zu der Inschrift auf dem Grabkreuz passen", sagte er nachdenklich. „Dem müssen wir auf jeden Fall nachgehen. Gute Arbeit."

„Ich habe auch einen klaren Favoriten", stellte Lasse Niehaus kurz darauf fest. Er zog einen Zettel zu sich heran, auf dem er alle Fakten notiert hatte.

„Peter Eissner, 42 Jahre alt, stammt ursprünglich aus Flensburg, hat aber vor seiner Haftstrafe ein paar Jahre auf Sylt gearbeitet", las er vor. „Er ist gelernter Maurer und war bei einer Baufirma angestellt, die es leider inzwischen nicht mehr gibt. Damals ist er schon öfter wegen rechtsradikaler Äußerungen aufgefallen, aber vor sechzehn Jahren ist er dann völlig durchgeknallt. Er hat in

Flensburg einen Asylbewerber aus Nigeria auf offener Straße einfach totgeprügelt. Er selbst hat die Tat immer abgestritten, aber es gab genug Zeugen, die klar gegen ihn ausgesagt haben. Deswegen gab es überhaupt keine Zweifel an seiner Schuld. Dazu kamen noch ein paar andere Delikte wie Körperverletzung, Beleidigung und rassistische Propaganda. Als er von Engler verurteilt worden ist, hat er allen im Gericht geschworen, dass er sich dafür rächen wird, auch an der Staatsanwältin. Vor einem knappen halben Jahr ist er aus dem Knast gekommen. Seitdem lebt er in Hamburg, muss aber ziemlich strenge Bewährungsauflagen erfüllen. Bisher habe ich seinen Bewährungshelfer nicht erreicht, habe ihm aber eine Nachricht hinterlassen. Ich hoffe, dass er sich gleich morgen früh bei mir meldet."

„Klingt interessant. Bleiben Sie da auf jeden Fall dran." Eiderhoff nickte, bevor er sich Sven Brähme zuwandte. „Wie sieht es bei Ihnen aus?"

„Ganz ähnlich", Brähme lächelte freudlos. „Ich kann auch einen klaren Hauptverdächtigen von meiner Liste anbieten. Er heißt Erkan Özgul. Er ist Türke, ist aber in Kiel geboren und aufgewachsen. Mit vierzehn kam er dann nach Flensburg und ist ziemlich schnell auf die schiefe Bahn geraten. Mit Mord oder Totschlag hatte er noch nichts zu tun, aber Engler hat ihn wegen gefährlicher Körperverletzung verurteilt. Dazu kamen dann noch ein paar Drogendelikte, Diebstahl und einige kleinere Gewalttaten. Dem Richter und der Staatsanwältin hat er nicht direkt gedroht, aber er hat tatsächlich die Unverfrorenheit besessen, ein paar seiner Kumpels bei den Zeugen vorbeizuschicken, die damals gegen ihn ausgesagt haben.

Da gab es ziemlich unschöne Szenen. Drei der Kerle sitzen jetzt ebenfalls wegen Körperverletzung im Knast."

Brähme blickte von seinen Notizen auf.

„Eine Verbindung nach Sylt habe ich bei ihm nicht gefunden, was natürlich nicht heißen muss, dass es keine gibt", fuhr er fort. „Trotzdem würde ich ihn nicht von unserer Liste streichen. Was mich nämlich besonders stutzig gemacht hat, ist, dass dieser Özgul als absoluter Waffennarr bekannt ist. Er hatte mehrere illegale Schusswaffen in seiner Wohnung, als er verhaftet worden ist. Dazu noch ein paar Messer und" – er machte eine effektvolle Pause – „auch eine Armbrust."

Eiderhoff, der den Ausführungen des Beamten vorher noch mit wenig Interesse gefolgt war, zog erstaunt die Augenbrauen hoch. „Das ist ja äußerst interessant. Wissen Sie, wo er sich jetzt aufhält?"

Brähme schüttelte den Kopf. „Gemeldet ist er nach wie vor in Flensburg, aber ich konnte noch nicht herausfinden, ob er sich zur Zeit wirklich dort aufhält und ob er da auch einen Job hat. Ich bleibe aber auf jeden Fall dran."

„Tun Sie das." Eiderhoff nickte zufrieden. „Das sind doch auf jeden Fall schon mal ein paar gute Ansatzpunkte, denen wir weiter nachgehen können." Er wandte sich an Inken. „Was halten Sie davon, wenn wir Ihrem Verdächtigen noch einen kleinen Besuch abstatten?"

„Jetzt noch?", fragte sie erstaunt. Sie warf einen schnellen Blick auf die Wanduhr über der Tür. Es war bereits kurz vor acht.

„Warum nicht?", erwiderte Eiderhoff mit einem Achselzucken. „Oder haben Sie etwas Besseres vor?"

*

Mit Eiderhoff als Beifahrer passierte Inken kurz darauf das Ortsschild, das verkündete, dass sie sich nun in Kampen befanden.

Der Ort mit seinen vielen schönen reetgedeckten Friesenhäusern und edlen Villen war objektiv betrachtet sicher der schönste auf der Insel. Hier war Sylt genau so, wie die Touristen es sich vorstellten, und die Häuser kosteten ein Vermögen. Gerade das war aber auch der Grund, warum Inken ihn nicht besonders mochte. Ihrer Meinung nach hatte er nur noch wenig mit dem typischen Inselleben zu tun, sondern kam ihr immer vor wie eine Theaterkulisse – eine wunderschöne Fassade mit wenig Substanz dahinter. In Westerland, wo sie wohnte, fühlte sie sich jedenfalls wesentlich wohler.

„Es wundert mich, dass Steewe vor der Vergewaltigung noch nicht auffällig geworden ist", riss Eiderhoff sie aus ihren Gedanken. „Normalerweise fängt eine kriminelle Laufbahn nicht direkt mit einer so schwerwiegenden Tat an."

„Das hat sie auch nicht", bestätigte Inken. „Ich bin hier auf der Insel aufgewachsen, genau wie Klaas Steewe, daher kenne ich ihn ganz gut. Wir hatten zwar nie denselben Freundeskreis, weil er in der Schule einen Jahrgang unter mir war. Als Mädchen interessiert man sich ja eher für die etwas älteren Jungs. Aber natürlich habe ich genug mitbekommen, wenn es seinetwegen mal wieder Ärger gab. Er war schon als Kind dafür bekannt, dass er mit anderen nicht gerade zimperlich umgegangen ist. Wenn er unter normalen Umständen groß geworden wäre, hätte er sicher mehr als einmal die Bekanntschaft des Jugendrichters gemacht. Aber die Umstände, unter denen er aufgewachsen ist, waren nun mal nicht normal."

„Sie meinen seine reiche Familie?", hakte Eiderhoff nach.

Inken nickte. „Egal, was Klaas angestellt hat, Mama und Papa haben immer ihre schützende Hand über ihren Sprössling gehalten. Gerüchten zufolge sollen ganz ordentliche Summen geflossen sein, damit es nie zu einer Anzeige kam." Sie zuckte die Achseln. „Ich bin mir nicht sicher, ob ihm das so gutgetan hat. Vielleicht wäre es besser gewesen, er hätte mal hin und wieder einen kleinen Dämpfer bekommen, um ihm seine Grenzen aufzuzeigen. Dann wäre es möglicherweise nie zu dieser Vergewaltigung gekommen."

Eiderhoff lachte leise. „Sie meinen, ein Schuss vor den Bug hätte ihn wieder auf Kurs gebracht?"

„Schon möglich." Auch Inken musste unwillkürlich lächeln. Das Bild gefiel ihr.

„Ich verstehe solche Leute einfach nicht", fuhr sie nach einer kurzen Pause fort. „Ich meine, Klaas Steewe ist mit dem sprichwörtlichen silbernen Löffel im Mund geboren worden. Noch dazu ist er bestimmt kein Dummkopf. Aber anstatt dankbar dafür zu sein und etwas daraus zu machen, ist er anscheinend der Meinung, er könne sich alles erlauben."

„Damit ist er leider kein Einzelfall", antwortete Eiderhoff, während er den Sicherheitsgurt löste und die Beifahrertür öffnete.

Sie hatten vor einer schönen, geschmackvollen Villa – natürlich mit dem obligatorischen Reetdach – gehalten, die von einem riesigen, fast schon parkähnlichen Garten umgeben war. Statt eines Zauns oder einer Mauer umgab ein aus großen Natursteinen gefertigtes Hochbeet, das mit immergrünen Sträuchern und Rosen bepflanzt war, das gesamte Grundstück. In der gepflasterten Einfahrt standen ein schwarzer Porsche und ein silberfarbenes Mercedes-Cabrio.

Die Protz-Autos von Mutter und Sohn, dachte Inken verächtlich, als sie auf die repräsentative, doppelflügelige Haustür zugingen. Dabei nahm sie es Tina Steewe nicht einmal übel, dass sie als erfolgreiche Geschäftsfrau ihren Reichtum auch gern zeigte. Vielmehr missfiel ihr, zu was für einem Menschen sie ihren Sohn erzogen hatte, der in seinem bisherigen Leben noch nicht wirklich viel geleistet hatte.

„Wenn Sie Steewe ganz gut kennen, ist es vielleicht besser, wenn Sie mir die Gesprächsführung überlassen“, schlug Eiderhoff vor, während er auf den kupferfarbenen Klingelknopf drückte.

Inken nickte. Sie war bestimmt nicht scharf auf ein Gespräch mit Klaas Steewe.

Sie stutzte, als sich die Tür öffnete. Aus irgendeinem Grund hatte sie mit einem Hausmädchen gerechnet, das ihnen aufmachen würde, aber es war Klaas Steewe persönlich, der an die Tür kam. Als er sie sah, verzog sich sein Gesicht zu einem spöttischen Lächeln.

Seinem Äußeren hatte der Gefängnisaufenthalt nicht geschadet, wie Inken mit einem Anflug von Bedauern feststellte. Klaas war sehr groß, über einen Meter neunzig, dabei sportlich und durchtrainiert. Die dichten, hellblonden Haare trug er etwas kürzer als früher, aber die Augen leuchteten in demselben strahlenden Blau, für das manch eine ihrer Mitschülerinnen ihn heiß beneidet hatte.

„Herr Steewe?", fragte Eiderhoff knapp. Als Klaas nickte, fuhr er fort: „Mein Name ist Thomas Eiderhoff, LKA Schleswig-Holstein. Und das ist Inken Stübig von der Kripo Sylt. Wir würden Ihnen gern ein paar Fragen stellen."

Klaas musterte Inken abschätzig. „Inken, Schätzchen, ich hab ja schon gehört, dass du Karriere gemacht hast. Aber es tut mir leid. Mit Bullen mache ich grundsätzlich keine Dates. Nicht mal, wenn sie so schnuckelige Bräute sind wie du."

Inken biss sich auf die Unterlippe, um die passende Antwort nicht laut auszusprechen, die ihr auf der Zunge lag. Inzwischen hatte sie einige Jahre lang Erfahrungen im Polizeidienst sammeln können. Provokationen waren bei ihrer Arbeit keine Seltenheit, und meistens schaffte sie es ganz gut, damit umzugehen und sich nicht reizen zu lassen. Aber Typen wie dieser Klaas Steewe stellten ihren Geduldsfaden auf eine äußerst harte Zerreißprobe.

Eiderhoff, der fast genauso groß war wie Steewe, trat einen Schritt vor. Es waren nur wenige Zentimeter, die er sich Steewe näherte, aber er tat das so schnell und unerwartet, dass der Kerl unwillkürlich zurückwich.

„Wenn Sie es nicht schaffen, sich meiner Kollegin gegenüber angemessen zu verhalten, können wir unser Gespräch gern bei der Staatsanwaltschaft in Flensburg fortsetzen", sagte er in scharfem Ton.

„Schon gut, war ja nicht so gemeint." Steewe hob abwehrend beide Hände. Das überhebliche Lächeln war mit einem Schlag aus seinem Gesicht verschwunden. „Ich nehme an, Sie sind wegen der Morde hier, oder?“

„Was wissen Sie darüber?“, fragte Eiderhoff.

Steewe zuckte die Achseln. Seine Miene war betont gleichgültig, als er zurückgab: „Nur das, was man eben so in der Zeitung liest oder auf der Straße aufschnappt. Es gibt ja kaum noch ein anderes Thema auf der Insel. Überall wird darüber getuschelt und spekuliert, wer das gemacht hat. Ansonsten habe ich nichts damit zu tun.“

Wieder zeigte sich ein Anflug des großspurigen Lächelns auf seinem Gesicht. „Aber glauben Sie nicht, dass ich in Tränen ausgebrochen bin, als ich gehört habe, wen es da getroffen hat. Wenn Sie mich fragen, hat der Typ der Welt einen riesengroßen Gefallen getan. Dieser abgehalfterte Richter und die Zicke von Staatsanwältin haben doch nur gekriegt, was sie verdient haben.“ Er schnaubte verächtlich.

Inken bemerkte, dass Eiderhoff die Hände zu Fäusten ballte. Aber seine Stimme klang ganz ruhig, beinahe schon freundlich, als er fragte: „Dieser feige Mörder ist wohl so etwas wie Ihr Idol, was? Haben Sie ihm vielleicht geholfen?“

„Geholfen?“ Steewe lachte spöttisch auf. „Sieht nicht so aus, als würde der Typ Hilfe brauchen, oder? Nach allem, was man so hört, macht er seine Sache doch ziemlich gut.“

Seine Augen verengten sich zu schmalen Schlitzen. „Engler und dieses Miststück Gambrowski haben mir mein Leben versaut. Ihretwegen saß ich sieben Jahre im Bau. Sieben Jahre! Da erwarten Sie doch sicher nicht, dass ich auch noch Mitleid heuchle.“

„Mitleid war ja noch nie deine Stärke“, schaltete sich Inken in kühlem Ton in das Gespräch ein. „Und dein Leben zu versauen, das hast du ja wohl ganz allein geschafft mit dem, was du dem armen Mädchen angetan hast.“

„Die Schlampe wollte es doch nicht anders!“, zischte Steewe hasserfüllt. „Sie hat es doch auf die harte Tour gewollt, aber hinterher hat sie rumgejammert, dass ich ihr wehgetan habe. Dabei hat sie mich doch die ganze Zeit provoziert. Wie auch immer, ich habe meine Strafe abgesessen. Ihr könnt mir also gar nichts!“

„Dann können Sie uns ja sicher sagen, wo sie die Nacht zum Montag und die Nacht auf heute verbracht haben“, sagte Eiderhoff ruhig.

„Wo soll ich schon gewesen sein? Hier natürlich.“ Steewe starrte ihn feindselig an, doch plötzlich änderte sich sein Gesichtsausdruck. Ein leichtes Lächeln umspielte seine Lippen. „Na ja, oder sagen wir es besser so: Heute Nacht bin ich mir ganz sicher, dass ich hier gewesen bin. In der Nacht zum Montag weiß ich das nicht so genau. Ich habe mit meinen Kumpels am Sonntagabend gefeiert, unten in der Sansibar. Ich nehme an, dass mich einer von denen dann hier abgeliefert hat. Aufgewacht bin ich nämlich hier, und zwar mit einem ziemlich üblen Kater. Ich habe fast 'ne ganze Packung Aspirin gebraucht, um wieder fit zu werden. Aber ob ich zwischendurch noch einen Richter gefoltert und umgebracht habe ...“ Er kratzte sich demonstrativ am Kopf und grinste hämisch. „... Nein, tut mir leid. Daran kann ich mich beim besten Willen nicht erinnern.“

„Kann deine Mutter oder irgendjemand anders bestätigen, dass du die beiden Nächte hier im Haus warst?“, fragte Inken. Sie hatte Mühe, das zornige Zittern in ihrer Stimme zu unterdrücken.

Steewe schüttelte den Kopf. „Stell dir vor, meine Mutter ist eine hart arbeitende Geschäftsfrau. Sie war eine Woche quer durch Europa auf verschiedenen Auktionen unterwegs. Und sonst wohnt hier keiner. Aber ich brauche auch ganz sicher kein Alibi. Ich habe nichts getan, also könnt ihr mir auch nichts beweisen. Gar nichts."

In diesem Augenblick öffnete sich hinter Steewe eine Tür. Eine große, sehr schlanke Frau mit scharfen Gesichtszügen und perfekt frisierten blonden Haaren erschien im Türrahmen.

Inken erkannte sie sofort. Es war Tina Steewe, bekannte Sylter Galeristin und Klaas' Mutter.

Sie warf einen kurzen Blick auf die beiden Beamten. Anscheinend war auch sie sich sofort im Klaren darüber, wen sie vor sich hatte. Vielleicht hatte sie auch die letzten Sätze des Gesprächs durch die Tür mit angehört.

„Mein Sohn hat Ihnen nichts zu sagen", erklärte sie in strengem Ton. „Wenn Sie irgendetwas wissen wollen, können Sie sich gern an unseren Familienanwalt wenden. Ohne ihn werden Sie von Klaas kein einziges Wort mehr hören."

„Das brauchen wir auch gar nicht", gab Eiderhoff betont freundlich zurück. „Ihr Sohn muss nichts mehr sagen, aber er sollte sich vielleicht noch etwas anhören. Ich habe nämlich noch einen guten Rat für ihn." Er wandte sich an Klaas und sah ihm direkt in die Augen, als er fortfuhr. „Was immer auch in den nächsten Tagen passiert, wir haben Sie genau im Blick. Sie sollten sich also besser einmal mehr überlegen, was Sie tun."

Er verabschiedete sich mit einem Kopfnicken von Tina Steewe, dann wandten sich Inken und er zum Gehen.

Als die Tür hinter ihnen mit einem deutlich vernehmbaren Klicken ins Schloss fiel, sprach Eiderhoff schließlich genau das aus, was Inken auch gerade dachte:

„Was für ein Arschloch!"

Freitag, 23. Oktober 2015

Inken goss sich eine Tasse Kaffee ein. Sie brauchte dringend einen Koffeinschub, ehe sie sich wieder an die Arbeit machte.

Seit Stunden hing sie jetzt vor dem Computer-Monitor und am Telefon, versuchte weitere Zusammenhänge zwischen Richter Engler und Staatsanwältin Gambrowski zu finden und mehr über ihre drei Hauptverdächtigen zu erfahren. Währenddessen waren ihre beiden Kollegen den zahlreichen telefonischen Hinweisen nachgegangen, die im Lauf des gestrigen Tages und Abends bei der Polizei eingegangen waren.

Inzwischen waren aber auch Lasse und Sven wieder zurückgekehrt. Allerdings waren sie ziemlich enttäuscht, denn obwohl sich einige der Hinweise im ersten Augenblick ziemlich vielversprechend angehört hatten, war bei ihren Nachforschungen leider bisher nichts Brauchbares herausgekommen.

Als Inken einen großen Schluck von dem Kaffee trank, verzog sie angewidert das Gesicht. Die schwarzbraune Brühe war nicht nur kalt, sondern schmeckte auch bitter und abgestanden.

„Es wird dringend Zeit für eine neue Kaffeemaschine“, knurrte sie, während sie das ekelhafte Gebräu in die Spüle kippte und die Tasse zur Seite stellte. Sie hatte nicht die geringste Lust, jetzt neuen Kaffee zu kochen. Ein Stück Schokolade aus ihrer Schreibtischschublade würde als

Erstes für einen kleinen Energieschub wohl reichen müssen.

Den brauchte sie dringend, nachdem sich herausgestellt hatte, dass Klaas Steewe sie anscheinend nicht angelogen hatte, was seinen Besuch in der Sansibar am Sonntagabend betraf. Mehrere seiner Freunde hatten genauso wie das Personal der Sansibar bestätigt, dass Steewe dort den ganzen Abend ausgelassen gefeiert und Unmengen an Köm getrunken hatte. Ein Freund von ihm hatte angegeben, ihn kurz nach Mitternacht nach Hause gebracht zu haben. Steewe war dabei angeblich so sturzbetrunken gewesen, dass er es nicht einmal geschafft hatte, sich allein die Schuhe auszuziehen.

„Na ja, selbst wenn dieser Freund die Wahrheit gesagt hat, einen Vollrausch kann man zur Not auch vorspielen“, murmelte Inken verbittert. Ihr wäre es eindeutig lieber gewesen, wenn Klaas kein Alibi gehabt hätte. Ihm traute sie die schrecklichen Morde auf jeden Fall zu.

Sie kehrte gerade wieder an ihren Arbeitsplatz zurück, als ihr Telefon klingelte.

„Hallo Inken, Joachim Reedsen hier“, ertönte eine bekannte Stimme, nachdem sie sich gemeldet hatte. Joachim Reedsen war ein guter Bekannter ihrer Eltern, den Inken schon seit ihrer Kindheit kannte. Inzwischen hatte er die Achtzig weit überschritten, was ihn aber nicht davon abhielt, sich immer noch selbst um die Vermietung der sechs Ferienhäuser zu kümmern, die er auf Sylt besaß. Dass Richter Theo Engler, seine Frau und sein Enkel ausgerechnet in einem seiner Häuser umgebracht worden waren, hatte ihn schwer getroffen.

„Hallo Joachim“, gab Inken freundlich zurück. Sie sprach etwas lauter und besonders deutlich, da sie wusste, dass der alte Mann nicht mehr so gut hörte. „Was kann ich denn für dich tun?“

„Es geht eher um etwas, dass ich für euch tun kann“, kam die heisere Antwort. „Zumindest hoffe ich das. Du hattest mich ja gefragt, ob mir am Verhalten der Englers etwas Merkwürdiges aufgefallen ist. Ich habe die ganze Zeit das Gefühl gehabt, dass da tatsächlich irgendetwas seltsam gewesen ist, konnte mich aber nicht daran erinnern, was es war. Es war da, aber trotzdem nicht richtig greifbar. Verstehst du, was ich meine?“

Unwillkürlich richtete sich Inken auf ihrem Stuhl auf.

„Ich denke schon. Und inzwischen erinnerst du dich wieder?“, fragte sie mit belegter Stimme.

„So ist es. Zuerst wusste ich es nicht mehr so genau, deshalb habe ich noch mal meine ganzen Unterlagen durchgesehen“, erklärte der Alte umständlich. „Es war allerdings nicht das Verhalten der Englers, sondern es ging darum, wie das Haus gebucht worden ist. Ich hatte euch ja schon gesagt, dass die Englers relativ kurzfristig gebucht haben, so etwa sechs Wochen, bevor sie nach Sylt gekommen sind. Und das stimmt auch. Da habe ich mich nicht geirrt.“

Inken rutschte ungeduldig auf ihrem Stuhl hin und her, während sie zuhörte. Am liebsten hätte sie Reedsen gedrängt, endlich zum Punkt zu kommen, aber nach ihrer Erfahrung zog das nur noch langwierigere Erklärungen nach sich. Also verbiss sie sich eine Bemerkung und hörte einfach weiter zu.

„Ja, als ich dann noch mal nachgesehen habe, was damals eigentlich so merkwürdig war, bin ich dann wieder darauf gestoßen", fuhr Reedsen fort. „Und zwar haben sie über einen Reiseveranstalter gebucht, den ich gar nicht kannte. Warte, ich habe mir den Namen aufgeschrieben."

Ein leises Rascheln von Papier war zu hören.

„Ah ja, hier habe ich es. *Joy of Travel Flensburg* heißen die. Das hatte ich vorher noch nie gehört. Weißt du, normalerweise buchen die Leute ja persönlich. Wir haben viele Stammgäste, die jedes Jahr wiederkommen. Du kennst ja das Prozedere. Die brauchen keinen Reiseveranstalter, sondern rufen einfach an. Und inzwischen läuft natürlich auch viel über diese großen Internetplattformen, vor allem die spontaneren Sachen. Aber so kleine Reiseveranstalter, mit denen wir keinen Vertrag haben. Nee, das kommt eigentlich kaum vor."

„Ja, ich weiß", sagte Inken schnell, bevor er sich noch weiter darüber auslassen konnte. Gleichzeitig gab sie den Namen des Reiseveranstalters in die Suchmaske auf ihrem Computermonitor ein. Wie erwartet erhielt sie kein Ergebnis.

„Hast du in deinen Unterlagen auch gesehen, wie das Apartment bezahlt worden ist?", erkundigte sie sich. „Ich meine, hat der Reiseveranstalter die Unterbringung im Voraus bezahlt? Oder wollten die Englers die Rechnung direkt vor Ort übernehmen?"

„Nee, das war ja auch noch seltsam. Das Apartment war schon bezahlt, und die Frau vom Richter hat beim Einchecken irgendetwas darüber erzählt, dass sie sich so freut, bei diesem Preisausschreiben gewonnen zu haben. Ich habe gar nicht weiter darauf geachtet, die Leute reden ja viel, wenn der Tag lang ist. Ich lass sie dann reden. Dann sind sie zufrieden. Und zufriedene Gäste sind gut fürs Geschäft."

Inkens Mund wurde trocken. „Hast du eine Bankverbindung, über die das Geld bei euch eingegangen ist? Oder eine Kreditkartennummer?"

„Leider nicht. Das Geld kam per Post. In bar. Das habe ich echt lange nicht mehr erlebt. Und es war nicht nur für die Ferienwohnung der Englers. Wie du ja weißt, ist das Haus in zwei Apartments unterteilt. Und dieses Joy of Travel hat beide Hälften für den gleichen Zeitraum gebucht, die eine für die Englers und die andere für eine Familie Müller aus Hamburg. Nur sind diese Müllers nie aufgetaucht."

Natürlich nicht, dachte Inken aufgeregt. Sie war sich sicher, dass es weder den angeblichen Reiseveranstalter noch diese Familie Müller aus Hamburg wirklich gab.

Der Mörder hatte die Englers nicht nur nach Sylt gelockt, er hatte auch sichergehen wollen, dass er nicht durch Nachbarn im gleichen Haus gestört wurde, wenn er über seine Opfer herfiel.

*

Als Inken kurz darauf zu Eiderhoffs Büro lief, um dem LKA-Beamten ihre neuesten Erkenntnisse mitzuteilen, wäre sie vor der Tür fast mit Sven Brähme zusammengestoßen.

Da sie selbst nichts zu dem Fall beisteuern konnte, was sie wirklich weiterbrachte – immerhin hatte sie zwar den

Namen des angeblichen Reiseveranstalters, ab es gab weder eine Bankverbindung noch eine Kreditkarte, die darauf schließen ließen, wer hinter allem steckte – ließ sie Brähme den Vorrang, über die Ergebnisse seiner Ermittlungen zu berichten.

„Ich habe mich noch mal ausgiebig mit Erkan Özgul beschäftigt", sagte er mit einem Blick auf seine Notizen. „Seine bisherigen Straftaten passen zwar nicht so ganz ins Muster, aber mir hat die Sache mit der Armbrust, die unsere Flensburger Kollegen bei ihm gefunden haben, keine Ruhe gelassen. So häufig kommt das ja nicht vor. Wir hatten zwar schon mit allen möglichen Waffen zu tun, aber ich kann mich an keinen Mordfall erinnern, bei dem eine Armbrust die Tatwaffe war."

Er strich sich mit der Hand durch die kurzgeschnittenen, dunkelblonden Haare, bevor er weitersprach. „Özgul war bis vor Kurzem für eine Firma namens *Sonwik Im- und Export* im Flensburger Hafen als Lagerarbeiter beschäftigt. Ich habe mit seinem ehemaligen Chef telefoniert. Der hat mir erzählt, dass er ihn vor knapp vier Wochen gefeuert hat, weil er total unzuverlässig war und des Öfteren nicht zur Arbeit erschienen ist, ohne sich krankzumelden oder eine andere Entschuldigung zu haben. Özgul hat die Kündigung wohl auch ohne viel Murren hingenommen. Gemeldet ist der Mann nach wie vor in seiner bisherigen Wohnung in Flensburg, aber im Moment weiß wohl keiner so genau, wo er sich wirklich aufhält. Die Nachbarn haben ihn angeblich seit Wochen nicht gesehen. Ehrlicherweise muss man allerdings erwähnen, dass die Wohnung in einer Gegend liegt, in der die Polizei wohl eher als natürlicher Feind des Menschen betrachtet wird. Ich bin also nicht sicher, ob die Nachbarn die Wahrheit sagen."

„Aber wo ist die Verbindung zu Sylt?", überlegte Eiderhoff. „Warum sollte er Richter Engler und Gabriele Gambrowski auf Sylt auflauern, wenn er sie doch eigentlich in Flensburg das ganze Jahr direkt vor seiner Nase hat?"

„Nicht nur das", warf Inken ein. „So wie es aussieht, hat der Täter die Englers sogar gezielt nach Sylt gelockt." In knappen Worten berichtete sie, was sie von Joachim Reedsen erfahren hatte.

„Das ist interessant", meinte Eiderhoff. „Damit hat sich also auch die Frage geklärt, ob es Zufall war, dass sämtliche Opfer sich hier gleichzeitig aufgehalten haben. Fehlt nur noch das Motiv, warum der Mörder auf Sylt zugeschlagen hat. Und natürlich die Verbindung zwischen Özgul und der Insel."

„Ich habe tatsächlich eine Verbindung gefunden, auch wenn die ziemlich vage ist", berichtete Sven Brähme weiter. „Ich habe nämlich weiter über die Sonwik Im- und Export GmbH nachgeforscht. Wie so oft gibt es da eine ganze Menge Verflechtungen und undurchsichtige Verbindungen zu anderen Firmen, aber letztendlich hat sich herausgestellt, dass ein einzelner Mann dahintersteckt, der alle Strippen zieht, und zwar ein Kroate namens Goran Vidajevic."

Eiderhoff kniff die Augen zusammen. „Der Name kommt mir bekannt vor."

Brähme nickte. „Gegen ihn und einige seiner Firmen laufen seit geraumer Zeit Ermittlungen wegen illegaler Einfuhr von Waren, Steuerhinterziehung und noch einer ganzen Latte anderer Delikte. Natürlich habe ich bei der

Staatsanwaltschaft nachgefragt. So richtig rausrücken wollten sie nicht mit ihren Erkenntnissen, aber immerhin haben sie mir gesagt, dass es wohl in Kürze zu einem Prozess kommen wird. Und es ist wohl keine Überraschung, wenn ich Ihnen verrate, wer eigentlich die Anklage führen sollte."

„Gabriele Gambrowski", folgerte Eiderhoff.

Brähme nickte. „Richtig. Ihr Tod bedeutet natürlich eine erhebliche Verzögerung. Aber das ist nicht die einzige Verbindung zu Sylt, die ich gefunden habe."

„Sondern?", hakte Eiderhoff nach.

„Ich habe überall nachgefragt, ob Erkan Özgul irgendwo auf der Insel ein Hotelzimmer, ein Apartment oder ein Ferienhaus gemietet hat. Gefunden habe ich dabei nichts, dafür ist mir aber der Name Goran Vidajevic wieder untergekommen. Er hängt es zwar nicht an die große Glocke wie so mancher Promi, aber er besitzt seit fast drei Jahren eine Villa oben in Kampen."

Eiderhoff zog die Augenbrauen hoch. „Interessant. Versuchen Sie auf jeden Fall herauszufinden, ob dieser Özgul irgendwo gesehen wurde. Aber auch Vidajevic sollten wir im Auge behalten. Möglicherweise geht es nur um Gabriele Gambrowski, und der Mord an der Familie Engler war nur ein Ablenkungsmanöver, um uns auf eine falsche Fährte zu locken."

„Angeblich soll sich Vidajevic derzeit auf dem Balkan aufhalten, wegen verschiedener Geschäfte", berichtete Brähme weiter. „Ich sehe mal, ob ich da noch mehr herausfinden kann."

Sie wurden von Lasse Niehaus unterbrochen, der den Raum betrat. An seinen hektischen Schritten und der Art, wie er sich mit der Hand durch das bärtige Gesicht fuhr, erkannte Inken sofort, dass auch er interessante Nachrichten hatte.

„Der Bewährungshelfer von Peter Eissner hat sich endlich bei mir gemeldet“, stieß er atemlos hervor. „Normalerweise muss sich Eissner jeden Mittwoch bei ihm melden. Das hat er aber vorgestern nicht getan.“

„Und der Bewährungshelfer hat nichts unternommen?“, fragte Eiderhoff aufgebracht.

„Nein.“ Niehaus schüttelte den Kopf. „Er hat gesagt, er wollte Eissner nicht gleich reinreiten, bloß weil der mal nicht ganz pünktlich ist. Er wollte ihm noch bis Ende der Woche Zeit lassen. Erst als er meine Nachricht bekommen hat, hat er es wohl doch mit der Angst zu tun bekommen.“

„Verdammter Idiot“, knurrte Eiderhoff. „Wir müssen sofort eine Fahndung nach Eissner rausgeben.“

„Ist schon erledigt“, gab Niehaus zurück. Er japste immer noch vor Aufregung. „Außerdem habe ich schon veranlasst, dass sein Anwalt gewarnt wird und alle Zeugen, die vor Gericht gegen ihn ausgesagt haben. Jetzt können wir nur hoffen, dass es noch nicht zu spät dafür ist, den nächsten Mord noch zu verhindern.“

Samstag, 24. Oktober 2015

Er keuchte. Im lockeren Sand zu laufen war anstrengender, als er es in Erinnerung hatte.

Fast fünfzehn Jahre war es her, dass Bert Franke zuletzt Urlaub auf Sylt gemacht hatte. Er wusste selbst nicht, warum er seitdem nicht mehr hergekommen war. Ihm gefiel die Insel eigentlich, aber zuletzt hatte es ihn eher in den Süden gezogen, vorwiegend ans Mittelmeer, weil der Flug dorthin nicht so lang war wie nach Übersee.

Die Strände auf Sylt waren sicher schön, aber die Temperaturen am Mittelmeer sind auf jeden Fall angenehmer, dachte Franke, während er die weißen Dampfwolken beobachtete, die jedes Ausatmen in der kalten Luft hinterließ.

Er sah sich um. Zumindest, soweit das in der Dunkelheit überhaupt möglich war. Weit und breit war niemand zu sehen. Es herrschte einfach nur eine himmlische Ruhe, und er genoss jede Sekunde davon.

Allerdings hätte er sich sicher einen besseren Zeitpunkt aussuchen können, um wieder nach Sylt zu kommen, das musste er zugeben. Sowohl in seinem Hotel am Ortsrand von Kampen als auch überall im Ort gab es nur noch ein Gesprächsthema: die grausigen Morde an den beiden Familien in Westerland und oben in List. Mit Urlaubsstimmung hatte die Atmosphäre auf der Insel nur noch wenig zu tun.

Sicher, auch ihm war es nahe gegangen, dass in seiner unmittelbaren Umgebung dermaßen brutale Verbrechen stattgefunden hatten. Aber seinen Urlaub deswegen abzubrechen, wie viele andere Gäste es inzwischen getan hatten, wäre ihm nie in den Sinn gekommen. Er brauchte die Erholungspause viel zu dringend.

Als Manager in einem großen Versicherungskonzern stand er das ganze Jahr unter Strom, und wenn er nicht ab und zu mal runterkam, war der Weg zu einem Burnout nicht weit. Ein Urlaub am Meer war da genau das Richtige, um ein bisschen Abstand vom Alltagsstress zu bekommen und den Kopf mal richtig freizukriegen, selbst wenn es wie dieses Mal nur ein paar Tage waren, die er sich hatte freinehmen können.

Franke war froh, als er den Weg zurück in die Dünen sah, den er nehmen wollte. Er war an seinem Hotel in Kampen losgelaufen, hatte den direkten Weg zum Strand genommen und war dort etwa eine halbe Stunde Richtung Süden gejoggt. Auf dem Rückweg wollte er noch am alten Leuchtturm Rotes Kliff vorbei, deshalb musste er den Weg etwas weiter nördlich nehmen, der in die Dünen und an dem stillgelegten Leuchtfeuer vorbeiführte.

Als er losgelaufen war, war es noch stockdunkel gewesen. Nur dank seiner Stirnlampe hatte er immer genau sehen können, wohin er trat. Er hatte zwar keine Angst vor dem sadistischen Mörder, der auf der Insel sein Unwesen trieb, aber die Vorstellung, bei der unangenehmen Kälte mit einem gebrochenen Knöchel in den Dünen zu liegen, war nicht unbedingt reizvoll. Inzwischen zeigten sich allerdings erste Anzeichen der Morgendämmerung, sodass er immerhin schemenhaft sehen konnte, wo der Weg verlief.

Franke schnaufte, als er die Stufen des Holzstegs zum Leuchtturm hinauflief, der von Scheinwerfern am Boden angestrahlt wurde. Von Stufe zu Stufe wurde es mühsamer, und bei jedem Schritt wurde er langsamer, bis es ihm selbst beinahe so vorkam, als würde er sich nur noch in Zeitlupe bewegen.

„In Zukunft gibt es weniger Alkohol und keine einzige Zigarette mehr!", schwor er sich im Stillen. In der letzten Zeit hatte er viel zu wenig auf seine Gesundheit geachtet. Früher hatte er es locker weggesteckt, abends ordentlich zu feiern und die Sau rauszulassen. Egal wie spät es geworden war und wie wenig Schlaf er abbekommen hatte, am nächsten Tag war er dennoch immer relativ fit gewesen.

Jetzt, mit 52, sah das allerdings ganz anders aus. Da machten sich die drei Bier vom Vorabend schon ganz schön bemerkbar, ganz zu schweigen von den zehn oder zwölf überflüssigen Kilos, die er schon eine ganze Weile mit sich rumschleppte. Aber auch das würde sich ändern, und zwar ab sofort. Schon beim Frühstück im Hotel würde er sich auf Obst, Joghurt und vielleicht eine Scheibe Brot beschränken.

Als er endlich den Leuchtturm passiert hatte, blieb er erschöpft stehen, beugte sich vornüber und stützte die Hände auf den Knien ab. Er war vollkommen außer Atem.

„Verdammter Mist!", fluchte er. „So kann das auf keinen Fall weitergehen. Ich bin ja schlechter drauf als meine eigene Oma."

Er blickte auf. Dabei stellte er erleichtert fest, dass es jetzt bis Kampen keinen wesentlichen Anstieg mehr gab.

Der Weg vom Strand hier herauf hatte ihm für heute als Herausforderung absolut gereicht.

Als er sich umsah, glitt der Lichtschein seiner Stirnlampe durch die Dünen.

Plötzlich stutzte Franke. Der Schein seiner Lampe hatte einen merkwürdigen Schatten gestreift. Der Schatten war nur für den Bruchteil einer Sekunde im Licht aufgetaucht, aber Franke wusste instinktiv, dass er hier nicht hingehörte. Stirnrunzelnd sah er sich noch einmal um, diesmal wesentlich langsamer.

Er hatte sich nicht geirrt, auch wenn ihm das momentan wesentlich lieber gewesen wäre. Ganz in der Nähe des niedrigen Leuchtturms, aber außerhalb der Reichweite der Scheinwerfer, sah er den Schatten im Lichtkegel auftauchen. Von seinem Standpunkt aus war es nicht viel mehr als eine dunkle Silhouette, die sich deutlich vom hellen Sand der Düne abhob. Aber er hatte in den letzten Tagen genug Details über die grausamen Morde gehört, sodass er sofort ahnte, was er vor sich hatte.

„Oh mein Gott!“, stieß er gepresst hervor, während er langsam, Schritt für Schritt, auf die Stelle zuging.

Drei leblose Körper tauchten vor ihm auf, die zusammen ein großes T bildeten. Der erste Körper war der eines Mannes, der langgestreckt auf dem Rücken lag, die Füße dem Weg zugewandt. Seine Hände waren über dem Bauch gefaltet.

Er sah aus wie bei einer Aufbahrung, ging es Franke durch den Kopf. Nur dass in diesem Fall die Augen des Mannes nicht weit geöffnet gewesen wären. Über dem rechten Auge steckte zudem ein Stab in der Stirn des

Mannes, der aussah wie ein Pfeil. Auch die Brust und die Oberschenkel waren mit solchen Stäben übersät.

Rechts und links von dem Mann lag jeweils eine Frau. Die eine war relativ klein und ein bisschen mollig. Unwillkürlich musste Franke an das Märchen von Schneewittchen denken, als er auf ihre schwarzen Locken blickte, die das rundliche Gesicht umrahmten. Die andere Frau war recht groß und wirkte sehr sportlich. Auch sie war dunkelhaarig.

Schockiert starrte Franke auf die blassen Gesichter, die im Schein seiner Lampe fast blau wirkten. Beide waren durch zahlreiche Wunden entstellt, und beide Frauen hatten einen schmalen Draht um den Hals liegen, der eine hässliche, klaffende Wunde in der hellen Haut hinterlassen hatte.

„Scheiße! Verdammte Scheiße!“, fluchte Franke leise. Hektisch angelte er in der Tasche seiner Laufjacke nach seinem Handy und schaltete es ein. Seine Finger zitterten so sehr, dass er es kaum schaffte, die Nummer des Notrufs zu wählen.

Obwohl er am liebsten so schnell wie möglich weggerannt wäre, blieb er doch wie angewurzelt stehen. Es gelang ihm nicht einmal, den Blick von den fahlen Gesichtern der Toten abzuwenden, während er das Telefon ans Ohr hielt und darauf wartete, dass die Verbindung hergestellt wurde.

„Notrufzentrale. Wie kann ich Ihnen helfen?“, meldete sich nach nur wenigen Sekunden eine sympathisch klingende Frauenstimme.

Franke öffnete den Mund, um zu berichten, was passiert war, doch er kam nicht dazu. Stattdessen stieß er einen erstickten Schrei aus und taumelte ein paar Schritte rückwärts.

Eine der Frauen hatte die Augen plötzlich weit aufgerissen und sah ihn direkt an.

„Hilfe!“, röchelte sie kaum hörbar. „Bitte helfen Sie mir!“

*

„Ist das wahr? Diesmal haben wir eine Überlebende?“, fragte Lasse Niehaus aufgeregt, als er die Absperrung passiert hatte und auf Inken Stübig zugeeilt kam. Sein Gesicht wirkte im zuckenden Blaulicht der Streifenwagen, die vor der Absperrung Position bezogen hatten, ganz fahl.

Inken nickte bedrückt. „Zumindest hat sie noch gelebt, als die Rettungskräfte hier eingetroffen sind. Sie haben sie sofort in die Klinik nach Flensburg fliegen lassen. Wie es ihr jetzt geht, weiß ich leider nicht. Eiderhoff ist schon auf dem Weg zu ihr. Sobald er etwas weiß, gibt er uns Bescheid.“

Da Inken eine Wohnung in Westerland hatte, war sie meistens vor ihren beiden Kollegen am Tatort, die beide auf dem Festland wohnten und erst mit dem Zug auf die Insel übersetzen mussten, wenn sie verständigt wurden.

Zuerst war sie auch ziemlich aufgeregt gewesen, als sie gehört hatte, dass beim jüngsten Mordanschlag eines der Opfer überlebt hatte. Immerhin könnte eine Zeugin sie in ihren Ermittlungen viel schneller weiterbringen, als sie das überhaupt zu hoffen gewagt hatten. Vielleicht hatte sie den Täter gesehen und konnte ihn wiedererkennen. Zumindest aber konnte sie ihnen entscheidende Hinweise auf sein Vorgehen und seine Motivation geben – wenn sie überhaupt überlebte.

Doch ihre Euphorie hatte sich schnell verflüchtigt, als sie gesehen hatte, wer die beiden anderen Opfer waren, die der Mörder in den Dünen drapiert hatte, in unmittelbarer Nähe des Leuchtturms Rotes Kliff.

Schon auf den ersten Blick war klargewesen, dass es sich um denselben Täter handeln musste wie bei den anderen Morden. Nicht nur die Art, wie die Toten zur Schau gestellt worden waren, entsprach genau der Vorgehensweise des Mörders von Richter Engler und Staatsanwältin Gambrowski. Auch die Verletzungen – von den Drahtschlingen mit den Holzgriffen um die Hälse der Opfer über die Brand- und Schnittwunden bis zu den Armbrustpfeilen aus Karbon – waren exakt gleich.

„Kanntest du die Opfer?“, fragte Lasse Niehaus vorsichtig. Er schien zu spüren, wie niedergeschlagen seine junge Kollegin war.

Wieder nickte Inken. „Ja, allerdings eher flüchtig. Die Frau ist Silke Hanstedt. Sie war in der Schule zwei Klassen über mir und arbeitet jetzt als Grundschullehrerin in Westerland.“

Sie schluckte. „Ich meine, bisher hat sie als Grundschullehrerin gearbeitet“, korrigierte sie sich selbst. „Das daneben ist ihr Mann, Leif Hanstedt. Die beiden haben in Wenningstedt gewohnt. Soweit ich weiß, hat Leif das Haus seiner Eltern dort geerbt. Er betreibt einen ziemlich gut laufenden Hausmeisterservice mit mehreren Angestellten. Die Firma kümmert sich in einigen größeren

Wohnblöcken um die Gartenpflege, die Treppenhausreinigung und so was in der Art. Außerdem betreuen sie eine ganze Reihe Privathäuser, wenn die Besitzer nicht da sind. Ich habe im letzten Winter mehrmals mit Leif gesprochen, du weißt schon, wegen der Einbruchserie in die Villen in Kampen und Westerland."

„Klar, ich erinnere mich", gab Lasse nachdenklich zurück. „Ich hatte zwar mit den Ermittlungen nicht viel zu tun, aber natürlich habe ich einiges mitbekommen. Ging es da nicht um eine organisierte Bande aus Osteuropa?"

„Das nehmen wir zumindest an." Inken verzog das Gesicht. „Es gab ein paar Hinweise darauf, speziell nach dem zu urteilen, wie sie vorgegangen sind. Aber die Kerle sind so schnell wieder verschwunden, wie sie hergekommen sind, deshalb haben wir keinen von ihnen schnappen können."

„Weißt du auch, wer die andere Frau ist?", erkundigte sich Niehaus. „Die, die das Ganze überlebt hat? Wieder ein Familienmitglied?"

Inken schüttelte den Kopf. „Ich habe keine Ahnung. Als ich hier angekommen bin, hatten die Sanitäter sie schon in den Rettungshubschrauber gebracht. Ich hab zwar noch kurz mit Eiderhoff gesprochen, bevor er sich auf den Weg nach Flensburg gemacht hat, aber er konnte mir auch nichts über ihre Identität sagen. Ich hoffe nur, dass wenigstens sie durchkommt."

„Ich auch", stimmte Niehaus zu. „Obwohl ich mir nicht sicher bin, wie man nach so einem Erlebnis wieder ein normales Leben führen soll."

Er wies mit einer Kopfbewegung auf die beiden Leichen vor ihnen. „Aber vielleicht kann sie uns wenigstens helfen zu verhindern, dass so etwas noch mal vorkommt."

Inken antwortete nicht. Sie starrte nur weiter scheinbar geistesabwesend auf die Toten vor ihren Füßen.

„Ich frage mich nur", begann Niehaus nach einer Weile, „welcher Zusammenhang zwischen den Opfern bestehen kann. Ich meine, was haben ein Richter und eine Staatsanwältin aus Flensburg mit einem Hausmeister und einer Grundschullehrerin aus Wenningstedt zu tun?"

„Gute Frage." Inken blickte auf und lächelte gequält. „Ich denke, sobald wir die Antwort darauf gefunden haben, wissen wir auch, wer der Täter ist."

*

Obwohl der Tatort ähnlich aussah, war es ein ganz anderes Gefühl, durch das Haus der Hanstedts zu gehen, als es bei den Ferienhäusern der Englers oder der Gambrowskis der Fall gewesen war.

Das Haus der Hanstedts in Wenningstedt war lange nicht so schön und romantisch wie die Ferienhäuser weiter nördlich, in denen die anderen Morde stattgefunden hatten. Auch in Wenningstedt wurden inzwischen teure Villen mit Reetdächern gebaut – direkt gegenüber standen drei davon – aber das Haus der Hanstedts war weit weniger repräsentativ. Es war zwar größer, aber mit seiner schon etwas in die Jahre gekommenen weiß gestrichenen Fassade und dem steilen Dach aus grauen Ziegeln nicht unbedingt so, wie man sich ein typisches Haus auf

Sylt vorstellte. Auch die Inneneinrichtung war lange nicht so edel wie in den Ferienhäusern. Viele der Möbel waren schon in die Jahre gekommen, und der Parkettboden zeigte wie die hölzernen Treppenstufen deutliche Abnutzungserscheinungen.

Aber hier hatten die Menschen wirklich gewohnt, dachte Inken bedrückt. Anders als in den Ferienhäusern, die immer ein wenig steril wirkten, waren überall persönliche Gegenstände zu sehen. Das Wohnzimmer und die Küche waren herbstlich dekoriert und wirkten dadurch viel wohnlicher als die Ferienhäuser mit ihrer typischen Friesendeko aus Gemälden von alten Segelschiffen oder Fotos der Sylter Leuchttürme. Und auch der Geruch in einem solchen Haus, das das ganze Jahr über bewohnt wurde, war ganz anders.

Inken schluckte, als ihr Blick auf einige Kinderfotos in schwarzen Holzrahmen fiel, die an den Wänden hingen. Silke und Leif hatten keine eigenen Kinder gehabt. Wahrscheinlich waren das also die Kinder von Silkes älterer Schwester Meike, die vor ein paar Jahren mit ihrer Familie nach Neuseeland ausgewandert war.

Unwillkürlich fragte sich Inken, ob die Frau, die den feigen Mordanschlag überlebt hatte, Meike gewesen war. Vielleicht hatte sie ihre Schwester gerade besucht und war damit genau zur falschen Zeit am falschen Ort gewesen.

Noch hatte sich Eiderhoff nicht aus Flensburg gemeldet. Sie wussten also weder, wer die Frau gewesen war, noch ob sie wirklich überlebt hatte.

Inken dachte an die Nachbarin der Hanstedts, von der sie den Haustürschlüssel bekommen hatten und die jetzt ganz sicher unruhig draußen wartete. Noch war es nicht durch die Medien gegangen, was passiert war. Aber spätestens, wenn in Kürze die Spurensicherung eintraf und das Haus der Hanstedts genauestens untersuchte, würde sich herumsprechen, dass es diesmal eine Sylter Familie getroffen hatte.

Die Ruhe bis dahin wollte Inken nutzen, um den Tatort auf sich wirken zu lassen. Sie sah sich im Erdgeschoss um. Anscheinend waren die drei Opfer gerade dabei gewesen, sich einen Film anzusehen, als der Täter ins Haus gekommen war. Der Fernseher war zwar ausgeschaltet, aber der DVD-Spieler darunter war noch an. Bei einer Stunde und dreiundzwanzig Minuten hatte der Film gestoppt, wie die grünen Ziffern auf dem Display verrieten. Auf dem niedrigen Couchtisch standen drei benutzte Weingläser, zwei davon noch halbvoll, daneben eine große Schüssel mit Kartoffelchips und Salzstangen.

„Ich nehme an, in den anderen Häusern sah es ähnlich aus", sagte Lasse Niehaus. Mit einer knappen Kopfbewegung deutete er auf die drei Stühle, die im Wohnzimmer in einem Dreieck angeordnet waren, mit der Sitzfläche zur Mitte hin.

Auch hier gab es einige Blutspuren auf dem Boden, und durchschnittene Kabelbinder aus Plastik lagen auf dem abgenutzten Parkett. Allerdings fehlten die abgerissenen Streifen Klebeband, die sie in den anderen Häusern gefunden hatten, wie Inken feststellte. Auch das passte ins Bild: Diesmal hatten sie das Klebeband direkt neben den Leichen gefunden.

Inken nickte. „Auf den ersten Blick auf jeden Fall."

Sie zeigte auf die verschmierten Blutflecken in der Nähe der Haustür.

„Siehst du die verwischten Blutspuren?“, fragte sie. „Die Spurensicherung meint, dass der Täter an den vorigen beiden Tatorten Überschuhe aus Kunststoff getragen hat, wie sie zum Beispiel in Krankenhäusern im OP üblich sind. Ich denke, hier hat er es genauso gemacht. Damit hat er verhindert, dass es deutliche Fußabdrücke gibt. Nicht mal die Schuhgröße ist zu erkennen. An der Haustür muss er die Dinger dann ausgezogen und mitgenommen haben.“

„Ganz schön raffiniert“, seufzte Niehaus. „Wenn der Kerl solche Tricks auf Lager hat, nehme ich mal an, dass wir auf Finderabdrücke oder Ähnliches erst gar nicht zu hoffen brauchen. Dazu ist er vermutlich viel zu schlau.“

Inken zuckte die Achseln. „Warten wir ab, was die Spurensicherung findet. Vielleicht haben wir trotzdem Glück. Irgendwann macht jeder mal einen Fehler. Und ich hoffe doch sehr, dass es in diesem Fall eher früher passiert als später.“

Sie deutete auf die steile Treppe, die in das Obergeschoss des Hauses führte. „Lass uns mal oben nachsehen“, schlug sie vor. „Vielleicht finden wir einen Hinweis auf die Frau, die mit im Haus war, als der Täter hier eingedrungen ist.“

Gefolgt von Niehaus stieg Inken die schmalen Stufen herauf, die unter jedem Schritt knarrten und ächzten. Als Beamtin bei der Kriminalpolizei war sie es gewohnt, in die Privatsphäre anderer Menschen einzudringen. Aber da es sich hier um die Opfer eines besonders schweren

Verbrechens und nicht um mögliche Täter handelte, fiel es ihr doch ziemlich schwer.

Der Täter schien nicht im Obergeschoß gewesen zu sein. Weder war etwas durchsucht worden, noch gab es andere Hinweise wie beispielsweise Blutspuren, die darauf hindeuteten, dass er hier oben gewesen sein musste, während seine Opfer unten an die Stühle gefesselt ausharrten.

„Das muss das Schlafzimmer von den Hanstedts gewesen sein“, bemerkte Inken, als sie vorsichtig eine Tür aufstieß, hinter der sich ein Raum mit einem großen Doppelbett befand. Er lag im schummrigen Halbdunkel, da das noch etwas dämmerige Tageslicht nur durch ein kleines Fenster in einer Gaube in den Raum dringen konnte. Das Bett war ordentlich gemacht und nirgends lag etwas herum.

Die Hanstedts müssen ziemlich ordnungsliebende Leute gewesen sein, dachte Inken insgeheim. Wenn bei ihr jemand unangekündigt in die Wohnung kam, sah es jedenfalls ganz anders aus. Sie schloss die Tür nicht wieder, sondern ließ sie einfach offen stehen und wandte sich der nächsten Tür zu. Dahinter lag ein Badezimmer, das ebenso ordentlich und aufgeräumt wirkte wie das Schlafzimmer.

Der nächste Raum war wesentlich interessanter: Es schien das Gästezimmer der Hanstedts zu sein. Unter der Dachschräge, die über ein kleines Dachflächenfenster verfügte, stand ein Einzelbett. Gegenüber des Fußendes, an der einzigen Wand des Raums, die dafür groß genug war, war ein schmaler Kleiderschrank untergebracht. Ein kleiner Koffer mit Rollen stand in der Nische zwischen dem Schrank und dem Fußteil des Bettes, und auf der niedrigen Kommode lag eine braune Handtasche.

„Vielleicht bringt uns das weiter", sagte Inken zuversichtlich. „Vielleicht können wir rausfinden, wer das dritte Opfer ist."

Vorsichtig hob sie die Handtasche auf und öffnete sie. Selbstverständlich trug sie Latexhandschuhe, bemühte sich aber dennoch, so wenig von der Tasche zu berühren wie möglich.

Die Handtasche enthielt das übliche Chaos, das sich oft in Damenhandtaschen findet: Papiertaschentücher, einen Lippenstift, ein bisschen Kleingeld, eine alte Kinokarte, zwei Kassenbons und einen Geldbeutel. Zielsicher griff Inken nach dem Geldbeutel. Niehaus blickte ihr über die Schulter, als sie ihn öffnete.

„Ich denke, jetzt kennen wir zumindest den Namen unseres dritten Opfers", sagte Inken leise, als sie einen Personalausweis fand. Sie sah lange auf das Foto der dunkelhaarigen Frau. „Sie heißt Anna Köhler, ist 34 Jahre alt und wohnt in Berlin."

*

Eiderhoff hasste Krankenhäuser, und vor allem hasste er die Warteräume von Notaufnahmen.

Zum wiederholten Mal fragte er sich nach einem Blick auf die Uhr, ob er die richtige Entscheidung getroffen hatte, als er sich sofort auf den Weg nach Flensburg gemacht hatte. Vielleicht hätte er die Zeit besser für Ermittlungen vor Ort nutzen sollen. Es konnt noch Stunden dauern, bis die Frau wieder ansprechbar war.

Wenn sie es jemals wieder sein würde.

Aber eigentlich wusste er, dass er richtig gehandelt hatte. Sollte die Frau zu sich kommen, durfte er keine Zeit verlieren. Er musste sofort in Erfahrung bringen, was sie wusste. Wenn sie den Täter gesehen hatte, konnte das dem Fall endlich die entscheidende Wende geben. Aber auch wenn sie ihn nicht identifizieren konnte, war sie hoffentlich in der Lage, ihnen ein paar Hinweise zu geben, die sie endlich weiterbringen würden.

Trotzdem wurmte ihn jede Minute, die er hier untätig verplemperte.

Als er Schritte hörte, die sich dem Warteraum näherten, sprang er ungeduldig von dem harten Plastiksitz auf, auf dem er bisher ausgeharrt hatte.

Tatsächlich betrat nur Sekunden später ein Arzt den Warteraum. Er sah müde und erschöpft aus. Trotzdem lächelte er freundlich.

„Ist die Frau bei Bewusstsein?“, fragte Eiderhoff direkt.

Der Arzt nickte.

„Sie ist zumindest soweit ansprechbar, dass sie uns ihren Namen verraten hat. Sie heißt Köhler, Anna Köhler. Sie können gleich zu ihr und selbst mit ihr sprechen. Ich muss Sie nur bitten, vorsichtig mit ihr umzugehen. Ich muss Ihnen ja sicher nicht erklären, wie viel sie gerade durchgemacht hat.“

Eiderhoff nickte.

Trotzdem fuhr der Arzt fort: „Die Verletzung durch die Drahtschlinge am Hals ist dabei nur die eine Sache. Jemand muss heftig und vor allem mehrere Male den Draht zugezogen haben. Er hat sich tief in die Haut geschnitten, und sie hat großes Glück gehabt, das überlebt zu haben. Die anderen Verletzungen waren nicht lebensgefährlich, aber sie müssen extrem schmerzhaft gewesen sein. Da sind Schnittwunden, Brandverletzungen und Verbrennungsmarken, wahrscheinlich von einem Elektroschockgerät. Und das alles im Gesicht und an anderen sehr empfindlichen Hautstellen. Da hat sich jemand wirklich alle Mühe gegeben, ihr wehzutun. Und offenbar wusste er genau, wie er das anstellen musste."

Eiderhoff biss die Zähne aufeinander. „Ich weiß", sagte er gepresst. „Leider ist die Frau nicht das erste Opfer dieses Täters. Genau deshalb ist es ja so wichtig, dass ich sofort mit ihr spreche. Ich will nicht, dass noch mehr Menschen das passiert, was sie gerade durchmachen musste. Können Sie schon abschätzen, ob die Verletzungen bleibende Schäden hinterlassen werden?"

„Sie meinen, abgesehen von den entstellenden Narben im Gesicht und an den Händen?", fragte der Arzt mit einem freudlosen Lächeln. „Ehrlich gesagt kann ich Ihnen die Frage noch nicht beantworten. So, wie es im Moment aussieht, hat die mangelnde Sauerstoffversorgung durch den Draht um den Hals das Gehirn unserer Patientin nicht dauerhaft geschädigt. Aber ganz sicher können wir uns da natürlich noch nicht sein. Und von den psychischen Folgen, die eine solche Extremsituation haben kann, will ich gar nicht sprechen."

Eiderhoff nickte. Er hatte oft genug mit traumatisierten Opfern körperlicher und psychischer Gewalt zu tun gehabt, um abschätzen zu können, dass die Qualen, die die Frau hatte ausstehen müssen, kaum spurlos an ihr vorübergehen würden. Aber das konnte er leider nicht mehr ändern. Darum mussten sich Experten kümmern, die entsprechend ausgebildet waren. Mit viel Glück konnte er es allerdings verhindern, dass der Täter noch jemandem so etwas antun konnte.

„Ich versichere Ihnen, dass ich so behutsam sein werde, wie es nur geht“, sagte er nachdrücklich, „aber ich muss der Frau unbedingt ein paar Fragen stellen. Wenn sie den Täter gesehen hat ...“

Er beendete den Satz nicht, doch der Arzt nickte verständnisvoll.

„Kommen Sie mit“, sagte er mit einer einladenden Geste. „Ich bringe Sie zu ihr.“

Er führte ihn durch einen langen Gang. Vor einer der vielen Türen, vor der ein junger Polizeibeamter in Uniform auf einem Stuhl saß und Zeitung las, blieb er stehen.

Eiderhoff nickte dem Polizisten zu. Er hatte ihn selbst angefordert, zum Schutz der möglichen Zeugin.

„Bitte, nicht länger als eine Viertelstunde“, mahnte der Arzt noch, bevor er ging.

Eiderhoff zögerte ein paar Sekunden. Er wappnete sich innerlich für den schrecklichen Anblick, bevor er kurz anklopfte und die Tür öffnete. Er durfte der Frau nicht zeigen, wie schockierend ihre Verletzungen aussahen. Sie würde noch früh genug lernen müssen, mit ihrem veränderten Äußeren umzugehen.

In dem Krankenzimmer standen zwei Betten, aber nur eines davon war belegt. Eine Frau mit langen dunkelbraunen Haaren und unnatürlich blassem Gesicht lag darin. Unter ihren geröteten Augen zeigten sich dunkle Ringe. Zahlreiche Wunden auf den Wangen und der Stirn waren geklammert oder mit Brandsalbe versorgt worden. Auch die Hände sahen nicht besser aus. In der linken Hand steckte zudem eine Infusionsnadel. Der daran befestigte Schlauch führte zu einem mit klarer Flüssigkeit gefüllten Plastikbeutel, der an einem rollbaren Ständer hing. Um den Hals sowie die Handgelenke der Frau waren dicke Verbände gewickelt.

Sie schien Eiderhoffs Eintreten nicht bemerkt zu haben. Ihre Augen waren zwar offen, aber ihr Blick war geistesabwesend und starr zur Decke gerichtet.

„Frau Köhler?“, fragte er vorsichtig.

Er wartete ein paar Sekunden.

Als die Frau nicht reagierte, wiederholte er es noch einmal, diesmal etwas lauter. „Frau Köhler?“

Die Frau begann zu blinzeln. Sie drehte den Kopf ein Stück in seine Richtung. Ihr Blick irrte durch den Raum, bis er schließlich Eiderhoffs Gesicht fand und fixierte.

„Wer sind Sie?“, fragte sie mit kratziger Stimme. Sie sprach so leise, dass Eiderhoff sie kaum verstehen konnte.

Langsam und vorsichtig trat er näher an sie heran. Er musste unbedingt jedes Wort verstehen, das sie sagte, wollte aber verhindern, dass sie sich durch ihn in die Enge getrieben fühlte.

„Frau Köhler, mein Name ist Thomas Eiderhoff“, stellte er sich vor. „Ich arbeite für das LKA Schleswig-Holstein. Ich möchte Sie nicht bedrängen, aber fühlen Sie sich in der Lage, mir ein paar Fragen zu beantworten?“

„Ich ...“ Die Frau blinzelte ein paar Mal, ehe es ihr wieder gelang, Eiderhoffs Gesicht mit ihrem Blick zu fixieren. „Ich weiß nicht.“ Sie klang unsicher.

„Ich werde Ihnen einfach ein paar Fragen stellen“, schlug Eiderhoff vor. „Und Sie beantworten sie, wenn Sie das möchten. In Ordnung?“

Die Frau antwortete nicht, nickte aber zaghaft.

Eiderhoff lächelte. „Gut. Können Sie mir sagen, was Sie auf Sylt gemacht haben?“

Anna Köhler sah ihn verständnislos an. Offenbar brauchte sie einige Sekunden, ehe sie den Sinn seiner Frage begriff.

„Ich war bei Silke zu Besuch“, begann sie schließlich mit heiserer Stimme zu erzählen. „Bei Silke Hanstedt. Wir haben uns erst letztes Wochenende kennengelernt, als wir beide eine Städtetrip nach Wien gemacht haben. Durch Zufall sind wir in einem Kaffeehaus ins Gespräch gekommen, und weil wir beide allein waren, haben wir uns kurzerhand zusammengetan. Silke war ziemlich genervt, weil sie eigentlich mit ihrem Mann nach Wien fahren wollte, aber er hatte wohl zu viel Arbeit, um sich freizunehmen. Und ich wollte einfach mal raus, weil mich im Moment alles total nervt. Ich habe mich von meinem Freund getrennt, weil er mich nur belogen und betrogen hat. Und in meinem Job lief es auch nicht so besonders, deshalb habe ich vor Kurzem gekündigt und suche gerade etwas Neues. Wir haben uns auf Anhieb gut verstanden, und sie hat mich spontan eingeladen, doch einfach dieses Wochenende nach Sylt zu kommen. Sie meinte, nirgends könnte man besser auf andere Gedanken kommen als bei einem langen Strandspaziergang.“

Eiderhoff nickte.

Eine zufällige Begegnung zur falschen Zeit, dachte er, und schon rutschte man in einen Albtraum hinein, aus dem es kaum noch ein Entrinnen gab.

Er war erstaunt darüber, dass die Frau nach den schrecklichen Erlebnissen der vergangenen Nacht überhaupt schon wieder so klar und strukturiert erzählen konnte.

„Ich bin am Donnerstag ziemlich spät angekommen", berichtete Anna Köhler weiter. Sie lächelte matt. „Da haben wir dann nur noch ein bisschen gequatscht und ich bin bald ins Bett gegangen. Gestern hatte ich dann viel Zeit für mich. Leif musste arbeiten und Silke hatte versprochen, ihm im Büro zu helfen. Sie hat ja gerade Ferien. Mir war das eigentlich ganz recht so. Ich bin zum Ellenbogen hochgefahren und ein paar Stunden am Strand lang gelaufen, und es hat mich wirklich auf andere Gedanken gebracht. Allein das Rauschen und der Geruch des Meeres sind schon Entspannung pur." Ihr Lächeln erstarb. „Gestern Abend wollten wir eigentlich schön essen gehen, aber ich war einfach zu müde. Also haben Silke und Leif mir angeboten, dass wir einfach bei ihnen etwas essen und es uns anschließend auf dem Sofa bequem machen."

Sie presste eine Hand vor den Mund und schluchzte laut auf. „Wenn ich mich einfach aufgerafft hätte, wären wir vielleicht noch im Restaurant gewesen, als dieser Kerl geklingelt hat. Vielleicht wären Silke und Leif jetzt noch am Leben und ich ..."

„Machen Sie sich keine Vorwürfe." Instinktiv hatte Eiderhoff die Hand gehoben, um sie Anna Köhler tröstend auf den Arm zu legen, doch er zog sie sofort wieder zurück. Mit einer Berührung konnte er sehr schnell dafür sorgen, dass sich die Frau in ihr Schneckenhaus zurückzog, und das wollte er auf keinen Fall. Nicht jetzt, wo sie gerade so offen mit ihm sprach.

„Sie hätten die Tat kaum verhindern können, da bin ich mir sicher", versuchte er sie zu beruhigen. „Wären die Hanstedts zu der Zeit nicht im Haus gewesen, hätte der Täter wahrscheinlich einfach später zugeschlagen."

„Meinen Sie, er hat Silke und Leif schon länger beobachtet?", fragte sie bestürzt.

„Ist anzunehmen", gab Eiderhoff vage zurück.

„Aber dann ..." Anna runzelte die Stirn, verzog jedoch sofort schmerzerfüllt das Gesicht, da sich direkt zwischen ihren Augenbrauen eine lange, inzwischen geklammerte Schnittwunde befand. „Aber dann muss er doch gewusst haben, dass ich auch im Haus war. War ihm das denn vollkommen egal?"

Eiderhoff zog es vor, nicht zu beantworten. Er hatte sich die Frage selbst schon gestellt, aber noch hatte er keine zufriedenstellende Antwort darauf gefunden. Fakt war jedenfalls, dass der Täter bisher immer drei Opfer auf einmal umgebracht hatte. Ob Anna Köhler nur zufällige Zeugin gewesen war, sozusagen ein Kollateralschaden, oder ob der Kerl gezielt darauf gewartet hatte, dass die Hanstedts nicht allein im Haus waren, als er bei ihnen eingedrungen war, konnte er noch nicht sagen.

„Können Sie mir kurz schildern, was gestern Abend passiert ist?", fragte er stattdessen.

Die Frau kniff vorsichtig die Augen zusammen, als würde sie versuchen, sich genau an jedes Detail zu erinnern.

„Wir haben gegessen, dann hat Leif einen Film angestellt und eine Flasche Wein aufgemacht", begann sie stockend. „Es hat an der Tür geklingelt. Leif ist hingegangen, um zu öffnen. Silke und ich haben währenddessen weiter den Film angesehen."

„Wissen Sie noch, wie spät es da war?", hakte Eiderhoff nach.

Anna schüttelte den Kopf. „Ich habe nicht auf die Uhr gesehen. Ich schätze mal, dass es vielleicht so gegen 23 Uhr war."

„Okay." Eiderhoff nickte. „Was passierte dann?"

„Wir haben etwas Merkwürdiges von der Tür her gehört, so etwas wie einen dumpfen Aufprall." Anna räusperte sich kurz, bevor sie weitersprach, aber ihre Stimme klang nach wie vor heiser und kratzig. „Hinter der Haustür ist erst einmal eine Diele, durch die man dann ins Wohnzimmer kommt. Leif hatte die Tür hinter sich zugemacht, damit es nicht kalt wird im Wohnzimmer. Deshalb konnten wir nicht sehen, was an der Haustür passiert ist. Silke hat gefragt, wer denn gekommen wäre, aber niemand hat geantwortet. Also ist sie aufgestanden und ebenfalls zur Tür gegangen. Dann hat sie plötzlich geschrien. Nur ganz kurz und ziemlich leise."

„Also sind Sie hingelaufen, um zu sehen, ob sie Hilfe braucht?", kam Eiderhoff ihr zu Hilfe, als ihre Stimme erstarb.

Wieder presste sich Anna die Hand vor den Mund und nickte. „Ich war so blöd", flüsterte sie. „Ich hatte mein Handy doch direkt vor mir auf dem Tisch liegen. Wenn ich sofort die Polizei gerufen hätte ..."

Eiderhoff schüttelte den Kopf. „Ihre Reaktion war doch ganz normal und absolut verständlich."

Die Frau lächelte vorsichtig. Anscheinend war sie erleichtert, dass er ihr nicht die Schuld gab an dem, was geschehen war. „Als ich in die Diele gekommen bin, lagen Silke und Leif auf dem Boden, und ein Mann stand zwischen ihnen. Ich habe gar nicht verstanden, was passiert ist."

„Haben Sie den Mann vorher schon einmal gesehen?", fragte Eiderhoff schnell.

„Nein, ich glaube nicht. Er hatte so eine Strickmütze über dem Kopf, wie Motorradfahrer sie manchmal unter dem Helm tragen. Und die Öffnung für die Augen war auch noch in der Mitte zusammengenäht worden, sodass nur noch ganz kleine Löcher frei waren, durch die er hindurchsehen konnte. Von seinem Gesicht habe ich deshalb so gut wie nichts sehen können. Und auch so kam er mir nicht bekannt vor."

Es fiel Eiderhoff schwer, sich seine Enttäuschung nicht anmerken lassen. Der Kerl schien leider wirklich überhaupt keine Fehler zu machen. Durch die lange Strickmütze hatte er nicht nur sein Gesicht unkenntlich gemacht, er hatte damit auch verhindert, dass er ein Haar am Tatort verlieren konnte. So etwas war schon manchem Täter zum Verhängnis geworden.

„Können Sie ihn trotzdem beschreiben, zumindest ungefähr?", erkundigte er sich. „War er groß oder eher klein?"

Anna überlegte einen Augenblick lang. „Eher groß, würde ich sagen. Und auf jeden Fall schlank." Sie schüttelte den Kopf. „Mehr weiß ich ehrlich gesagt nicht."

„Schon gut.“ Eiderhoff lächelte sie aufmunternd an. „Wie hat er reagiert, als sie ihm plötzlich gegenüberstanden?“

„Es ging alles so schnell.“

Annas Blick huschte unstet im Raum herum. Es kam Eiderhoff so vor, als müsste sie sich mit Gewalt dazu zwingen, sich an die Ereignisse des Vorabends zu erinnern.

„Ich habe ihn angestarrt, wie er so dastand mit seiner Mütze über dem Gesicht. Ich wusste ja gar nicht, was gerade passiert ist. Er hat mich auch angestarrt, aber plötzlich hat er seine Hand hochgehoben und sie mir entgegengestreckt. Ich weiß noch, dass ich zurückweichen wollte. Ich dachte, er hätte vielleicht ein Messer in der Hand und wollte mich angreifen. Aber ich bin mit dem Rücken an den Türrahmen gestoßen. Und seine Hand kam rasend schnell auf mich zu. Zuerst habe ich gedacht, dass er jetzt einfach auf mich einsticht, aber er hatte etwas anderes in der Hand.“

„Einen Elektroschocker“, nickte Eiderhoff.

Anna sah ihn einen Moment lang verwirrt an. „Ja, irgend so was in der Art muss es gewesen sein“, sagte sie schließlich. „Ich weiß nur noch, dass es unglaublich wehgetan hat. Irgendwie hat sich alles zusammengezogen. Ich konnte gar nichts dagegen machen. Und dann ist mit einem Schlag alles dunkel geworden.“

Inzwischen wirkte sie vollkommen erschöpft. Ihre Hände zitterten und ihr Gesicht war noch etwas blasser geworden. Es war offensichtlich, dass sie dringend Ruhe brauchte, doch Eiderhoff wollte und konnte noch nicht lockerlassen. Er brauchte noch viel mehr Antworten, um den Täter endlich dingfest zu machen – und dabei zählte jede Minute.

„Was ist das Nächste, an das sie sich erinnern können?“, fragte er daher behutsam.

Wieder flackerte Annas Blick unruhig. Sie zögerte kurz.

„Ich saß auf einem Stuhl. Mein Mund war mit einem Stück Klebeband zugeklebt, und ich konnte weder meine Hände noch meine Füße bewegen.“

„Sie waren gefesselt?“, fragte Eiderhoff nach.

Sie nickte. „Ja. Mit diesen Plastikstreifen aus dem Baumarkt, die man ineinanderschieben kann. Ich habe zu der Zeit immer noch nicht begriffen, dass es für uns um Leben und Tod ging. Ich meine, ich hatte zwar von den Morden auf Sylt gehört, aber irgendwie habe ich da noch keinen Zusammenhang zu dem hergestellt, was gerade passiert ist.“ Sie zuckte die Achseln. „Ich dachte, Leif hätte vielleicht Ärger mit irgendjemandem.“

„Wieso dachten Sie, dass es Leif war und nicht Silke, die Ärger hatte?“

Anna überlegte einen Augenblick lang.

„Weil der Mann ihn angeschrien hat“, gab sie schließlich zurück. „Er hat immer wieder gesagt, dass Leif schließlich genau weiß, was passiert ist. Und dann hat er ihn aufgefordert zu sagen, wer von uns überleben soll.“

Eiderhoffs Augen verengten sich zu schmalen Schlitzen. „Wie hat er das gemeint?“

„Das weiß ich nicht so genau.“ Anna sah ihn verzweifelt an. „Ich weiß nur, dass ich die ganze Zeit gedacht habe, ich muss jetzt sterben. Ich meine, es ist doch klar, dass Leif im Zweifelsfall sofort sagen würde, dass natürlich seine Frau weiterleben soll. Mich kannte er doch kaum.“

„Aber das hat er nicht getan?“

„Nein! Er hat sich einfach geweigert, die Frage zu beantworten. Er sagte, er würde nicht Gott spielen.“

„Aber der Mann hat sich damit natürlich nicht zufriedengegeben?“, vermutete Eiderhoff.

Anna schüttelte den Kopf. „Er hat mir und Silke diese Drahtschlinge um den Hals gelegt. Aber bevor er sie zugezogen hat, hat er sich eine Zigarette angezündet und ...“ Sie schluchzte laut auf.

„Schon gut“, sagte Eiderhoff schnell. Sie brauchen mir nicht zu erzählen, wie er Sie gequält hat. Ich habe die Verletzungen gesehen, die er Ihnen zugefügt hat.“

„Es hat so wehgetan“, wimmerte sie. Tränen liefen über ihre Wangen. „Aber er hat einfach nicht damit aufgehört. Nach der Zigarette hatte er plötzlich ein Messer in der Hand. Ich weiß nicht einmal, ob er es mitgebracht hat oder ob er es aus der Küche geholt hat. Es ...“ Sie schniefte. „Es schien ihm richtig zu gefallen, uns damit zu verletzen. Irgendwann ist er dann zu Silkes Stuhl gegangen, hat sich hinter sie gestellt und den Draht zugezogen. Ich weiß noch, dass ich versucht habe zu schreien, aber es ging nicht, weil ich ja immer noch das Klebeband auf dem Mund hatte. Aber Leif hat geschrien wie verrückt.“ Sie blickte auf ihre verbundenen Hände. „Ich konnte einfach nichts tun.“

„Ist Ihre Freundin danach noch einmal aufgewacht?“, erkundigte sich Eiderhoff leise.

„Das weiß ich nicht“, antwortete Anna matt, ohne zu ihm aufzublicken. „Danach kam er zu mir.“

Sie sprach nicht weiter, doch ihre Geste – sie griff sich instinktiv mit der Hand an die Kehle – war für Eiderhoff Erklärung genug.

„Sie haben das Bewusstsein verloren?", fragte er behutsam.

Anna nickte stumm.

„Wann sind Sie wieder zu sich gekommen?"

„Das war, als er mich aus dem Auto gezerrt hat, irgendwo in den Dünen. Silke lag vor mir im Sand, und ich bin direkt neben sie gefallen. Ich habe es nicht geschafft, mich auf den Beinen zu halten."

„Was war mit Leif?"

„Dem ging es in diesem Augenblick wohl noch am besten von uns", sagte sie mit schmerzvollem Unterton in der Stimme. „Immerhin hat er es geschafft, noch allein aus dem Auto zu steigen. Dabei hat der Mann ihm ein Messer an den Hals gehalten. Und ich habe gesehen, dass Leif genau wie ich die Hände hinter dem Rücken gefesselt hatte."

Eiderhoff holte kurz Luft. Er wusste, dass ihr jetzt der schwierigste Teil der Befragung bevorstand, aber er musste weitermachen.

„Wie ging es weiter?"

„Der Mann hat zu Leif gesagt, dass er ihm noch eine letzte Chance geben würde, seinem Schicksal zu entkommen. Er hat ihm sogar die Fesseln an den Händen aufgeschnitten. *Lauf*, hat er gesagt. *Lauf so schnell du kannst.*" Bei der Erinnerung daran begann ihre Unterlippe zu zittern.

„Und Leif ist losgerannt“, fuhr sie fort. „Er war wirklich schnell, aber der Mann hat nur gelacht. Da habe ich gesehen, dass er diese gruselige Waffe in der Hand hatte.“

„Eine Armbrust?“, fragte Eiderhoff nach.

Sie nickte. „Bisher kannte ich so was nur aus Fantasy- oder Mittelalterfilmen. Die Armbrust, die der Mann hatte, war nach dem gleichen Prinzip gebaut wie die aus den Filmen, aber sie war viel moderner und hatte sogar ein Zielfernrohr. Leif war vielleicht zwölf oder fünfzehn Meter gelaufen, als der Mann ihm einen Pfeil in den Rücken geschossen hat. Leif ist sofort ins Taumeln geraten und hingefallen. Also ist der Mann zu ihm hingegangen. Er hatte schon einen neuen Pfeil eingelegt. Dann hat er gezielt und ...“ Sie vergrub das Gesicht in den Händen.

„Noch mal auf ihn geschossen“, half Eiderhoff aus.

„Ja. Mehrere Male“, flüsterte sie. „Wie oft es war, weiß ich nicht.“

„Was war mit Ihnen?“

„Als Leif sich nicht mehr bewegt hat, ist der Mann wieder zu Silke und mir zurückgekommen. Ich weiß nicht, ob Silke zu dem Zeitpunkt nur bewusstlos war oder vielleicht sogar schon tot, jedenfalls hat sie sich überhaupt nicht bewegt, nicht mal die Augen hat sie geöffnet.. Also ist der Mann zu mir gekommen. Er hat mich an den Armen gepackt und mich auf die Füße gezerrt. Dann hat er gesagt, ich soll es besser machen als Leif.“

„Er hat den Vornamen erwähnt?“, fragte Eiderhoff interessiert. „Sind Sie da ganz sicher?“

Anna überlegte angestrengt, nickte dann jedoch. „Ja, das weiß ich genau. Ich kann Ihnen aber nicht sagen, ob er Silkes Namen auch mal genannt hat. Meinen kannte er wohl nicht. Er hat immer nur von *der anderen Frau* gesprochen."

„Gut zu wissen. Was passierte dann?"

„Ich bin losgerannt. Na ja" – sie lächelte verlegen – „sagen wir besser, ich habe es versucht. Normalerweise bin ich ziemlich sportlich. Ich arbeite sogar als Fitnesstrainerin, müssen Sie wissen. Aber in meinem Zustand konnte ich mich kaum von der Stelle bewegen. Ich bin nur ein paar Schritte weit gekommen, bis er mich eingeholt hatte." Wieder fasste sie unwillkürlich an ihren Hals und schluckte schwer. „Er hat den Draht erwischt, mich daran nach hinten gerissen und ihn zugezogen", brachte sie mühsam heraus. „Das Nächste, an das ich mich erinnere, ist, dass mir jemand mit einer Lampe ins Gesicht geleuchtet hat."

Ihre Stimme war inzwischen so schwach geworden, dass Eiderhoff Mühe hatte, alles zu verstehen, was sie sagte. Aber er war sich ohnehin sicher, dass er genug gehört hatte.

„Das war der Jogger, der Sie gefunden hat", meinte er. „Zum Glück war er so früh schon unterwegs."

„Nicht früh genug für Silke und Leif", gab Anna niedergeschlagen zurück. „Ich überlege schon die ganze Zeit, was ich hätte anders machen können ..."

„Sie hätten wahrscheinlich gar nichts dagegen tun können", unterbrach sie Eiderhoff. „Seien Sie dankbar, dass wenigstens Sie überlebt haben, und machen Sie sich keine Selbstvorwürfe. Glauben Sie mir, Schuldgefühle sind hier völlig fehl am Platz. Schuld ist ganz allein der Mann, der das getan hat. Niemand sonst."

Anna lächelte gequält, und er sah, dass er sie keineswegs überzeugt hatte.

„Ich gebe mir Mühe", sagte sie leise. Ihr vorgespieltes Lächeln erstarb und er sah die Angst in ihren Augen.

Vorsichtig legte sie die Hand auf seinen Unterarm und sah ihn eindringlich an.

„Bitte", flüsterte sie. „Bitte, finden Sie den Kerl!"

*

„Das heißt, er hat seine Vorgehensweise geändert?", fragte Inken, nachdem Eiderhoff ihr und ihren Kollegen berichtet hatte, was er von Anna Köhler erfahren hatte.

„Es sieht ganz danach aus." Eiderhoff nickte. „Jedenfalls gibt es bisher keine Hinweise darauf, dass er mit seinen Opfern bei den vorigen Morden auch eine Art Menschenjagd veranstaltet hat. Und gerade in der Umgebung des Friedhofs der Heimatlosen ist das kaum vorstellbar. Selbst nach Mitternacht wäre so etwas mitten in Westerland wohl doch zu riskant."

„Vielleicht reicht es ihm nicht mehr, seine Opfer einfach nur zu quälen", warf Sven Brähme ein. „Vielleicht braucht er jetzt einen größeren Kick."

„Oder es hat einfach einen ganz pragmatischen Grund." Lasse Niehaus zeigte auf ein Foto der Leichen von Silke und Leif Hanstedt, das er kurz zuvor an ein Whiteboard geheftet hatte. „Leif Hanstedt war ziemlich groß, mindestens eins fünfundachtzig, und dabei war er nicht unbedingt der Schlankste. Ich schätze mal, dass er locker 120

Kilo auf die Waage gebracht hat. So eine Leiche ist extrem schwer zu bewegen, vor allem für einen Einzelnen, der keine Hilfe hat und noch dazu nicht entdeckt werden will. Wenn er also die Toten wieder öffentlich zur Schau stellen wollte, musste er schon dafür sorgen, dass Leif Hanstedt irgendwie auf seinen eigenen Beinen zu der vorgesehenen Stelle läuft."

„Das wäre tatsächlich eine Möglichkeit", stimmte Eiderhoff zu. „Daran habe ich ehrlich gesagt noch gar nicht gedacht. Ich bin vielmehr davon ausgegangen, dass wirklich ein tieferer Sinn hinter der Aktion steckt."

Inken schob sich eine Haarsträhne hinter Ohr. Sie wirkte absolut konzentriert.

„Aber dass er sich immer genau drei Opfer auswählt, scheint einen tieferen Sinn zu haben", bemerkte sie. „Zuerst dachte ich noch, es wäre Zufall, und er hätte die Familienmitglieder des Richters und der Staatsanwältin nur deswegen umgebracht, weil sie unliebsame Zeugen waren, die er aus dem Weg schaffen musste. Aber nach dem Bericht von Anna Köhler sieht das jetzt ganz anders aus. Ich werde zwar noch nicht ganz schlau daraus, was er damit bezweckt, sein eigentliches Opfer wählen zu lassen, welcher seiner Angehörigen weiterleben darf. Aber wenn ich mir die Verletzungen so ansehe, denke ich, dass er das wahrscheinlich in allen drei Fällen so gemacht hat."

„Er will sie vielleicht einfach zusätzlich quälen", schlug Brähme vor. „Ich meine, nichts ist doch schlimmer, als wenn du vor die Entscheidung gestellt wirst, wer aus deiner Familie weiterleben darf und wer sterben muss."

„Im Moment ist es wohl müßig, darüber zu diskutieren, welche Beweggründe der Täter für sein Verhalten haben kann, solange uns das nichts über seine Identität verrät", beendete Eiderhoff die Diskussion.

Er war ohnehin anspannt, weil es ihn seiner Meinung nach viel zu viel Zeit gekostet hatte, in die Flensburger Klinik und anschließend zurück nach Sylt zu kommen, von der Wartezeit im Krankenhaus ganz abgesehen. Obwohl das Gespräch mit Anna Köhler kaum mehr als eine halbe Stunde gedauert hatte, war es schon mitten am Nachmittag gewesen, als er endlich wieder in Westerland eingetroffen war.

„Wir sollten uns auf die Fakten konzentrieren", sagte er nachdrücklich. „Wenn wir den Kerl haben, wird er uns dann schon erklären, was das Ganze sollte."

Er blickte sein Team der Reihe nach an. „Gibt es schon irgendetwas Verwertbares, das uns weiterbringen könnte?"

Lasse Niehaus ergriff als Erster das Wort.

„Nicht viel", gab er ehrlich zu. „Sven war den ganzen Tag mit den Kollegen in Wenningstedt und in der Umgebung des Leuchtturms unterwegs und hat die Anwohner befragt." Er seufzte. „Natürlich ist niemandem etwas aufgefallen. Keiner hat etwas Ungewöhnliches gesehen oder gehört, und wir haben auch niemanden gefunden, der uns hätte sagen können, wann das Auto der Hanstedts von ihrem Haus weggefahren ist oder wann es in die Dünen beim Leuchtturm Rotes Kliff eingebogen ist. Wir wissen nur, dass der Täter nicht auf der Straße geblieben ist, sondern dass er direkt in die Dünen reingefahren ist. Dabei kam es ihm wohl entgegen, dass die Hanstedts einen Jeep fahren, aber auch der ist irgendwann stecken geblieben und kam nicht weiter. Der Täter hat ihn dann einfach stehen lassen."

„Ich habe auch die Aufzeichnungen der Überwachungskameras von den Restaurants überprüft, die ganz in der Nähe des Fundorts liegen", warf Inken ein. „Aber leider war der Kerl schlau genug, nicht in deren Reichweite zu kommen. Danach bin ich hier zusammen mit Lasse die Akten der Verurteilungen von Richter Engler durchgegangen, ob in irgendeinem Zusammenhang Leif oder Silke Hanstedt auftauchen. Auch auf den Namen Anna Köhler haben wir natürlich geachtet, aber bisher haben wir nichts gefunden."

„Vorhin haben wir von einem von Hanstedts Angestellten die Liste der Objekte bekommen, die er mit seinem Hausmeisterservice betreut hat", sagte Brähme. „Sie ist nicht gerade kurz. Ich bin gerade dabei, sie durchzugehen."

„Ich habe außerdem Neuigkeiten von den Kollegen aus Flensburg erfahren", berichtete Inken. „Sie haben im Haus von Richter Engler tatsächlich den Brief dieses angeblichen Reiseveranstalters gefunden, dass die Englers die Reise nach Sylt gewonnen haben. Adressiert war er an Klara Engler, nicht an den Richter selbst. Leider war er auf ziemlich rauem Papier gedruckt, sodass die Spurensicherung keine brauchbaren Fingerabdrücke davon abnehmen konnte. Und den Umschlag scheint Klara Engler weggeworfen zu haben, zumindest war er nicht auffindbar. Wir wissen also nicht, ob der Absender den Brief wirklich in Flensburg losgeschickt hat oder woanders. Sicher ist nur, dass der Brief ziemlich genau sechs Wochen vor dem Mord an den Englers datiert ist. Solange muss der Täter sein Vorhaben also mindestens schon vorbereitet haben."

„Gut." Eiderhoff war mit der Arbeit seiner Leute zufrieden, auch wenn sie bisher noch keine brauchbaren Ergebnisse zutage gefördert hatte. Mehr hatten sie definitiv nicht tun können.

„Was ist mit Erkan Özgul und Peter Eissner?", erkundigte er sich.

„Die Fahndung nach Eissner läuft bundesweit, hat aber noch kein Ergebnis gebracht", gab Niehaus zurück. „Nach Özgul suchen die Flensburger Kollegen. Außerdem haben alle Dienststellen hier und auf dem angrenzenden Festland Fotos der beiden bekommen. Sollte einer von ihnen gesehen werden, erfahren wir es sofort. Momentan haben wir keine Hinweise, dass sich einer der beiden auf Sylt aufhält. Wenn es so wäre, müsste er sich schon ziemlich gut verstecken."

„Und unser dritter Verdächtiger, Klaas Steewe, wird nach wie vor von den Kollegen observiert", bemerkte Brähme. „Wenn er nicht irgendeinen Schleichweg durch den Garten nach draußen gefunden hat, dürfte er gestern Nacht die Villa seiner Mutter tatsächlich nicht verlassen haben. Er hat also ein ziemlich gutes, wenn auch kein perfektes Alibi."

Er wurde durch ein Klopfen an der Tür unterbrochen. Auf seine Aufforderung hin öffnete sich die Tür und eine junge Frau mit auffälligen roten Locken streckte vorsichtig den Kopf ins Zimmer.

„Können wir Ihnen helfen?", fragte Inken freundlich.

„Ich weiß nicht genau. Ich hoffe es", antwortete die Frau. Verunsichert blickte sie zwischen den Beamten hin und her, wandte sich dann aber an Inken. „Ihre Kollegen unten haben mich zu Ihnen geschickt. Ich bin hergekommen, weil meine Freundin verschwunden ist."

„Verschwunden?" Inken gab der Frau ein Zeichen, näher zu kommen und sich ihr gegenüber an den Schreibtisch zu setzen.

Die Frau trat ins Zimmer und schloss die Tür hinter sich, blieb aber stehen. Sie war sichtlich nervös.

„Meine Freundin und ich arbeiten zusammen bei Gosch, oben am Lister Hafen. Sie ist gestern nicht zur Arbeit gekommen, hat sich aber auch nicht krankgemeldet. Das ist total ungewöhnlich, müssen Sie wissen. Sonst ist sie nämlich extrem zuverlässig. Sie ist immer pünktlich, und wenn doch mal etwas bei einem Termin dazwischenkommt, sagt sie immer Bescheid, selbst wenn es nur um ein gemütliches Kaffeetrinken geht." Sie hatte zuerst stockend und vorsichtig berichtet, wurde aber immer energischer, als sie fortfuhr.

„Ich habe dann gestern schon andauernd versucht, sie anzurufen. Unzählige Nachrichten habe ich ihr geschickt und war auch bei ihr zu Hause, aber es hat niemand aufgemacht. Heute ist sie dann wieder nicht zur Arbeit gekommen. Das passt überhaupt nicht zu ihr. Ich mache mir echt Sorgen, dass ihr etwas passiert ist. Gerade bei den ganzen schlimmen Sachen, von denen man in den letzten Tagen so hört ..."

Inken griff zu einem Stift, um sich Notizen zu machen.

„Es war genau richtig, zu uns zu kommen", erklärte sie in ruhigem Tonfall. „In den allermeisten Fällen klärt sich das Verschwinden aber ganz schnell und unspektakulär auf. Sie sollten sich also keine allzu großen Sorgen machen. Wie heißt Ihre Freundin denn?"

„Sie heißt Svetlana Kraikowa." Die Frau legte ihr ein Foto hin, das sie zusammen mit einer hübschen Dunkelhaarigen zeigte. „Sie kommt eigentlich aus der Slowakei, lebt aber schon einige Jahre hier auf Sylt."

Inken kniff die Augen zusammen. Sie kannte den Namen, konnte ihn im ersten Augenblick aber nirgendwo einordnen. Sie wusste nur, dass sie ihn erst vor Kurzem gehört oder gelesen hatte.

„Sie ist noch nicht lange meine Kollegin", fuhr die Frau fort. „Früher hat sie in der Sansibar gekellnert. Unten am Strand bei Rantum."

In diesem Moment fiel Inken ein, woher sie den Namen kannte: Svetlana Kraikowa war die junge Frau gewesen, wegen deren Vergewaltigung Klaas Steewe in den Knast gewandert war.

*

Patrick Stübig warf einen kurzen Blick auf das Display seines Handys. Schon kurz vor acht.

Er fluchte leise. Er hatte mal wieder die Zeit vertrödelt. Michaela war bestimmt nicht begeistert, dass er schon wieder das Abendessen verpasst hatte. In diesen Dingen war seine Freundin sehr eigen, fast schon verbohrt. Er hatte pünktlich um halb acht auf der Matte zu stehen, sonst war sie beleidigt. Schon mehrere Male hatte er ihr vorgeschlagen, dass sie ihn spätestens um sieben anrufen und Bescheid geben könnte, aber das hatte sie empört abgelehnt. Sie wäre ja schließlich nicht seine Mutter, hatte sie gesagt.

Er rief seinem Kollegen Matthes, der noch an der Reling herumschmirgelte, einen knappen Abschiedsgruß zu, dann lief er die Gangway hinunter und hatte zum ersten Mal seit dem frühen Morgen wieder festen Boden unter den Füßen.

Früher hätte er sich nicht vorstellen können, dass er mal länger bei der Arbeit bleiben würde als unbedingt nötig. Im Gegenteil, er hatte so oft wie möglich versucht, sich vor allem zu drücken, was irgendwie nach Anstrengung aussah.

Bei seinen Chefs war das natürlich nicht besonders gut angekommen. Das war einer der Gründe dafür, dass er es bisher in einem Job nie lange ausgehalten hatte. Aber der Hauptgrund war sicherlich, dass es ihm einfach keinen Spaß gemacht hatte zu arbeiten.

Und dabei hatte er schon einiges ausprobiert, fast alles, was man auf Sylt ohne Ausbildung machen konnte. Er hatte bei einem Fahrrad- und einem Strandkorbverleih gearbeitet, hatte Aushilfsjobs auf dem Bau angenommen, war in einem Hotel Mädchen für alles gewesen, hatte bei einem Hausmeisterservice gejobbt und hatte sogar mal versucht, sich als Kellner in einer Strandbar über Wasser zu halten.

Aber erst, seitdem er auf einem der Ausflugsboote angeheuert hatte, ging er am Morgen gern zur Arbeit. Dabei waren hier eigentlich genau die gleichen Talente gefragt, die er auch in seinen anderen Jobs gebraucht hatte. Es gab immer etwas zu tun, egal, ob er beim Servieren der Getränke half, den Boden schrubbte, alte Farbe abschmirgelte und Rostflecken beseitigte oder interessierten Fahrgästen etwas über die Insel erzählte, auf der er aufgewachsen war.

Aber all das fand eben nicht an Land statt, sondern auf See. Und das war genau sein Metier, wie er inzwischen festgestellt hatte. Wenn er daran dachte, wie lange er dazu gebraucht hatte, könnte er sich heute noch in den Hintern beißen.

Er hatte sogar schon überlegt, für eine Zeitlang auf einem der großen Kreuzfahrtschiffe anzuheuern, um endlich selbst mal was von der Welt zu sehen. Aber das würde bedeuten, dass er mehrere Monate am Stück weg wäre, und ob Michaela das lange mitmachen würde, wagte er dann doch zu bezweifeln.

Sonst ging es ihm vielleicht noch wie seiner großen Schwester Inken, die bei der Kripo arbeitete. Sie konnte einen ungeheuren Ehrgeiz entwickeln, wenn es darum ging, einen besonders brisanten oder kniffligen Fall zu lösen. Dann spielten geregelte Arbeitszeiten keine Rolle. Patrick konnte das inzwischen sogar in gewisser Weise nachvollziehen, aber Inkens letztem Freund war es gehörig auf die Nerven gegangen, dass er dann zurückstecken musste. Also hatte er ihr ein Ultimatum gestellt: er oder der Job.

„Was für ein Idiot!“, murmelte Patrick vor sich hin. Der Kerl hätte es sich doch denken können, dass er dabei den Kürzeren ziehen würde. Patrick grinste, als er daran dachte, wie der Typ kleinlaut aus Inkens Wohnung ausgezogen und wieder in Richtung Festland abgehauen war. Nun, da passte er sowieso besser hin.

Im Lister Hafen herrschte immer noch Trubel, als Patrick zu seinem Auto lief, um den Heimweg nach Westerland anzutreten. Selbst jetzt, Ende Oktober, tummelten sich noch die Touristen auf der Suche nach einem wärmenden Glühwein, einem Pharisäer oder einem Platz in einem der umliegenden Restaurants im Hafen. Allerdings waren es deutlich weniger als sonst um diese Jahreszeit.

Patrick entdeckte Elli Janssen, die mit einigen Angestellten aus dem Erlebniszentrum Naturgewalten zusammenstand und ein paar Worte wechselte. Elli betrieb eine kleine Bude mit Fischbrötchen im Hafengebiet als Ein-Frau-Betrieb, die sich hartnäckig gegen die viel größere Konkurrenz behauptete. Patrick winkte ihr freundlich zu, aber im Gegensatz zu sonst rief ihm Elli nicht ihr übliches „komm rüber, alter Seebär“ zu, sondern runzelte nur angestrengt die Stirn.

Irritiert ging Patrick auf sie zu. Elli ließ sich normalerweise nie aus der Ruhe bringen. Es musste schon etwas Gravierendes passiert sein, wenn sie sich so seltsam verhielt.

Elli löste sich aus der Gruppe und kam ihm entgegen.

„Moin, Elli“, sagte er betont fröhlich. „Alles in Ordnung bei dir?“

„Nichts ist in Ordnung“, knurrte Elli grimmig.

Patrick hob die Augenbrauen. Er hatte also mit seiner Vermutung richtig gelegen.

„Welche Laus ist dir denn über die Leber gelaufen?“, erkundigte er sich.

Elli kniff die Lippen zusammen, bevor sie antwortete.

„Hast du es etwa noch nicht gehört?“, fragte sie mit düsterer Miene. „Er hat schon wieder zugeschlagen. In

Wenningstedt. Aber gefunden hat man die Toten in Kampen, bei dem stillgelegten Leuchtfeuer."

Patrick schluckte. „Wenningstedt? Nicht gerade 'ne Touristenhochburg."

„Es sind Einheimische." Ellis Gesichtsausdruck wurde noch grimmiger. „Noch sind zwar alles nur Gerüchte, aber man munkelt, dass er die Hanstedts erwischt hat."

„Leif?", fragte Patrick ungläubig. „Leif Hanstedt?"

Elli nickte. „Genau der. Kanntest du ihn?"

„Hab mal 'ne Weile für ihn gearbeitet", antwortete Patrick ausweichend. „Ist aber schon lange her. Weißt du Genaueres darüber?"

„Noch nicht." Elli schüttelte den Kopf. „Die Gerüchteküche brodelt natürlich gerade über, aber du weißt ja, wie das ist. Man weiß gar nicht, was man überhaupt glauben kann. Sicher ist wohl nur, dass Leif Hanstedt und seine Frau tot in den Dünen gefunden worden sind. 'Ne Freundin von ihr war wohl auch noch dabei. Mal sehen, was am Montag darüber in der Zeitung steht."

Unwillkürlich ballte Patrick die Hände in seinen Jackentaschen zu Fäusten. Ihm war mit einem Schlag eiskalt geworden.

Leif und Silke Hanstedt, dachte er bestürzt. *Das konnte doch nicht wahr sein!*

Zuerst der Richter und die Staatsanwältin, und jetzt Leif. Die beiden ersten Morde konnten ja noch alle möglichen Hintergründe gehabt haben, aber dass jetzt auch noch die Hanstedts ins Spiel kamen, weckte unschöne Erinnerungen in ihm. Erinnerungen, die er lieber längst verdrängt und vergessen hätte.

Auch jetzt wollte er lieber gar nicht darüber nachdenken. Er kannte nur einen Zusammenhang zwischen dem Richter, der Staatsanwältin und dem Sylter Ehepaar. Davon allerdings auf die Morde zu schließen, war schon ziemlich abstrus. Aber vielleicht ...

So ein Quatsch, sagte er sich im Stillen. Das war so weit hergeholt, dass man fast schon darüber lachen konnte.

Wenn es nicht so ernst gewesen wäre.

Für den Bruchteil einer Sekunde blitzte die Idee in seinem Kopf auf, mit Inken über die Sache zu sprechen. Vielleicht sollte er sie auf bestimmte Zusammenhänge hinweisen, denen sie nachgehen konnte. Dann würde sich wahrscheinlich ziemlich schnell herausstellen, ob an der Sache etwas dran war oder nicht.

Nein!

Fast unmerklich schüttelte er den Kopf. Das war völlig unmöglich.

Zum einen war das Ganze so unwahrscheinlich, dass es beinahe schon lächerlich gewesen wäre, den Gedanken auch nur laut auszusprechen. Zum anderen hätte er Inken dann auch erklären müssen, wie er darauf gekommen war. Und über seine unrühmliche Rolle bei der Geschichte würde er garantiert kein Wort verlieren, schon gar nicht einer Beamtin der Kripo gegenüber, selbst wenn sie seine Schwester war.

Erst jetzt wurde ihm klar, dass Elli die ganze Zeit weitergesprochen hatte.

„Wenn das so weitergeht, bleiben die Touristen bald ganz weg“, lamentierte sie gerade. „Dann kann ich gleich zumachen und in Rente gehen. Wer kommt denn jetzt noch her, wenn hier andauernd Leute umgebracht werden? Das braucht doch echt kein Mensch!“

Patrick merkte, dass Wut in ihm aufstieg.

„Verdammt, Elli!“, schnauzte er die Frau an. „Wenn deine blöden Fischbrötchen deine einzige Sorge sind, dann geht es dir ja echt gut!“

Ohne ihre Reaktion abzuwarten, drehte er sich um und ging.

Sonntag, 25. Oktober 2015

Wieder grausamer Dreifachmord auf Sylt

Die Schlagzeile nahm fast die gesamte obere Hälfte der Sonntagszeitung ein, die ihr die freundliche Krankenschwester aus dem Klinikkiosk geholt hatte. Weil die Redaktion natürlich keine Bilder der aufgefundenen Leichen hatte, war unter dem Artikel ein Foto mit dem Leuchtturm Rotes Kliff abgebildet mit dem Hinweis, dass eben dort ein Jogger früh am Morgen die Toten aufgefunden hatte: Ein Sylter Ehepaar und eine Freundin, die aus Berlin zu Besuch gewesen war.

Anna Köhler wurde beinahe schlecht, als sie den reißerisch geschriebenen Artikel las, der mit Superlativen der übelsten Sorte gespickt war, aber sie zwang sich, alles genau durchzulesen – Zeile für Zeile.

Zuerst hatte sie sich gewundert, dass von einem Dreifachmord die Rede war. Sie hatte eine Weile gebraucht, doch dann war es ihr wieder eingefallen. Dieser Hauptkommissar Eiderhoff hatte ihr ja noch gesagt, dass man versuchen wollte, ihr Überleben so lange wie möglich geheim zu halten. Das wäre nur zu ihrem Schutz, hatte er ihr versichert, genauso wie der Polizeibeamte, der vor der Tür ihres Krankenzimmers postiert war.

Sie musste zugeben, dass sie dankbar dafür war. Sie wollte sich gar nicht vorstellen, wie es für sie wäre, wenn eine Meute Reporter vor ihrem Krankenzimmer auf sie lauern würde. Vielleicht würde sogar der eine oder andere von ihnen auf die Idee kommen, sich heimlich einzuschleichen, um Bilder von ihr in ihrem Krankenbett zu machen, die dann durch die Nachrichten geistern würden.

Das war garantiert das Allerletzte, was sie jetzt gebrauchen konnte!

Als sie den Artikel durchlas, erschienen wieder die Erinnerungen in ihrem Kopf: Die Schreie, das Blut, der Geruch nach verbrannter Haut, die fast unerträglichen Schmerzen.

Sie kniff die Augen fest zusammen und versuchte, sich auf andere, angenehmere Bilder zu konzentrieren und den Schrecken aus ihrem Kopf zu bekommen. Sie hatte eine Entscheidung getroffen. Und sie war fest entschlossen, ihr Vorhaben in die Tat umzusetzen.

„Du schaffst das“, sagte sie laut. „Andere Menschen haben viel mehr ertragen müssen, da stehst du das auch durch!“

Trotzdem konnte sie nicht verhindern, dass ihre Knie zitterten, als sie ihre Füße vorsichtig unter der Bettdecke hervorschob und auf den Boden setzte.

Eigentlich müsste es einigermaßen gehen, dachte sie und biss die Zähne aufeinander. Ihre Beine waren nicht verletzt, die Schnittwunden und Verbrennungen befanden sich alle an ihrem Oberkörper, ihren Armen und Händen – und natürlich im Gesicht.

Unbewusst griff sie sich wie so oft in den letzten 24 Stunden an den Hals. Die Verletzung durch den Draht würde ihr sicherlich die meisten Probleme bereiten. Noch wirkten die Schmerzmittel, die ihre Ärzte ihr verabreicht hatten. Aber sie würde einen ordentlichen Nachschub brauchen, um die nächsten Tage zu überstehen.

Vorsichtig tapste sie zum Schrank hinüber und öffnete die Tür.

Doch plötzlich taumelte sie. Ihr wurde schwarz vor Augen. Sie schaffte es gerade noch, sich mit einer Hand am Türgriff festzuklammern, um nicht umzukippen. Ein paar Mal atmete sie tief durch, dann ging es wieder. Es widerstand ihr zwar, die blutbeschmierten Klamotten wieder anzuziehen, aber es blieb ihr wohl nichts anderes übrig.

Mit Erstaunen stellte sie fest, dass der Schrank leer war.

„Verdammt", murmelte sie. Erst dann wurde ihr klar, dass ihre Sachen wahrscheinlich komplett bei der Spurensicherung gelandet waren.

Und jetzt?

„Was machen Sie denn da?", ertönte plötzlich eine entsetzt klingende Stimme von der Tür her.

Anna war so auf ihr Vorhaben konzentriert gewesen, dass sie das Eintreten der Krankenschwester, die ihr vorher die Zeitung gebracht hatte, gar nicht bemerkt hatte.

„Sie sollen doch noch gar nicht aufstehen", sagte sie mit vorwurfsvollem Blick.

„Es tut mir leid, aber ich muss hier raus", gab Anna in flehendem Ton zurück. „Ich kann auf keinen Fall hierbleiben, sonst werde ich noch verrückt. Können Sie mir sagen, wo ich etwas zum Anziehen herkriegen kann?"

Die Schwester schüttelte ungläubig den Kopf. „Aber das geht nicht ...", begann sie.

„Es muss gehen", widersprach Anna energisch. „Ich kann auf keinen Fall hierbleiben. Und keiner kann mich hier gegen meinen Willen einsperren, oder?"

Sie wies auf das Krankenhaushemd, das sie immer noch trug. „Also entweder spaziere ich in dem Ding hier aus der Klinik, oder Sie helfen mir, an etwas Vernünftiges zum Anziehen zu kommen."

„Also, wir haben da schon ein paar Sachen, die irgendwann bei uns liegen geblieben sind, aber ..."

Anna sah ihr eindringlich in die Augen. „Bitte holen Sie mir etwas davon", bat sie. „Ich kann nicht hierbleiben. Wenn erst mal an die Presse durchsickert, was passiert ist, wird das hier ein einziger Spießrutenlauf für mich. Das stehe ich auf keinen Fall durch."

Die Krankenschwester nickte betreten. „Das verstehe ich ja", meinte sie. „Aber ich weiß wirklich nicht, ob Sie schon so weit sind, entlassen zu werden. Sie sollten die Folgen Ihrer Verletzungen nicht unterschätzen."

Ihr war deutlich anzusehen, dass sie hin- und hergerissen war.

„Okay", gab sie schließlich nach. „Ich bringe Ihnen ein paar Sachen. Aber nur, wenn Sie mit dem Arzt sprechen, bevor Sie gehen. Es sind da ohnehin noch ein paar Formalitäten zu erledigen."

„In Ordnung." Anna lächelte die Schwester dankbar an. Mit diesem Kompromiss konnte sie leben.

*

„Die Jungs von der Spurensicherung haben richtig rangeklotzt", sagte Eiderhoff und hielt eine Aktenmappe hoch. „Wir haben schon fast den kompletten Bericht vom Fundort der Toten am Leuchtturm, vom Haus der Hanstedts und von ihrem Wagen. Nur ein paar DNA-Tests stehen noch aus. Und selbst die Gerichtsmedizin hat schon was geschickt."

Es war Sonntag. Trotzdem hatten sich die Beamten im Besprechungsraum getroffen, um weiter an dem Fall zu arbeiten. Obwohl gerade Lasse Niehaus ein schlechtes Gewissen hatte, dass er seine Familie mal wieder am Wochenende allein ließ, brannte es allen unter den Nägeln, weiter nach dem Täter zu suchen.

„Ist irgendetwas dabei, das uns weiterbringt?", fragte Sven Brähme hoffnungsvoll.

„Soweit ich feststellen konnte, deckt sich alles ziemlich genau mit den Aussagen von Anna Köhler", berichtete Eiderhoff. „Interessant ist vielleicht noch, dass – nach den Blutspuren zu urteilen – der Täter den Wagen gefahren haben muss. Die beiden Frauen waren auf der Rückbank, Leif Hanstedt auf dem Beifahrersitz. Und im Gegensatz zu den anderen Fällen hat die Spurensicherung das Messer, mit dem die Frauen verletzt wurden, im Haus der Hanstedts gefunden. Es stammte aus der Küche der Hanstedts, wird uns also wohl nicht weiterbringen. Von beiden Frauen waren Blutspuren darauf, aber natürlich keine Fingerabdrücke des Täters." Er verzog das Gesicht. „Es gab nur Spuren von Lederfasern. Wahrscheinlich hatte der Mistkerl wohl Lederhandschuhe an."

„Wie an den anderen Tatorten", warf Inken ein.

Eiderhoff nickte. „So ist es. Wenig Neues also. Ach ja" – er wedelte mit der Akte der Gerichtsmedizin. „So, wie es aussieht, war Silke Hanstedt schon tot, als der Kerl sie in die Dünen gebracht hat. Sie hatte nämlich Sand im Mund und in der Nase, aber nicht in den Atemwegen oder der

Lunge. Wir können also davon ausgehen, dass sie nicht mehr geatmet hat, als sie durch den Sand geschleift wurde."

„Was uns leider aber auch nicht wirklich weiterbringt", bemerkte Brähme. Er war sichtlich deprimiert, weil die Ermittlungen bisher noch kaum Ergebnisse gebracht hatten. Anscheinend hatte er sich vom Bericht der Spurensicherung wesentlich mehr erhofft.

„Wer weiß? Vielleicht ist es gerade die eine oder andere winzige Kleinigkeit, die uns letztendlich zum Täter führt", widersprach Eiderhoff. „Wir sollten auf jeden Fall nichts außer Acht lassen. In diesem Zusammenhang fällt mir ein, dass Leif Hanstedt übrigens nicht einen Pfeil im Rücken hatte, wie Anna Köhler gedacht hat, sondern zwei, aber das ist ja nur ein Detail. Vielleicht hat sie auch einmal gar nicht sehen können, dass der Täter auf den Mann ihrer Freundin geschossen hat. Mich wundert es ohnehin, dass sie sich noch so klar erinnern kann. Normalerweise spielt die Psyche bei Opfern von so extremer Gewalt nicht immer unbedingt mit. Wenigstens da scheinen wir Glück zu haben."

„Leider hat der Mistkerl ja eine Maske getragen", meinte Inken. „Sonst hätten wir Frau Köhler wenigstens die Fotos von unseren Hauptverdächtigen vorlegen können. Selbst wenn sie einen oder mehrere davon ausgeschlossen hätte, wären wir damit schon wieder einen Schritt weiter."

„Fotos bringen wohl nicht viel, da gebe ich Ihnen recht", stimmte Eiderhoff ihr zu. „Allerdings hoffe ich, dass unsere Zeugin noch mal nach Sylt kommt, wenn es ihr besser geht. Dann können wir sie mit Klaas Steewe zusammenbringen. Ich bin mir sicher, dass sie die Stimme ihres Peinigers auf jeden Fall wiedererkennen wird."

Inken nickte. Es war zwar nur ein kleiner Hoffnungsschimmer, aber besser als nichts. Sie hatte trotz Steewes schwammigem Alibi für den ersten Mord noch immer den Verdacht, dass er hinter allem steckte. Und das Verschwinden von seinem damaligen Opfer trug nicht unbedingt zu seiner Entlastung bei.

Zwar hatten zwei Kollegen Steewes Haus an dem Abend überwacht, an dem der Mord an den Hanstedts stattgefunden hatte, aber ein großes, unübersichtliches Grundstück wie das der Steewes bot sicherlich eine Möglichkeit, sich unentdeckt aus dem Haus zu schleichen – und nach Vollendung der Tat wieder zurück.

„Ich habe vorhin übrigens noch einmal mit der Freundin von Svetlana Kraikowa gesprochen", berichtete sie den anderen. „Sie hat überall herumtelefoniert, aber niemand weiß etwas darüber, wo Svetlana abgeblieben sein könnte. Von den Kollegen hat sie auch noch niemand gesehen, und die Anfragen von uns an alle Krankenhäuser der Umgebung haben bisher auch nichts gebracht. Nirgendwo ist eine Unbekannte eingeliefert worden, auf die ihre Beschreibung passt. Es gibt jetzt also drei Möglichkeiten." Sie zählte an den Fingern ab. „Erstens: Sie hat die Insel längst verlassen, ist vielleicht sogar in die Slowakei zurückgekehrt. Möglicherweise weil sie mitbekommen hat, dass Steewe wieder auf Sylt lebt und sie ihm nicht begegnen möchte. Zweitens: Sie hält sich an irgendeinem geheimen Ort auf der Insel versteckt und will gar nicht gefunden werden, aus welchem Grund auch immer."

„Oder drittens: Sie kann sich nicht melden, weil sie entweder irgendwo gefangen gehalten wird oder schon tot ist“, vollendete Niehaus ihre Aufzählung mit düsterer Miene.

Eiderhoff nickte. „Grundsätzlich müssen wir wohl vom Schlimmsten ausgehen, auch wenn ich natürlich nicht hoffe, dass ihr etwas zugestoßen ist.“

Er wandte sich an Niehaus. „Hat die Fahndung nach Peter Eissner schon etwas ergeben?“

„Angeblich soll Eissner sich in Richtung polnische Grenze bewegen. Ein Kumpel von ihm hat angegeben, dass er wohl seit einiger Zeit eine polnische Freundin hat“, gab Niehaus zurück. Schon an seinem Tonfall war deutlich zu hören, dass er davon nicht wirklich überzeugt war. „Es gibt auch einen Zeugen, der ihn in Frankfurt an der Oder gesehen haben will, aber für die Glaubwürdigkeit der beiden würde ich meine Hand ehrlich gesagt nicht ins Feuer legen. Ich habe zwar bisher noch keine Verbindung zwischen Eissner und Leif Hanstedt finden können, aber das muss natürlich nicht heißen, dass es keine gibt. Alle Kollegen hier auf Sylt achten also weiterhin besonders darauf, ob sie Eissner irgendwo sehen.“

Eiderhoff nickte. „Okay. Die gute Nachricht dabei ist, dass wir noch ein paar Beamte zur Verstärkung der Streifen bekommen, vor allem für die Nachtschichten. Der Kerl soll es zumindest so schwer wie möglich haben, wenn er weitermachen will. Aber ich hoffe wirklich, dass die Hanstedts die letzten Opfer waren, die er in die Finger bekommen hat.“

„Ich bin heute Morgen übrigens noch die komplette Liste der Kunden von Hanstedts Firma durchgangen, die uns Hanstedts Mitarbeiter geschickt hat“, sagte Inken unvermittelt.

Die anderen sahen sie erstaunt an.

„Na ja, ich konnte eben nicht schlafen und war schon früh hier“, rechtfertigte sie sich. „Ist ja auch egal. Jedenfalls ist die Liste ziemlich lang. Ich glaube, man könnte bei so ziemlich jedem Einwohner von Sylt irgendeine Verbindung zu Hanstedt finden, wenn man die Kriterien nur weit genug setzt. Deshalb habe ich natürlich vor allem auf unsere Hauptverdächtigen geachtet. Bei Eissner habe ich keinen Zusammenhang gefunden. Auch der Name Erkan Özgul ist nicht aufgetaucht, aber interessanterweise hat Hanstedt die Villa von Goran Vidajevic, Özguls Chef, betreut, wenn der nicht auf Sylt war.“

„Du meinst, Leif Hanstedt könnte dabei vielleicht irgendetwas beobachtet haben, was er nicht hätte sehen sollen?“, fragte Lasse Niehaus nach.

Inken zuckte die Achseln. „Schon möglich. Mein Bruder hat auch mal eine Weile für Hanstedt gearbeitet, und von ihm weiß ich, dass Leif ziemlich oft selbst mit vor Ort war und Hand angelegt hat, gerade bei den etwas heikleren Kunden.“

„Gibt es zu Klaas Steewe auch eine Verbindung?“, schaltete sich Eiderhoff wieder in das Gespräch ein.

Inken nickte. Zuerst habe ich sie nicht entdeckt, weil es nicht um das Privathaus der Steewes geht, das auf der Liste steht. Aber Hanstedt hat sich um die drei Galerien von Steewes Mutter Tina gekümmert, vor allem um die Außenanlagen, Gehwegreinigung und so weiter. Und da geht Klaas Steewe natürlich ein und aus. Er ...“

Sie brach ab, als die Tür geöffnet wurde. Ein älterer Polizist in Uniform streckte den Kopf zu ihnen in den Besprechungsraum.

„Da ist eine Frau, die Sie unbedingt sprechen will", sagte er zu Eiderhoff. Dann wandte er sich an Niehaus. „Ich habe sie erst mal ins Büro gebracht und an deinem Schreibtisch geparkt. Ich hoffe, das geht in Ordnung."

„Hat sie Ihnen ihren Namen gesagt?", fragte Eiderhoff. Ihm war anzumerken, dass er durch die Störung genervt war.

„Hat sie." Der Uniformierte nickte. „Ihr Name ist Anna Köhler."

*

Eiderhoff kochte vor Wut, während er zu Lasse Niehaus' Arbeitsplatz unterwegs war. Als dienstältester und ranghöchster Beamter des Sylter Teams hatte Niehaus ein eigenes Büro, während Inken Stübig und Sven Brähme sich eines teilen mussten.

Eiderhoff hätte selbstverständlich der Erste sein müssen, den man davon informierte, dass Anna Köhler heute schon aus der Klinik entlassen worden war. Wenn ihm schon der Arzt nicht Bescheid gegeben hatte, so hätte es doch wenigstens der Beamte tun müssen, den er vor ihrem Zimmer postiert hatte.

Der Kollege würde sich auf jeden Fall warm anziehen müssen, wenn Eiderhoff ihn zu fassen bekam.

„Die Frau könnte schon im Flieger nach Hawaii sitzen, und wir wüssten nicht mal, dass sie die Klinik verlassen hat“, knurrte er, als er über den Flur ging. Oder – was vielleicht noch viel schlimmer gewesen wäre – sie hätte schon munter mit der Presse plaudern können.

Beim Betreten des Büros von Lasse Niehaus hatte Eiderhoff seine Mimik allerdings wieder völlig im Griff. Er setzte ein freundliches Lächeln auf, als er Anna erblickte.

Sie saß auf dem Stuhl, der Niehaus' Schreibtisch gegenüberstand, und sah gedankenverloren aus dem Fenster. Sie war in sich zusammengesunken, und trotz ihrer durchtrainierten Figur wirkte sie irgendwie zerbrechlich und schutzbedürftig.

Eiderhoff fiel auf, dass sie einen viel zu großen Kapuzenpulli trug. In den Händen hielt sie eine schwarze Baseballkappe.

Auch eine Art von Tarnung, dachte er. Wenn sie den Schirm der Kappe weit ins Gesicht zog und die Kapuze aufsetzte, war von den Foltermalen im Gesicht vermutlich kaum noch etwas zu sehen.

„Frau Köhler“, sagte Eiderhoff. „Ich habe gar nicht erwartet, Sie schon so schnell wieder hier zu sehen. Sie sind schon aus dem Krankenhaus entlassen worden?“

Sie sah ihn verlegen an. „Na ja, ehrlich gesagt habe ich mich selbst entlassen. Mein Arzt war nicht gerade begeistert von der Idee, dass ich gehen wollte. Aber ich habe ihm klargemacht, wie wichtig es für mich ist, aus dem Krankenhaus rauszukommen. Ich konnte ihn sogar dazu überreden, dass er mir ein bisschen Geld für das Zugticket hierher geliehen hat.“

Eiderhoff lachte kurz auf. „Dann scheint Ihre Überzeugungskraft ja ganz beachtlich zu sein.“

„Das nicht unbedingt“, wehrte sie lächelnd ab. „Aber er muss wohl verstanden haben, was in mir vorging. Ich wäre verrückt geworden, wenn ich noch länger in diesem sterilen Krankenhauszimmer gelegen hätte. Und eigentlich geht es mir ganz gut. Die Verletzungen tun zwar weh, aber dafür gibt es ja zum Glück Schmerzmittel.“

Nein, dachte Eiderhoff, *dir kann es gar nicht gutgehen. Nicht nach dem, was passiert ist.*

Selbst wenn die Frau die körperlichen Blessuren gut wegstecken konnte, so fit, wie sie war, waren die psychischen Folgen der Ereignisse noch gar nicht absehbar. Möglicherweise würde sie ihr Leben lang darunter leiden müssen. Aber das war nicht sein Metier, darum würde sich ein Psychologe kümmern müssen – sofern sie dessen Hilfe in Anspruch nahm.

„Freut mich zu hören“, sagte er daher nur. Ungeachtet der Tatsache, dass es nicht sein Büro war, setzte er sich ihr gegenüber an den Schreibtisch.

„Was kann ich für Sie tun?“, erkundigte er sich. Es kostete ihn einige Mühe, ihr direkt in die Augen zu sehen, anstatt auf die Verletzungen zu starren, die trotz der Behandlung gut sichtbar auf ihren Wangen und der Stirn prangten.

„Ich möchte helfen“, gab Anna direkt zurück. „Ich möchte irgendetwas tun, damit Sie den Mistkerl kriegen, der das getan hat. Wissen Sie, gestern habe ich den ganzen Tag über diese Bilder nicht aus dem Kopf bekommen. Immer wieder habe ich Silke vor mir gesehen, wie der Kerl hinter ihr steht und den Draht zuzieht. Und sogar jetzt habe ich Leifs Schreie noch im Ohr. In der Nacht ist es dann fast noch schlimmer geworden. Irgendwie ging dabei alles quer durcheinander. Ich weiß nicht mal, an was ich mich tatsächlich erinnere und was ich mir vielleicht nur einbilde."

Eiderhoff nickte. „Das ist absolut verständlich. Sie brauchen wahrscheinlich einfach Zeit, um alles zu verarbeiten. Aber so, wie es aussieht, haben Sie sich bei unserem Gespräch ziemlich gut an den Ablauf der Ereignisse erinnert. Die Spuren, die wir gesichert haben, belegen das. Sie halten sich wirklich tapfer."

Anna lachte kurz auf. Ein leiser Anflug von Hysterie lag in ihrer Stimme, als sie weitersprach.

„Ich habe bisher immer gedacht, dass ich eigentlich ziemlich hart im Nehmen bin. Sie müssen wissen, dass mein Mann vor einigen Jahren bei einem Unfall ums Leben gekommen ist. Danach bin ich in die USA gegangen und habe in der Nähe von Los Angeles gewohnt. Mein Bruder lebt schon länger dort." Sie schüttelte nachdenklich den Kopf. „Da drüben laufen so viele Spinner herum, da rechnet man irgendwie damit, dass einem mal was passiert, aber doch nicht hier! Nicht auf einer beschaulichen Nordseeinsel wie Sylt!"

Eiderhoff wusste bereits von ihrer Vergangenheit. Ein routinemäßiger Check ihrer Daten hatte ergeben, dass sie seit knapp zwei Jahren in Berlin wohnte. Als vorige Adresse war eine Anschrift in Santa Barbara in Kalifornien angegeben, und der Familienstand im Melderegister lautete *verwitwet.*

Manche Leute trifft es wirklich knüppelhart, dachte er, doch er ließ sich nichts anmerken. Mitleid machte die Situation auch nicht besser.

„Psychopathen gibt es leider überall auf der Welt", sagte er ernst.

„Haben Sie denn schon einen Anhaltspunkt, wer Silke und Leif umgebracht hat?", fragte sie und sah ihn flehend an.

Der LKA-Beamte zögerte einen Moment. Er wusste, dass er ihr eigentlich gar nichts über die laufenden Ermittlungen sagen durfte, und innerlich widerstrebte es ihm sogar, etwas preiszugeben. Aber nach ihren Erlebnissen kam es ihm unfair vor, sie mit den einfachen Standardfloskeln abzuspeisen.

„Wir haben einen engeren Kreis von Verdächtigen", verriet er daher. „Leider haben wir keinerlei DNA-Spuren vom Täter sicherstellen können. Deshalb ist die Beweisführung äußerst schwierig. Aber Sie könnten uns tatsächlich dabei helfen, den Kerl zu überführen, der Ihnen das angetan hat."

Ein deutlicher Ausdruck von Angst trat bei seinen Worten auf Annas Miene.

„Wie denn?", erkundigte sie sich mit kratziger Stimme.

„Nach zwei der Verdächtigen fahnden wir momentan noch", erklärte Eiderhoff wahrheitsgemäß. „Aber einer hält sich hier auf Sylt auf. Mein Vorschlag wäre, dass ich ihn herbringen lasse. Ich weiß, dass Sie sein Gesicht nicht gesehen haben, aber ich denke, dass Sie sich bestimmt an seine Stimme erinnern werden." Er sah sie erwartungsvoll an.

„Jetzt gleich?", flüsterte sie entsetzt.

„Wenn es möglich ist. Sie würden uns damit wirklich sehr helfen."

Instinktiv schlang Anna die Arme um ihren Oberkörper, als fröstele sie. Ihr Blick wanderte im Zimmer herum, ohne einen bestimmten Punkt zu fixieren.

„Okay", sagte sie schließlich leise. „Okay, ich versuche es."

*

Anna Köhlers Nervosität stieg mit jeder Minute, die sie warteten, sichtlich an.

Noch immer befanden sie sich im Büro von Lasse Niehaus. Sofort, nachdem Anna ihr Einverständnis gegeben hatte, waren Niehaus und Brähme nach Kampen gefahren, um Klaas Steewe zu einem Gespräch abzuholen.

Eiderhoff hatte Inken zu sich rufen lassen. Er hoffte, dass die junge Beamtin beruhigend auf die andere Frau wirken würde. Und seine Vermutung wurde bestätigt. In Inkens Anwesenheit schien sich Anna wesentlich sicherer zu fühlen.

Kein Wunder, dachte Eiderhoff. *Nach allem, was ein Mann ihr angetan hat.*

Vielleicht wäre es sogar besser gewesen, die junge Kripo-Beamtin wäre an seiner Stelle nach Flensburg in die Klinik gefahren, um das erste Gespräch mit der Zeugin zu führen, überlegte er. Möglicherweise hätte sie ihr noch das eine oder andere Detail mehr anvertraut. Aber das war reine Spekulation.

„Ich hätte noch eine dringende Bitte", wandte sich Anna an ihn und riss ihn damit aus seinen Gedanken.

„Ja?"

Sie lächelte verlegen. „Eigentlich wollte ich so schnell wie möglich nach Berlin zurückfahren, in meine gewohnte Umgebung. Aber inzwischen habe ich mich entschieden, so lange hier auf Sylt zu bleiben, bis der Täter gefunden worden ist. Vielleicht kann ich Ihnen doch noch die eine oder andere Hilfestellung geben. Aber bei den Hanstedts kann ich ja jetzt nicht mehr bleiben. Könnten Sie mir vielleicht eine Unterkunft besorgen?"

Eiderhoff sah sie mit skeptischer Miene an.

„Ich weiß nicht, ob das eine so gute Idee ist. Wir haben zwar nichts darüber an die Öffentlichkeit gegeben, dass Sie den Anschlag überlebt haben, aber es kann sich jederzeit herumsprechen. Es würde schon reichen, wenn einer der Rettungssanitäter davon erzählt, nachdem er ein Bier zu viel hatte. Und wenn der Täter das mitbekommt, könnten Sie in großer Gefahr sein."

„Das ist mir durchaus klar. Trotzdem denke ich, dass es besser ist, wenn ich hierbleibe", beharrte Anna. „Sie haben selbst gesagt, dass ich die Einzige bin, die seine Stimme kennt. Ich kann jetzt auf keinen Fall nach Berlin zurückgehen und so tun, als wäre das alles nicht passiert. Das würde mich wahnsinnig machen."

Eiderhoff warf einen kurzen Blick zu Inken hinüber. Anscheinend konnte die junge Polizistin gut nachvollziehen, was in der Frau vorging. Sie nickte ihm leicht zu.

„Also gut", stimmte er schließlich zu. Er wandte sich an Inken. „Können Sie ein Hotelzimmer für Frau Köhler organisieren?"

„Ich hätte lieber ein Ferienhaus, ein bisschen abseits vom Trubel", warf Anna schnell ein. Sie deutete mit einer Handbewegung auf die Verletzungen in ihrem Gesicht, und ihre Augen füllten sich mit Tränen. „Es ist sowieso schon ein ziemlicher Spießrutenlauf, unter Leute zu gehen“, sagte sie mit erstickter Stimme. „Ich verstecke mich zwar unter der Kappe und der Kapuze, aber ein bisschen sieht man doch immer. Wenn ich mir vorstelle, dass ich so jeden Tag durch eine bevölkerte Hotellobby laufen soll ...“

Eiderhoff stand von seinem Stuhl auf und ging unruhig im Raum hin und her. Annas Gefühle waren absolut nachvollziehbar, aber der Gedanke, dass seine einzige Zeugin nicht nur auf Sylt blieb, sondern auch noch allein in einem Ferienhaus wohnen wollte, machte ihn mehr als nervös. Am liebsten hätte er mindestens zwei Streifenwagen rund um die Uhr zu ihrer Bewachung abgestellt, aber sie hatten sowieso schon weniger Beamte im Einsatz, als er angefordert hatte.

„Noch weiß ja niemand, dass ich überlebt habe“, gab Anna zu bedenken. „Wenn es sich herumspricht, werde ich sofort in ein zentrales Hotel gehen, das verspreche ich Ihnen!“

Noch immer zögerte Eiderhoff. Wirklich begeistert war er nicht von der Idee. Allerdings konnte er Anna nicht zwingen zu bleiben, wo sie nicht bleiben wollte. Noch dazu würden die Leute, die Annas Verletzungen sahen, sicherlich sehr schnell damit anfangen, Fragen zu stellen. Das würde es umso schwieriger machen, ihr Überleben geheim zu halten.

„Unter einer Bedingung“, sagte er schließlich. „Sie geben uns jedes Mal Bescheid, wenn Sie das Haus verlassen, und öffnen selbstverständlich niemandem außer meiner Kollegin und mir die Tür. Zudem werde ich veranlassen, dass spätestens alle halbe Stunde ein Streifenwagen bei

Ihnen am Haus vorbeifährt und sicherstellt, dass alles ruhig ist."

„Außerdem sollten Sie Ihr Telefon immer in Reichweite haben", fügte Inken hinzu. „Sie können uns jederzeit anrufen, selbst beim kleinsten Geräusch. Wir kommen lieber einmal zu viel vorbei als einmal zu wenig."

Anna lächelte dankbar. „Das mache ich auf jeden Fall. Ich verspreche es."

„Gut." Inken nickte zufrieden. „Dann werde ich mal sehen, dass ich was Geeignetes für Sie auftreibe. Außerdem spreche ich mit der Spurensicherung, damit Sie Ihre Sachen wiederbekommen, die noch im Haus der Hanstedts waren. Sie ..."

Inken wurde durch Eiderhoff unterbrochen, der ihr mit einem Handzeichen signalisierte, still zu sein. Zwei Männerstimmen ertönten im Flur.

Wie vorher abgesprochen gab Eiderhoff Anna zu verstehen, dass sie sich direkt hinter die Bürotür stellen sollte, die einen Spaltbreit offenstand. Sie wollten ihr Steewes Stimme vorführen, ohne dass er davon etwas mitbekam. Er sollte nicht auf die Idee kommen, seine Stimme zu verstellen.

„Ich weiß wirklich nicht, was das soll", beschwerte er sich gerade. „Noch dazu am Sonntag! Was fällt Ihnen eigentlich ein? Das hätten wir doch auch bei mir zu Hause besprechen können. Ich habe Ihnen ohnehin nichts zu sagen."

„Wir wollen nur ein bisschen mehr über ihre Beziehung zu Leif Hanstedt erfahren", ertönte Niehaus' Stimme. Wie zufällig war er auf dem Flur direkt in Höhe seines Büros stehengeblieben.

„Da gibt es nicht viel zu sagen“, blaffte Steewe den Beamten an. Ich habe Leif zwar gekannt, aber nur oberflächlich. Wir haben kurz ein paar Worte gewechselt, wenn wir uns gesehen haben, mehr aber auch nicht. Von einer Beziehung kann da überhaupt keine Rede sein.“

Eiderhoff und Inken sahen Anna gespannt an, während sich die Stimmen langsam wieder entfernten. Ihre Zeugin war deutlich blasser geworden, und ihre Finger nestelten nervös an den Bändern ihrer Kapuze herum.

„Und?“, fragte Inken behutsam. „Kam Ihnen die Stimme bekannt vor?“

„Ich ... ich weiß nicht so genau. Sie klang irgendwie anders.“ Anna räusperte sich. „Nein.“ Sie schüttelte den Kopf. „Nein, ich denke, er war es nicht.“

„Trotzdem danke, dass Sie sich das zugemutet haben“, sagte Inken freundlich.

Doch Eiderhoff sah ihr an, dass sie mindestens genauso enttäuscht war wie er selbst.

Nur mit Mühe unterdrückte er einen Fluch. Aus irgendeinem Grund hatte er das Gefühl, dass sie noch mal ganz von vorn anfangen mussten.

Montag, 26. Oktober 2015

Eiderhoff war schon früh auf den Beinen. Obwohl er schon ein paar Kilometer am Strand entlang gejoggt war und dann ausgiebig geduscht hatte, bevor er sich auf den Weg zur Polizeiwache gemacht hatte, war es noch nicht richtig hell, als er das Gebäude betrat.

Umso erstaunter war er, als er sah, dass er schon erwartet wurde.

Anna Köhler stand in der Nähe des Eingangs und betrachtete eingehend ein Fahndungsplakat international gesuchter Terroristen. Als sie ihn erblickte, verzog sich ihr Mund zu einem schüchternen Lächeln.

Eiderhoff war alles andere als begeistert.

„Frau Köhler, hatten wir nicht abgesprochen, dass Sie uns Bescheid geben, wenn Sie das Haus verlassen?“, sagte er in tadelndem Ton.

„Ich weiß, aber ich musste unbedingt herkommen. Mir ist noch was eingefallen, und da wollte ich ...“

Sie war so aufgeregt, dass sich ihre Stimme beinahe überschlug und sie kaum noch zu verstehen war.

„Am besten eins nach dem anderen“, unterbrach Eiderhoff ihren Redeschwall. „Lassen Sie uns in mein Büro gehen, dann können Sie mir alles ganz in Ruhe erzählen.“

„Ja, sicher.“ Anna wirkte zerknirscht. „Es tut mir leid, ich wollte nur so schnell wie möglich loswerden, was mir noch eingefallen ist.“

Sie folgte ihm in sein Büro, doch noch ehe er sich setzen konnte, sprudelte es aus ihr heraus.

„Ich weiß, es hört sich vielleicht ein bisschen seltsam an, aber heute Nacht habe ich mich tatsächlich noch an etwas erinnert. Die ganze Zeit sind mir wieder diese Bilder durch den Kopf gegangen, bis ich fast durchgedreht bin. Und immer wieder habe ich die Stimme gehört. Vielleicht lag das an der Situation gestern. Ich weiß auch nicht so genau."

„Haben Sie die Stimme doch erkannt?", fragte Eiderhoff ruhig. Er wollte sie auf keinen Fall drängen, etwas auszusagen, das nicht der Wahrheit entsprach, obwohl er innerlich fast platzte. Vielleicht hatten sie bald doch etwas gegen Steewe in der Hand.

Doch zu seiner Enttäuschung schüttelte Anna den Kopf. „Nein, das ist es nicht. Es ist vielmehr etwas, das ich in der Nacht gesehen habe. Zumindest glaube ich das."

„Wie meinen Sie das?" Eiderhoff musterte sie aufmerksam, während sie nach den richtigen Worten suchte.

„Ich weiß selbst nicht so genau, wie ich es am besten erklären soll", begann sie nach kurzem Nachdenken. „Ich war die ganze Zeit über vollkommen sicher, dass ich das Gesicht des Täters nicht gesehen habe. Ich meine, er hatte ja diese Maske auf. Aber inzwischen denke ich, dass ich ihn möglicherweise doch gesehen habe. Ganz kurz nur und auch nur im Halbdunkeln, aber immerhin."

„Wann war das?", hakte Eiderhoff nach. Unwillkürlich hatte er sich auf seinem Stuhl kerzengerade aufgerichtet.

„So genau kann ich das selbst nicht sagen." Anna biss sich verlegen auf die Unterlippe. „Ich denke, es muss gewesen sein, als er uns in den Dünen so hingelegt hat, wie er das haben wollte. Er dachte ja, wir wären alle tot. Aber ich muss ganz kurz zu mir gekommen sein. Ich kann mich jedenfalls vage an zwei Gesichter erinnern. Das von dem Jogger, der uns gefunden hat, und noch ein anderes."

„Und Sie denken, das war der Täter?", fragte Eiderhoff ernst.

„Ich weiß es nicht", gestand Anna. „Ich denke nur, wenn es jemand anders gewesen wäre, hätte er doch bestimmt die Polizei gerufen."

Eiderhoff nickte nachdenklich. Es war zumindest eine Chance. Eine größere, als sie bisher gehabt hatten.

„Meinen Sie, wenn ich Ihnen ein paar Fotos vorlege, würden Sie das Gesicht wiedererkennen?"

„Schon möglich." Plötzlich wirkte Anna unsicher. „Ich würde es auf jeden Fall versuchen."

„In Ordnung." Eiderhoff lächelte und stand auf. „Dann hole ich uns beiden jetzt erst mal einen Kaffee. Wir haben eine ganze Menge Arbeit vor uns."

*

„Ich weiß nicht so recht, was ich davon halten soll."

Inken lehnte an einem halbhohen Aktenschrank, nippte an ihrem Kaffee und beobachtete Anna Köhler, die an Brähmes Schreibtisch saß und langsam ein Bild nach dem anderen ansah.

Brähme und Niehaus waren noch nicht auf der Wache eingetroffen. Vom Festland aus brauchten sie eine Weile und kamen daher immer ein bisschen später als ihre Kollegin und als Eiderhoff, der in Westerland ein Hotelzimmer bezogen hatte.

„Plötzlich erinnert sie sich wieder an den Täter?“, sagte Inken leise zu Eiderhoff, der neben ihr stand. „Ist es nicht viel wahrscheinlicher, dass sie das Gesicht eines der Rettungssanitäter oder des Notarztes vor Augen hat? In ihrem Zustand in fast völliger Dunkelheit den Täter zu sehen und auch noch wiederzuerkennen, halte ich doch für ziemlich unwahrscheinlich.“

Der LKA-Beamte zuckte die Achseln. „Es ist eine Chance. Nicht mehr und nicht weniger. Der Leuchtturm wird ja nachts von Scheinwerfern im Boden angestrahlt. Grundsätzlich wäre es also schon möglich, dass sie genug gesehen hat, um den Kerl wiederzuerkennen. Und viel bessere Ansatzpunkte haben wir ja derzeit leider nicht.“

„Schon richtig.“ Inken seufzte.

Wieder blickte sie zu ihrer einzigen Zeugin hinüber. Eiderhoff hatte ihr nicht nur die Fotos von ihren drei Hauptverdächtigen – Klaas Steewe, Erkan Özgul und Peter Eissner – gegeben, sondern sie unter die Bilder aller Verdächtigen gemischt, die sie bereits am ersten Tag nach dem Mord an Richter Engler herausgesucht hatten. Inken wusste, dass die Auswahl möglicher Verdächtiger nicht zu klein sein durfte, um keine falschen Angaben zu provozieren. Bei vielen Verdächtigen neigten Zeugen eher zu dem Eingeständnis, dass sie den Täter nicht wiedererkannten, als wenn sie nur drei oder vier Bilder gezeigt bekamen. Dann tippten sie oft auf denjenigen, der ihrer Erinnerung am ehesten entsprach.

Vor allem, wenn sie wie Anna Köhler den Täter unbedingt identifizieren wollten, dachte Inken.

Sie beschloss, die Zeit zu nutzen, um noch einmal die Liste der von Hanstedts Firma betreuten Gebäude durchzugehen, als Anna plötzlich aufsprang. Aufgeregt gestikulierte sie mit den Armen.

„Hier“, keuchte sie. „Ich glaube, das ist er. Ich habe ihn auf jeden Fall schon mal gesehen.“

Sie hielt ein Foto hoch, auf dem ein ausgezehrt wirkender Mann mit braunen, von grauen Strähnen durchzogenen Haaren, graugrünen Augen und einer markanten Hakennase zu sehen war. Dann presste sie eine Hand vor den Mund.

„Oh mein Gott“, stöhnte sie erstickt und ließ sich wieder auf ihren Stuhl fallen.

„Alles in Ordnung?“, erkundigte sich Inken, die sofort von ihrem Platz aufgesprungen und zu ihr gelaufen war, besorgt. „Wollen Sie sich hinlegen? Oder soll ich Ihnen vielleicht ein Glas Wasser bringen?“

„Nein, es geht schon.“ Anna schüttelte den Kopf und lächelte tapfer. „Es ist nur, als ich ihn eben so plötzlich gesehen habe ...“

Sie sprach nicht weiter, aber Inken wusste auch ohne eine weitere Erklärung, was sie meinte.

„Ich verstehe schon.“ Vorsichtig nahm sie ihr das Bild aus der Hand. „Aber ich bringe Sie trotzdem besser nach nebenan. Da können Sie sich eine Weile ausruhen.“

„Das ist Karl Zitkowsky“, sagte sie leise zu Eiderhoff, nachdem sie wieder ins Zimmer gekommen war und die Tür hinter sich geschlossen hatte. „Wir hatten ihn auf unserer Liste, weil er von Richter Engler verurteilt worden ist. „Aber die Anklage ist damals von Dr. Hadenbach vertreten worden, nicht von Gabriele Gambrowski.“

Sie setzte sich an ihren Schreibtisch und rief Zitkowskys Daten auf.

In diesem Augenblick öffnete sich die Tür und Lasse Niehaus trat ein, gefolgt von Sven Brähme. Niehaus bemerkte sofort die angespannte Atmosphäre, die im Zimmer herrschte.

„Gibt es etwas Neues?“, erkundigte er sich interessiert.

Inken gab ihm ein Zeichen, erst einmal die Tür zu schließen, bevor sie antwortete. Anna Köhler hatte sich im Nachbarzimmer, dem Büro von Niehaus, zurückgezogen. Sie war ganz durcheinander von dem Schreck, Zitkowsky erkannt zu haben, und wollte ein bisschen allein sein. Auf keinen Fall wollte Inken, dass die Zeugin aus Lasses Büro trat und durch Zufall etwas von dem hörte, was sie über Zitkowsky sagte.

Als Brähme die Tür hinter sich zugezogen hatte, berichtete sie in knappen Worten, was gerade passiert war.

„Ich habe hier eine Adresse von Zitkowsky in Niebüll“, sagte sie. Aber so weit ich weiß, arbeitet er seit seiner Entlassung vor drei Monaten hier in Westerland bei einem Strandkorbverleiher. Im Gegensatz zu Eissner und Özgul ist er also zumindest schon mal hier vor Ort.“

„Das Problem ist nur, dass Zitkowsky damals zwar von Richter Engler verurteilt worden ist, aber Gabriele Gambrowski nicht die Anklage geführt hat“, warf Eiderhoff ein. „Deshalb haben wir ihn ja nach dem Mord an der Staatsanwältin auch von der Liste unserer Verdächtigen gestrichen.“

„Er ist auf jeden Fall einer von den ganz üblen Jungs“, bemerkte Inken, ohne von ihrem Monitor aufzublicken. „Verurteilt hat ihn Engler damals wegen bewaffneten Raubüberfalls, aber er hatte vorher schon einiges aus dem Kerbholz. Ich sehe hier Anzeigen wegen Körperverletzung, Diebstahl, Beleidigung und sexueller Nötigung. Zitkowsky hat bisher wohl mehr Zeit im Knast verbracht als in Freiheit. Der Kerl ..."

Sie hielt plötzlich inne und biss sich auf die Unterlippe.

„Schiet!", stieß sie leise hervor.

„Was ist?", fragte Brähme und drängte sich hinter sie an den Bildschirm, während Eiderhoff und Niehaus sie fragend ansahen.

Inken blickte auf. „Ich habe hier seine erste Verurteilung, von den Sozialstunden und Freizeitarresten, die ihn vorher wahrscheinlich schon die Jugendrichter aufgebrummt haben, einmal abgesehen. Es war sein erster Aufenthalt im Knast, und er ist wegen schwerer Tierquälerei verknackt worden."

„Das passt", knurrte Brähme düster. „Das zeigt wohl deutlich genug, dass er Freude an Gewalt hat."

Inken nickte. „Das stimmt, aber eigentlich meinte ich das gar nicht. Das Verfahren hat nicht vor dem Landgericht stattgefunden, sondern am Amtsgericht. Deshalb hatte Engler damit auch nichts zu tun. Aber ratet mal, wer damals die Anklage vertreten hat."

„Gabriele Gambrowski", vermutete Eiderhoff.

„Richtig." Inken atmete einmal tief durch. „Da haben wir unsere Verbindung."

*

„Aber die Adresse stimmt?"

Niehaus blickte noch einmal in seine Unterlagen und nickte. „Bei so wenigen Mietparteien sollte ein Irrtum doch eigentlich kaum möglich sein.

Zusammen mit zwei uniformierten Beamten stand er vor einem Mehrfamilienhaus in Niebüll. Im Eilverfahren hatte Eiderhoff einen Durchsuchungsbeschluss sowohl für die Wohnung von Karl Zitkowsky besorgt als auch für den Strandkorbverleih, in dem er arbeitete.

Um Zitkowsky keine Gelegenheit zu geben, Beweismittel verschwinden zu lassen, war Niehaus aufs Festland gefahren, um die Wohnung in Niebüll zu durchsuchen, während Eiderhoff, Brähme und Inken sich zeitgleich um den Strandkorbverleih in Westerland kümmern wollten.

„Na ja, ein Namensschild von ihm sehe ich zwar nicht, aber wir können ja mal bei den Nachbarn fragen, ob sie den Mann kennen“, schlug einer der Polizisten, ein kleiner, ziemlich dicker Mann mit wuscheligen blonden Haaren, vor.

Niehaus nickte und drückte auf einen der Klingelknöpfe im Erdgeschoss, der mit *Schmidtke* beschriftet war. Während er wartete, ließ er seinen Blick noch einmal über das Haus gleiten.

Auf den ersten Blick sah es gar nicht so schlecht aus, aber bei genauerem Hinsehen erkannte man, dass es sich in keinem besonders guten Zustand befand. Zwischen den Klinkern zeigten sich breite Risse, die Lampe neben der Haustür war halb aus der Verankerung gerissen, im Vorgarten lagen zerknautschte Zigarettenschachteln sowie zwei zerbrochene Bierflaschen und zu allem Überfluss zog sich quer durch die Glasscheibe der Haustür ein langer Sprung.

Niehaus wurde durch das Knacken der Gegensprechanlage aus seinen Gedanken gerissen.

„Jaaa?“, ertönte es knisternd.

„Frau Schmidtke?“, fragte Niehaus.

Wieder kam ein langgezogenes *„Jaaa?“*

Niehaus wusste nicht, ob es sich dabei um eine Antwort oder eine erneute Frage handelte, deshalb ignorierte er es einfach. „Mein Name ist Niehaus, Kriminalpolizei. Könnte ich kurz mit Ihnen sprechen?“

Eine Weile passierte nichts. Dann ertönte der Summer und Niehaus drückte die Tür auf.

Gleichzeitig öffnete sich eine der Wohnungstüren im Erdgeschoss. Eine junge Frau mit einem Kleinkind auf dem Arm sah Niehaus entgegen, der, gefolgt von den beiden Uniformierten, die wenigen Stufen zu ihrer Tür hinaufstieg.

„Was wollen Sie von mir?“, fragte sie misstrauisch. Dabei zog sie instinktiv die Tür ein wenig mehr zu, als Niehaus sich ihr näherte.

„Von Ihnen wollen wir eigentlich nichts“, entgegnete Niehaus in ruhigem Tonfall. „Wir suchen einen Mann, der dieses Haus als Wohnadresse angegeben hat, Karl Zitkowsky. Kennen Sie ihn?“

Bei Niehaus’ Worten entspannte sie sich sichtlich, schüttelte aber nach kurzem Überlegen den Kopf. „Nee, nie gehört.“

„Vielleicht haben Sie ihn ja trotzdem schon mal gesehen“, meinte Niehaus und hielt ihr das Foto von Karl Zitkowsky hin.

Sie wechselte das Kleinkind routiniert auf den anderen Arm und betrachtete das Bild.

„Ach so, der“, sagte sie dann verächtlich. „Ja klar, den kenne ich. Fragen Sie mal bei der Wegner aus dem zweiten Stock nach. Ich glaube, da hat der mal 'ne Zeitlang gewohnt. Hab' ihn aber schon 'ne Weile nicht mehr gesehen.“

Sie beeilte sich, die Tür wieder hinter sich zu schließen, nachdem Niehaus sich für ihre Auskunft bedankt hatte.

Corinna Wegner hatte die Wohnung direkt unter dem Dach. Nachdem Niehaus geklingelt hatte, näherten sich schlurfende Schritte der Wohnungstür. Eine hagere Frau öffnete.

„Was is'n?“, fragte sie, als sie Niehaus und die beiden Polizisten in Uniform sah. „Is' was passiert?“

Niehaus musterte sie kurz. Er schätzte sie auf Mitte bis Ende vierzig, aber so verbraucht, wie sie aussah, war das schwer zu sagen. Ihre Haut hing faltig und schlaff an ihr herunter, im Gesicht genauso wie am ganzen Körper. Ihr dünnes Trägertop über der Jogginghose zeigte mehr, als es verbarg. Viel zu viel für Niehaus' Geschmack. Ihre blondierten Haare waren am Ansatz dunkel nachgewachsen, und in ihrem Mundwinkel hing eine Zigarette, die bei jeder Silbe auf und ab hüpfte.

Aus der Wohnung drang ein unangenehm muffiger, mit dem Zigarettenrauch durchmischter Geruch, und im Hintergrund quäkte ein Fernseher.

„Wir suchen Karl Zitkowsky“, sagte Niehaus, nachdem er sich vorgestellt hatte. „Wir haben gehört, dass er bei Ihnen wohnen soll.“

Sie schnaubte verächtlich. „Schon lange nicht mehr. Hab' den Kerl rausgeschmissen. Der wollte doch nur schmarotzen. Ständig hat er meine Zigaretten geschnorrt. So'n Kerl brauche ich nicht." Sie zog gut hörbar den Rotz hoch.

Es fiel Niehaus schwer, sich seine Abscheu ihr gegenüber nicht anmerken zu lassen.

„Können Sie mir sagen, wann genau er ausgezogen ist?", erkundigte er sich.

Sie überlegte kurz. „Is' so vier oder fünf Wochen her, würde ich sagen. Vielleicht auch sechs. Hat er was angestellt?"

„Kennen Sie seine neue Adresse?", wollte Niehaus wissen, ohne auf ihre Frage einzugehen.

„Nee. Interessiert mich auch nicht." Sie schüttelte so nachdrücklich den Kopf, dass sie fast die Zigarette verloren hätte. Hastig griff sie danach und hielt sie in der Hand, während sie weitersprach. „Ich bin froh, dass der Arsch weg ist. Dem weine ich bestimmt keine Träne nach." Die Zigarette wanderte wieder an ihren angestammten Platz im Mundwinkel. „Is' ja nicht so, dass ich keinen andern Kerl abkriegen würde."

„Kann ich mir vorstellen", murmelte Niehaus.

Er zog ein Papier aus der Innentasche seiner Jacke, faltete es auf und zeigte es ihr. „Wir haben einen richterlichen Durchsuchungsbeschluss für Ihre Wohnung. Haben Sie was dagegen, wenn wir uns mal umsehen?"

Er hatte mit Gegenwehr gerechnet, aber die Frau sah ihn nur kurz geistesabwesend an, dann zuckte sie die Achseln. „Mir egal", grunzte sie, ging in ihr kombiniertes Wohn- und Schlafzimmer zurück und fläzte sich in ihren Sessel vor den lärmenden Fernseher.

Niehaus zog sich seine Latexhandschuhe über und drehte sich nach den beiden uniformierten Kollegen um. „Also gut“, sagte er, obwohl er sich beinahe sicher war, dass sie nichts Interessantes finden würden. „Dann machen wir uns mal an die Arbeit.“

*

„War ja klar, dass ihr mich gleich wieder auf dem Kieker habt“, ätzte Karl Zitkowsky. „Einmal Knacki, immer Knacki, oder wie ist das bei euch, hä? Da lässt man sich ein einziges Mal was zuschulden kommen, und dann ist man gleich für sein Leben lang abgestempelt. Schöne Scheiße! Wenn ihr euren Job besser machen würdet, würdet ihr genau wissen, dass ihr völlig falsch liegt. Wie immer eigentlich, oder?“

Eiderhoff reagierte nicht auf die Provokationen. Mit vor der Brust verschränkten Armen stand er in der Tür des Schuppens und beobachtete Inken Stübig, Sven Brähme und zwei weitere Kollegen in Uniform, die jeden Millimeter des niedrigen Gebäudes unter die Lupe nahmen.

Auch Zitkowsky verfolgte jede ihrer Bewegungen.

Eiderhoff wusste, dass er erst Anfang 40 war, aber er wirkte wesentlich älter.

Verlebt, ging es ihm durch den Kopf. Zitkowsky war sehr schlank, fast schon ausgezehrt. Seine schmutzige Jeans schlabberte um seine hageren Beine, doch unter seinem dünnen, fleckigen Shirt zeichneten sich erstaunlich kräftige Muskeln ab. Seine braunen, mit vielen grauen

Strähnen durchzogenen Haare hätten dringend einen Friseurbesuch vertragen können. Auch in den Bartstoppeln herrschte das Grau vor, was Zitkowsky noch älter machte.

Eiderhoff ließ seinen Blick schweifen.

In dem aus groben Holzbohlen gezimmerten Schuppen herrschte ein diffuses Dämmerlicht. Nur durch die offenstehende Tür fiel etwas Tageslicht hinein, und der Schein der schwachen Deckenlampe reichte bei Weitem nicht aus, um jeden Winkel auszuleuchten.

Inken, die gerade jede einzelne Schublade unter der großen Werkbank durchsuchte, die sich über die gesamte Seitenwand des Schuppens zog, hielt eine große Taschenlampe in der mit Latexhandschuhen geschützten Hand und leuchtete damit in jedes Fach.

„Ich denke wirklich, dass Karl sich geändert hat."

Arne Jensen, der Inhaber des Strandkorbverleihs und Eigentümer des Schuppens, war an Eiderhoff herangetreten. Im Gegensatz zu Zitkowsky, der mit beleidigter Miene in einem der zu reparierenden Strandkörbe saß, wirkte er äußerst beunruhigt.

„Ich kann absolut nichts Negatives über Karl sagen", setzte Jensen wieder an. „Er ist einer meiner fleißigsten Mitarbeiter. Wissen Sie, es ist wirklich nicht leicht, gute Leute zu bekommen, die dazu noch zuverlässig sind. Manche lassen einen einfach hängen und sagen nicht mal Bescheid, wenn sie abhauen. Und dann sitzt man da und darf sich um alles allein kümmern. Aber auf Karl kann ich mich verlassen. Er kommt morgens immer schon ganz früh und ist abends häufig der Letzte, der die Werkstatt verlässt.

Gerade jetzt im Herbst haben wir ja jede Menge zu tun, um alles in Schuss zu halten."

„Das heißt, Zitkowsky hat einen eigenen Schlüssel für den Schuppen?", erkundigte sich Eiderhoff, ohne seine Kollegen aus den Augen zu lassen.

„Ja, schon", gab Jensen zu. „Das ist so am einfachsten. Ich kann ja nicht immer da sein, aber die Arbeit geht uns nie aus. An den Körben ist doch alle naselang was zu reparieren, gerade jetzt am Ende der Saison. Da bin ich froh, wenn meine Mitarbeiter selbstständig arbeiten."

Eiderhoff blickte interessiert in die hintere Ecke des Schuppens. Aus dem Augenwinkel hatte er gesehen, dass Zitkowsky angefangen hatte, nervös in seinem Strandkorb hin und her zu rutschen, als Brähme sich der Stelle genähert hatte.

„Was ist da hinter der Bretterwand?", fragte er Jensen.

„Das ist ein kleiner Raum, der unter den Steg rausgeht", erklärte der Strandkorbverleiher achselzuckend. „Da ist eigentlich nichts drin außer ein bisschen Material, das wir da lagern. Holzschutzfarbe, Polstermaterial, Ersatzstoffe und so weiter."

Eiderhoff trat ein paar Schritte näher heran, als Brähme den Verschlag öffnete. Direkt hinter der Klappe standen mehrere Farbeimer, sorgfältig übereinandergestapelt. Brähme hob einen von ihnen hoch.

„Leer", stellte er erstaunt fest. Bis auf die untere Reihe ließen sich alle Eimer ganz leicht wegräumen. Dahinter kam eine schmale Isomatte zum Vorschein, auf der ein zusammengeknüllter Schlafsack lag. Daneben lagen zwei vollgestopfte Plastiktüten und ein Stapel mit Zeitungen.

Ein Teller mit einem angebissenen Brötchen stand auf dem Zeitungsstapel.

„Und was ist das?", erkundigte sich Eiderhoff bei Jensen. „Ihr Aufenthaltsraum für das Personal?"

Der Strandkorbverleiher starrte ungläubig auf den improvisierten Schlafplatz. Dann wanderte sein Blick zu Zitkowsky hinüber. Auf seiner Miene zeigte sich Wut.

„Verdammt, Karl, was soll das?", fauchte er. „Sind wir hier bei der Caritas oder was? Sag nicht, dass du hier auch noch übernachtest!"

Zitkowsky kniff die schmalen Lippen zusammen. Von seiner anfänglichen Überheblichkeit war nichts übrig geblieben.

„Tut mir echt leid, Chef", murmelte er. „Aber was sollte ich denn machen? Meine Freundin hat mich rausgeschmissen und ich wusste nicht, wo ich pennen soll. 'Ne Wohnung hier auf Sylt kann sich doch kein Schwein leisten. Da dachte ich, für 'ne Weile wird's hier schon gehen. Nur bis ich was anderes gefunden habe."

Jensen schüttelte immer noch fassungslos den Kopf. „Darüber reden wir noch", knurrte er.

Brähme untersuchte unterdessen den Inhalt der Plastiktüten. „Nur ein paar alte Klamotten", teilte er Eiderhoff mit. „Sonst ist hier drin nichts." Er zögerte einen Augenblick lang. „Doch, halt, das könnte ganz interessant sein."

Er kam Eiderhoff mit dem Stapel Zeitungen entgegen. Gleich auf der obersten von ihnen prangte die Schlagzeile *Richter brutal in List ermordet.*

Eiderhoff nahm ihm die Zeitungen ab und blätterte sie durch. Auf jeder der Titelseiten befand sich ein großer

Artikel über die Morde an Richter Engler oder Staatsanwältin Gambrowski.

„Was ist hiermit?", fragte er an Zitkowsky gewandt.

Der zuckte gleichmütig die Achseln. „Ich interessiere mich halt für das, was um mich herum passiert. Und im Moment steht doch in jeder Zeitung was über die Morde. Da kommt man doch gar nicht drumrum, wenn man sich 'ne Zeitung holt. Oder soll ich den Artikel etwa rausschneiden, nur damit ich mich nicht verdächtig mache?"

Eiderhoff sagte nichts, aber er wusste, dass Zitkowsky mit seiner Argumentation wahrscheinlich ohne Weiteres durchkommen würde. Kein Richter der Welt würde ihn nur wegen der Aussage einer verängstigten Frau und ein paar Zeitungsartikeln verurteilen. Sie brauchten dringend etwas Aussagekräftiges. Etwas, das ihn wirklich mit den Morden in Verbindung brachte.

„Hier drin ist nichts", sagte Inken, nachdem sie die letzte Schublade der Werkbank wieder geschlossen hatte und auch in den Schrankfächern darüber nicht fündig geworden war. Es gelang ihr nicht ganz, ihre Enttäuschung zu verbergen. „Ich mache dann erst mal draußen weiter."

Nachdem Brähme auch den letzten Winkel von Zitkowskys Nachtquartier minutiös durchsucht und nichts weiter gefunden hatte, folgte Eiderhoff ihm nach draußen. Auch Zitkowsky hatte sich auf den kleinen Platz begeben, der vor dem Strandkorbverleih lag. Mit verkniffenem Mund lehnte er an der Außenwand des Schuppens und beobachtete das Geschehen.

„He, seien Sie vorsichtig!", beschwerte sich Jensen, als einer der beiden Beamten in Uniform begann, die dicht an der Wand des Schuppens zusammengestellten Strandkörbe auf die Seite zu kippen. „Die Dinger sind zwar ziemlich stabil, aber alles halten die dann doch nicht aus."

Weder Inken noch der andere Polizist kümmerten sich um seinen Einwand. Der Polizist kippte weiter die Strandkörbe um, während sich Inken genau die Unterseiten ansah.

Plötzlich quiekte sie erstaunt auf.

„Hier habe ich was!", rief sie Eiderhoff zu. Dabei klang sie so aufgeregt, dass er sofort zu ihr herantrat.

Inken musste beinahe in den unteren Teil des Strandkorbes hineinkriechen, um die große Plastiktüte herauszuziehen, die zwischen der Unterseite der Sitzfläche und einer der Fußstützen eingeklemmt war. Als sie sie endlich herausgeholt hatte, öffnete sie die Tüte mit spitzen Fingern und sah hinein.

„Oh", sagte sie mit belegter Stimme.

Vorsichtig griff sie mit ihrer behandschuhten Hand nach dem Gegenstand, der sich im Inneren der Tüte befand, und zog ihn heraus.

Eiderhoff pfiff leise durch die Zähne.

„Na, was haben wir denn da?", fragte er und musterte aufmerksam die schwarze Armbrust, die zum Vorschein gekommen war. „Wenn das mal nicht die Tatwaffe ist."

Er sah zu Zitkowsky hinüber, der immer noch in unveränderter Körperhaltung an der Wand des Schuppens lehnte. Doch aus seinem Gesicht war alle Farbe gewichen.

Eiderhoff erwartete, dass Zitkowsky wieder mit allen möglichen Ausflüchten käme, aber er sagte kein Wort. Stattdessen machte er das Dümmste, was er tun konnte: Er rannte los. Mit gesenktem Kopf versuchte er, zwischen den umgekippten Strandkörben hindurch in Richtung der Strandpromenade zu entkommen.

Er kam nicht weit.

Sven Brähme hatte offensichtlich schon mit einer derartigen Reaktion gerechnet. Er brauchte nur drei lange Schritte, um Zitkowsky einzuholen. Er stürzte sich auf ihn und riss ihn einfach um. Nur Sekunden später klickten die Handschellen.

„So, das war's jetzt wohl, Zitkowsky", sagte Eiderhoff ruhig. „Sie werden uns eine Menge erklären müssen."

*

„Natürlich habe ich mich dafür interessiert, was mit dem Richter und dieser Staatsanwältin passiert ist", brauste Zitkowsky auf. „Das ist schließlich kein Verbrechen, oder? Würden Sie nichts darüber erfahren wollen, wenn jemand umgebracht wird, den Sie kennen? Da habe ich eben in den Zeitungen die Artikel darüber gelesen. Aber mit dieser beschissenen Armbrust habe ich nichts zu tun. Jeder durchgeknallte Idiot kann sie unter den Strandkorb gesteckt haben. Das beweist gar nichts!"

„Und, haben Sie es genossen?" Eiderhoff war aufgestanden, hatte die Hände auf den Tisch des Verhörraums gestützt und beugte sich zu Zitkowsky hinüber. „Haben Sie ihren Spaß daran gehabt, Ihre Opfer leiden zu sehen? Wie haben Sie sich dabei gefühlt, die Menschen umzubringen, die Sie so hassen?"

„Wann kapieren Sie es endlich? Ich habe niemanden umgebracht!“ Zitkowsky verschränkte die Arme vor der Brust und lehnte sich auf seinem Stuhl zurück.

Doch plötzlich änderte sich seine Miene. Ein verschlagener Ausdruck zeigte sich auf seinem Gesicht, und seine Augen begannen zu funkeln.

„Aber wenn Sie wissen wollen, ob ich es genossen habe, von den Morden in der Zeitung zu lesen: Ja. Ja, das habe ich. Dieser beschissene Richter und die Hure von Staatsanwältin haben nur gekriegt, was sie verdient haben. Das hat der Kerl richtig gut gemacht, der das getan hat.“

„Und Leif Hanstedt?“, schaltete sich Inken in das Gespräch ein. Sie hatte bisher still Zitkowsky gegenüber am Tisch gesessen und alles genau beobachtet. „Womit hat er es verdient, ermordet zu werden?“

Zitkowsky sah sie an. Einen Augenblick lang schien er irritiert zu sein, doch dann setzte er einen gleichmütigen Gesichtsausdruck auf.

Er zuckte die Achseln. „Keine Ahnung. Woher soll ich das wissen? Ich kannte den Kerl doch gar nicht.“ Wieder begann er zu grinsen. „Aber Sie scheinen ja nicht gerade besonders kompetent in Ihrem Job zu sein, sonst müssten Sie es doch schon herausgefunden haben.“

„Sie können uns aber sicher erklären, woher Sie die Armbrust haben, die wir bei Ihnen gefunden haben“, übernahm Eiderhoff wieder die Gesprächsführung.

Nach dem Fund der Waffe unter dem Strandkorb hatte er gehofft, dass Zitkowsky zusammenbrechen und alles gestehen würde. Aber der Kerl war ein erstaunlich harter Brocken. Schon seit mehr als zwei Stunden bearbeiteten

Sie ihn nun. Herausgekommen war dabei allerdings nichts, genauso wie bei der Durchsuchung der Wohnung von Zitkowskys Exfreundin Corinna Wegner in Niebüll, wie Eiderhoff inzwischen von Niehaus erfahren hatte. Für eine Anklage reichte das, was sie bisher hatten, kaum aus.

Zitkowsky verdrehte genervt die Augen. „Wie oft soll ich Ihnen das noch sagen? Das Ding gehört mir nicht. Ich habe nichts, aber auch rein gar nichts damit zu tun. Und ich lasse mir bestimmt nichts anhängen."

„Was ist mit den anderen Waffen?", fragte Eiderhoff weiter. „Wo haben Sie den Elektroschocker versteckt?"

Zitkowsky setzte eine Unschuldsmiene auf. „Was für Waffen? Ich weiß nichts von irgendwelchen Waffen, und mit einem Elektroschocker hatte ich noch nie zu tun. Da können Sie alle meine Kumpels fragen, die werden Ihnen das bestätigen."

„Daran zweifle ich keine Sekunde", knurrte Eiderhoff.

Zitkowsky lehnte sich zurück und sah den LKA-Beamten provozierend an. „Dass ich mich darüber gefreut habe, dass der Richter und die Staatsanwältin elendig verreckt sind, ist schließlich nicht strafbar. Und ich wette, das ging noch einer ganzen Menge anderer Leute so. Sitzen die auch alle hier und müssen ihre dämlichen Fragen beantworten?"

„Bei den anderen haben wir aber keine Armbrust gefunden", sagte Eiderhoff scharf. „Und die anderen wurden auch nicht von dem Zeugen wiedererkannt."

Für ein paar Sekunden zeigte sich Unsicherheit in Zitkowskys Miene, doch dann setzte er wieder seinen überheblichen Gesichtsausdruck auf.

„Meinen Sie wirklich, darauf falle ich rein?“, grinste er. „Das ist so was von billig. Es gibt keinen Zeugen.“

Eiderhoffs Mund verzog sich zu einem überlegenen Lächeln. „Sind Sie sich da ganz sicher? Was meinen Sie, wie wir ausgerechnet darauf gekommen sind, den Strandkorbverleih genauer unter die Lupe zu nehmen? Das war kein Zufall, so viel kann ich Ihnen verraten.“

Die Tür öffnete sich und Brähme kam herein. Er beugte sich zu Eiderhoff hinunter.

„Sie ist jetzt da“, wisperte er so leise, dass Zitkowsky es auf keinen Fall verstehen konnte.

Eiderhoff nickte.

Alle seinen Hoffnungen ruhten nun darauf, dass Anna Köhler die Stimme ihres Peinigers wiedererkannte.

*

„Ich kann dafür sorgen, dass jemand die Nacht über bei Ihnen im Haus bleibt“, bot Eiderhoff an, als er vor dem Ferienhaus anhielt, damit seine Zeugin aussteigen konnte. „Das wäre wirklich kein Problem.“

Anna Köhler schüttelte den Kopf. „Danke für das Angebot, aber ich möchte jetzt lieber allein sein. Ich glaube, ich würde es nicht ertragen, einen Fremden um mich zu haben. Außerdem scheint die Gefahr ja Gott sei Dank endlich vorbei zu sein.“ Sie bemühte sich um ein zuversichtliches Lächeln.

„Ich werde in den nächsten Nächten auch wieder wesentlich ruhiger schlafen“, grinste Eiderhoff. „Obwohl es mir ehrlich gesagt lieber gewesen wäre, Zitkowsky hätte ein Geständnis abgelegt."

„Ja, mir auch", stimmte Anna leise zu, bevor sie die Beifahrertür von Eiderhoffs Wagen öffnete und sich von ihm verabschiedete.

Während sie den schmalen Weg zu ihrem Ferienhaus entlanglief, beobachtete sie aus den Augenwinkeln, dass der LKA-Beamte nicht sofort wieder losfuhr, sondern abwartete, bis sie die Haustür aufgeschlossen hatte. Sie lächelte und winkte ihm noch einmal kurz zu, bevor sie im Haus verschwand.

Sie schaffte es gerade noch, die Tür hinter sich zu schließen. Dann lehnte sie sich mit dem Rücken dagegen und ließ sich langsam nach unten gleiten, bis sie auf dem Fußboden saß. Die Fliesen fühlten sich eiskalt an, aber sie spürte die Kälte kaum.

Tränen rannen über ihr Gesicht und sie keuchte, während wieder alle Bilder auf sie einstürzten: das Blut, die vor Angst weit aufgerissenen Augen, der Schmerz, als das Messer tief in ihre Haut schnitt. Aber am schlimmsten war die Erinnerung an den Geruch. Der metallische Duft von Blut, vermischt mit dem stechenden Geruch verbrannten Fleisches.

Mühsam versuchte sie den Ekel niederzukämpfen, der in ihrer Kehle aufstieg. Doch es gelang ihr nicht. Sie begann zu würgen, musste sich zum Glück aber nicht übergeben.

Ihre Hand tastete zu ihrem Hals. Obwohl die Wunde inzwischen zu heilen begonnen hatte, trug sie sicherheitshalber immer noch den Verband.

Sie schluchzte laut auf und vergrub das Gesicht in den Händen. Sie würde zusammenbrechen, das wusste sie. Lange würde sie nicht mehr durchhalten.

Zum ersten Mal, seitdem der Jogger sie in den Dünen gefunden hatte, ließ sie ihren Tränen freien Lauf. Sie weinte hemmungslos, und zu ihrer Verwunderung verschaffte es ihr tatsächlich Erleichterung. Ganz langsam begann es ihr besser zu gehen, doch sie blieb noch lange auf dem Boden sitzen, bis sie endlich die Energie aufbringen konnte, aufzustehen.

„Du musst durchhalten, Anna", sagte sie laut zu sich selbst. „Und irgendwie schaffst du das auch."

Mit unsicheren Schritten ging sie zum Esstisch, auf dem ihr Laptop lag. Sie klappte ihn auf, schaltete ihn an und gab die Suchbegriffe *Morde* und *Sylt* ein.

Unwillkürlich kam ihr die Erleichterung in den Sinn, die sie bei den Beamten der Kripo gesehen hatte, als sie Zitkowskys Stimme identifiziert hatte. Eine Erleichterung, die sich bei ihr noch nicht einstellen wollte. Denn obwohl sie sich innerlich auf die Gegenüberstellung vorbereitet hatte, war sie ihr mehr an die Nieren gegangen als erwartet. Auch jetzt noch klang ihr die tiefe, ein bisschen kratzige Stimme von Zitkowsky in den Ohren.

Sie versuchte, die Erinnerung daran abzuschütteln, als sie die neuesten Berichte über die Sylter Morde aufrief. Auch wenn es ihr schwerfiel, sie wollte unbedingt auf dem Laufenden bleiben. Sie musste jedes Detail wissen, das an die Öffentlichkeit gedrungen war.

Für einen Moment schloss sie die Augen und atmete einmal tief durch. Dann begann sie zu lesen.

Dienstag, 27. Oktober 2015

„Ich hoffe, diesmal kriegen wir ein bisschen mehr aus Zitkowsky heraus“, meinte Inken, nachdem sie zu Eiderhoff ins Auto gestiegen war. Sie wollten den Verdächtigen, der inzwischen in der Flensburger JVA in Untersuchungshaft saß, noch einmal befragen.

Auch am Vortag hatte Eiderhoff schon mehrere Stunden damit verbracht, Zitkowsky zu verhören. Doch selbst nachdem dieser müde geworden war, hatte er keinerlei Angaben gemacht, die die Ermittlungen gegen ihn vorangetrieben hätten. Nach wie vor waren die Aussage von Anna Köhler und die beim Strandkorbverleih gefundene Armbrust die einzigen Hinweise auf Zitkowskys Schuld, und Inken glaubte nicht, dass sich das heute ändern würde.

„Ohne ein Geständnis sieht es ziemlich übel aus“, stimmte Eiderhoff zu. „Aber ich denke doch, dass wir ihn irgendwann zum Reden bringen. Wir müssen einfach nur Geduld haben.“

„Die Verbindung zu Leif Hanstedt macht mir noch ein bisschen Sorgen“, gab Inken zu. „Ich meine, wir haben jetzt so ziemlich alle Unterlagen durchgesehen, die wir in Hanstedts Büro gefunden haben. Aber da war nichts drin. Und weder die Mitarbeiter von ihm noch Freunde oder Bekannte wussten etwas davon, dass Leif Hanstedt überhaupt Kontakt zu Zitkowsky hatte.“

„Und das wundert Sie?“, hakte Eiderhoff nach.

„Ja." Inken seufzte. „Das ist wirklich merkwürdig. Sylt ist doch keine riesige Insel. Die meisten Einheimischen und die, die das ganze Jahr über hier leben, kennen sich – wenigstens vom Sehen. Wie kann da niemand merken, was sich zwischen Hanstedt und Zitkowsky abgespielt hat?"

„Vielleicht sollte es niemand merken", gab Eiderhoff zu bedenken. „Nach den vielen Jahren, die Zitkowsky im Knast verbracht hat, ist er bestimmt ziemlich versiert im Wahren von Geheimnissen."

Inzwischen waren sie am Bahnhof angekommen und Eiderhoff fuhr den Wagen routiniert auf den Autozug.

Inken runzelte die Stirn. „Sie meinen, die beiden hatten irgendwelche kriminellen Geschäfte am Laufen?"

„Schon möglich. Bei seiner Tätigkeit hatte Hanstedt Zugang zu ziemlich vielen Gebäuden. Da wäre vieles vorstellbar."

Bei Eiderhoffs Worten musste Inken unwillkürlich an die letzte Einbruchserie denken, die sie nicht hatten aufklären können. Damals waren einige Gebäude betroffen gewesen, die auf Hanstedts Liste standen. War er vielleicht nicht nur ein unschuldiges Opfer gewesen, wie sie bisher angenommen hatte? Konnte es sein, dass er da irgendwie mit dringehangen hatte?

Sie schüttelte ratlos den Kopf. So kamen sie einfach nicht weiter. Es gab viel zu viele offene Fragen, die sie alle noch beantworten mussten.

Sicher war sie bisher nur, dass sie Karl Zitkowsky die Morde auf jeden Fall zutraute. Er war schon bei seinen früheren Taten häufig wesentlich brutaler vorgegangen als die meisten anderen Kriminellen, mit denen sie bisher zu tun gehabt hatte. Es gab allerdings auch einen Punkt, der sie gewaltig dabei störte.

„Eines ist mir aufgefallen, als ich mir die Akten von Zitkowsky gestern noch einmal ganz genau durchgelesen habe“, sagte sie zu Eiderhoff, während der Autozug sich ruckelnd in Bewegung setzte. „Von der Brutalität der Morde kommt Zitkowsky auf jeden Fall als Täter infrage. Ich traue ihm so ziemlich alles zu. Aber seine früheren Taten waren alle eher unkontrolliert. Er ist einfach ausgerastet, verstehen Sie?“

Eiderhoff musterte sie nachdenklich. „Und was schließen Sie daraus?“, fragte er nach einer Weile.

„Ich weiß auch nicht so genau.“

Sie überlegte, wie sie es am besten ausdrücken sollte. Manchmal war sie sich nicht sicher, ob Eiderhoff sie mit seinen Fragen prüfen wollte wie ein Lehrer seine Schülerin, oder ob er wirklich an ihrer Meinung interessiert war.

„Eigentlich kann ich mir nicht vorstellen, dass er drei Dreifachmorde so minutiös plant, dass ihm nichts nachzuweisen ist. Das ganze Vorgehen mit der über den Kopf gezogenen Strickmütze, den Überschuhen aus Plastik und das Herlocken der Englers mit dem fingierten Gewinn wirkt schon extrem professionell. Ich meine, wenn er nicht diesen dummen Fehler gemacht hätte, Anna Köhler am Leben zu lassen, wären wir niemals auf ihn gekommen.“

„Jeder macht irgendwann einen Fehler“, wandte Eiderhoff ein.

„Das schon.“ Inken nickte. „Aber bei Zitkowsky hat es ganz schön lange gedauert, bis es soweit war. Viel zu lange für meinen Geschmack. Vielleicht – und ich meine wirklich nur vielleicht – steckt da ja doch noch jemand anders dahinter. Jemand, der Zitkowsky geschickt für seine Zwecke eingespannt hat."

Eiderhoff zog eine Augenbraue hoch. „Sie denken an Klaas Steewe?"

Unwillkürlich musste Inken lächeln. „Ist es so offensichtlich, dass ich den Kerl für einen ganz üblen Verbrecher halte?"

Jetzt grinste auch Eiderhoff. „Das auch. In erster Linie habe ich dabei aber an diese verschwundene junge Frau gedacht, Svetlana Kraikowa. Bisher gab es von ihr noch kein Lebenszeichen, oder?"

„Nein." Inken schüttelte den Kopf. „Sven ist gestern noch einmal alle sozialen Netzwerke durchgegangen, in denen sie bisher aktiv war. Aber sie hat seit ihrem Verschwinden keinerlei Nachrichten geschrieben. Offenbar hat sie nicht einmal ihr Handy eingeschaltet, jedenfalls nicht innerhalb von Deutschland. Unsere Fachleute versuchen ständig, es zu orten, aber es scheint genauso verschwunden zu sein wie die Frau selbst. Und ihre Freundin hat auch nichts von ihr gehört. Ich habe gestern Abend noch mit ihr telefoniert."

„Hört sich nicht gut an", sagte Eiderhoff. „Das ist auf jeden Fall auch ein Thema, bei dem wir Zitkowsky mal ordentlich auf den Zahn fühlen sollten."

*

Eine knappe Stunde später saßen Inken und Eiderhoff Zitkowsky in einem kleinen, schmucklosen Verhörraum gegenüber. Neben Zitkowsky hatte dessen Anwalt Platz genommen, ein junger Pflichtverteidiger, der sich ihnen als Matthias Herdeck vorgestellt hatte.

Eiderhoff war erstaunt gewesen, als er gehört hatte, dass Zitkowsky plötzlich auf einem Rechtsbeistand beharrte. Noch am Tag zuvor hatte er großspurig verkündet, dass er keinen Anwalt brauche.

„Ich bin unschuldig, also ist ein Anwalt vollkommen unnötig“, hatte er hämisch grinsend zu Eiderhoff gesagt.

„Wie ich sehe, brauchen Sie jetzt ja doch einen Rechtsbeistand“, sagte Eiderhoff zu Zitkowsky. „Bedeutet das, Sie sind doch schuldig?“

Er hatte sich auf eine patzige oder provokante Antwort eingestellt, wie er sie am Vortag hundertfach bekommen hatte, aber Zitkowsky war wie ausgewechselt. Er saß in sich zusammengesunken auf seinem Stuhl, die Hände im Schoß. Sein Gesicht war unnatürlich blass, und unter seinen Augen lagen tiefe Schatten.

„Ich habe mit den Morden nichts zu tun“, gab er matt zurück. „Mehr sage ich dazu nicht.“

„Vielleicht können Sie sich heute ja daran erinnern, welche Beziehung sie zu Leif Hanstedt hatten“, fuhr Eiderhoff fort. „Seit wann kannten Sie ihn?“

Zitkowsky schüttelte kraftlos den Kopf. „Dazu sage ich nichts.“

„Und was ist mit Svetlana Kraikowa?“, fragte Eiderhoff weiter. „Was haben Sie mit ihr gemacht?“

„Dazu sage ich nichts.“ Wieder ein Kopfschütteln.

„Herr Zitkowsky“, mischte sich Inken in das Verhör ein. „Wenn Sie mit den Morden wirklich nichts zu tun haben, werden wir das beweisen. Aber das können wir nur, wenn Sie uns alles sagen, was Sie wissen. Helfen Sie uns, den wahren Täter zu finden. Umso schneller sind Sie wieder draußen."

Sie sah Zitkowsky aufmunternd an, doch von ihm kam weder eine Antwort noch eine andere Reaktion. Er starrte sie nur geistesabwesend an.

„Hat Sie jemand angestiftet?", ergriff Eiderhoff das Wort. „Haben Sie die Morde im Auftrag eines anderen begangen?"

Zitkowsky schwieg.

Eiderhoff beugte sich zu ihm vor und starrte ihm eindringlich in die Augen. „Wenn jemand Sie dazu angestiftet hat, sollten Sie das sagen. Dann trägt der Kerl die gleiche Verantwortung wie Sie. Oder wollen Sie die Konsequenzen ganz allein tragen?"

Keine Reaktion.

„Sagt Ihnen der Name Klaas Steewe etwas? War er der Auftraggeber?"

Eiderhoff beobachtete den Verdächtigen aufmerksam. Er hoffte auf irgendeine Reaktion auf diesen Namen, ein Schlucken, ein Zwinkern oder irgendetwas, das ihm verriet, dass er mit seiner Vermutung richtig lag. Doch immer noch kam von Zitkowsky keinerlei Reaktion. Er starrte Eiderhoff weiter unbewegt an. Dann wandte er sich ab, sah zu seinem Pflichtverteidiger hinüber und schüttelte fast unmerklich den Kopf.

„Mein Mandant wird keine Angaben mehr machen", sagte Herdeck bestimmt. „Sie können das Verhör also beenden."

Er stand auf und fasste mit beiden Händen nach dem Griff seines Aktenkoffers.

„Gut." Eiderhoff hob beide Hände. Er war sichtlich gereizt. „Machen wir Schluss für heute. Aber glauben Sie nicht, dass Sie damit so einfach durchkommen. Wir finden die Verbindung zwischen Ihnen, Leif Hanstedt und Svetlana Kraikowa. Verlassen Sie sich drauf. Und dann sind Sie dran."

„Was halten Sie davon?", fragte er Inken, nachdem Zitkowsky und sein Verteidiger den Raum verlassen hatten.

„So ganz verstehe ich das nicht", gab Inken ehrlich zu. „Zitkowsky war völlig anders als vorher. Er kam mir so vor, als ob er Angst hat. Richtig Angst. Vielleicht hat ihm sein Anwalt klar gemacht, dass es jetzt echt eng wird für ihn. Wenn wir ihm die Morde nachweisen, wird er den Rest seines Lebens im Knast verbringen."

Eiderhoff nickte. „Schon möglich, dass ihm das jetzt klargeworden ist. Es könnte aber auch etwas ganz anderes sein."

Inken sagte nichts, blickte ihn jedoch fragend an.

„Vielleicht", meinte er, „gibt es jemanden, vor dem er viel mehr Angst hat als vor uns."

*

„Was hast du jetzt schon wieder gemacht?"

Christina Thalsen verdrehte genervt die Augen und sammelte das gute Geschirr wieder aus der Spülmaschine – das handbemalte mit dem Goldrand. „Du weißt doch ganz genau, dass die Sachen in der Spülmaschine kaputt gehen. Nach ein paar Spülgängen kannst du das ganze Service auf den Müll schmeißen!"

Ihr Vater grinste. „Na und? Es gehört uns, also können wir auch entscheiden, was wir damit machen. Und wenn wir es ruinieren wollen, ist das eben so. Oder hast du etwa Angst um dein Erbe?"

Als ob ich auf euer mickriges Erbe angewiesen wäre, dachte Christina höhnisch, sagte aber nichts. Sie wusste, dass ihre Eltern extrem stolz auf ihr Haus waren, das sie auf Sylt besaßen und das sie irgendwann erben würde.

Sie verzog das Gesicht zu einer Grimasse. Es war das Haus, in dem sie sich gerade befanden. Das Haus, in das sie jetzt seit mehr als zwei Jahren beinahe täglich fuhr, um ihre Eltern zu unterstützen. Und es war das Haus, das ihre Eltern auf keinen Fall aufgeben wollten, obwohl sie ihnen schon seit Monaten in den Ohren lag, dass sie sich endlich einen gemütlichen Platz in einem Heim für altersgerechtes Wohnen suchen sollen. Aber die beiden weigerten sich schlicht wegzugehen.

„Als ob Morsum der Nabel der Welt wäre", murmelte Christina leise.

Sicher, auf Sylt waren inzwischen alle Grundstücke einiges wert, auch hier im Osten der Insel. Immerhin gab es in der direkten Umgebung das Morsumer Kliff und jede Menge Wattenmeer, sodass sich doch eine gewisse Anzahl Touristen hierher verirrten. Aber das große Geld war hier bestimmt nicht zu machen. Das wartete in anderen Orten, in Kampen zum Beispiel.

Hätte das Haus ihrer Eltern dort gestanden, wäre ihr schon längst eine Möglichkeit eingefallen, die beiden in ein Heim zu verfrachten. Aber das Grundstück hier war die Mühe kaum wert, vom Haus mal ganz abgesehen. Das würde sie so schnell wie möglich abreißen lassen, wenn die beiden Alten endlich unter der Erde waren.

Sie ließ heißes Wasser in die altmodische Spüle laufen und begann, das gute Geschirr abzuwaschen.

Ihre Gedanken wanderten zu dem Meeting zurück, das sie heute den ganzen Tag über beschäftigt hatte. Erst hatte sie das Treffen vorbereitet, dann hatte sie stundenlang mit Vertretern der Gemeinde zusammengesessen, um sie von ihren neuesten Plänen zu überzeugen. Aber die Sturköppe hatten immer nur von einer intakten Landschaft geredet und von dem Schaden, den ihr Projekt im Ökosystem der Dünen anrichten würde. Als ob ein paar Quadratmeter öder Sandhügel weniger der Insel wirklich schaden würden. Die Leute brauchten Wohnraum, und sie würde ihn bieten, natürlich zu einem angemessenen Preis.

Leider sahen die Vertreter der Gemeinde das ganz anders, sodass Christina den Rest des Tages damit beschäftigt gewesen war, Schadensbegrenzung zu betreiben. Sie hatte schon viel zu viel in das Projekt investiert, um jetzt noch einen Rückzieher machen. Und letztendlich hatte sie es immer irgendwie geschafft, ihren Willen durchzusetzen, auf welchem Weg auch immer.

„Christina, Schatz, kannst du mir noch mal kurz helfen?“, ertönte die Stimme ihres Vaters aus dem Flur vor der Küche. „Irgendwas stimmt mit der Heizung im Keller nicht. Und du weißt ja, dass ich nicht mehr so gut sehe. Kannst du für mich ablesen, was da steht?“

Na super.

„Hat das nicht Zeit bis morgen?“, fragte sie gereizt.

„Bis morgen ist vielleicht schon das ganze Haus eiskalt“, kam die prompte Antwort. „Ich will das unbedingt heute noch reparieren.“

„Also gut. Ich komme gleich“, rief sie zurück. „Geh ruhig schon vor.“

Sie stieß einen tiefen Seufzer aus, stellte den letzten Teller zum Abtropfen auf die Ablagefläche neben der Spüle und trocknete sich die Hände ab. Jetzt also auch noch die Heizung.

Manchmal hatte sie den Verdacht, dass ihr Vater sich absichtlich hilflos stellte, um sie zu piesacken. Sie konnte selbst nicht genau sagen, warum sie sich das eigentlich antat. Sie war eine erfolgreiche Geschäftsfrau. Sie besaß Geld und Einfluss. Oder anders gesagt: Ihr Name zählte etwas auf der Insel.

Und genau das war in gewisser Weise auch ihr Problem. Sie kümmerte sich weder aus Liebe noch aus Pflichtgefühl um ihre Eltern, sondern weil man das von ihr erwartete. Als verantwortungsvolle Tochter hatte man sich um die Eltern zu kümmern, wenn diese sich nicht mehr allein versorgen konnten. Ob man das wollte oder nicht, danach fragte doch kein Mensch. Alle würden sich das Maul darüber zerreißen, wie undankbar sie doch wäre, wenn sie die beiden einfach sich selbst überließ. Obwohl sie genau das am liebsten gemacht hätte.

Es klingelte an der Haustür.

Christina warf einen Blick auf ihre Armbanduhr. Es war schon kurz nach elf, ziemlich spät also für einen unangemeldeten Besucher.

Wieder klingelte es, diesmal sogar mehrmals hintereinander.

Christina ging mit eiligen Schritten in den Flur. Das konnte eigentlich nur die alte Stapelburg von gegenüber sein, die sich mal wieder ausgesperrt hatte. Andauernd ging sie aus dem Haus, um den Müll rauszubringen, Post zu holen oder nach der Katze zu sehen, ohne ihren Schlüssel einzustecken. Zum Glück hatten ihre Eltern einen Hausschlüssel von ihr in dem Schlüsselkasten gleich neben der Tür deponiert. So konnte Christina die Alte schnell abwimmeln und musste sie gar nicht erst ins Haus lassen.

Das Klingeln ging in einen Dauerton über.

„Ja, ich bin ja schon da", fauchte Christina ärgerlich. Es fehlte noch, dass ihre Mutter durch das nervige Läuten wieder aufwachte. Sie war froh gewesen, als sie nach stundenlanger Nörgelei endlich vor einer halben Stunde schlafen gegangen war.

Christina öffnete mit einer Hand den Schlüsselkasten, während die andere schon die Klinke der Haustür herunterdrückte und die Tür einen Spaltbreit aufzog.

„Frau Stapelburg", begann sie in tadelndem Tonfall, doch zu ihrem Erstaunen war es nicht die alte Nachbarin ihrer Eltern, die vor ihr stand.

Es war eine viel jüngere Frau mit langen dunklen Haaren. Ihr Gesicht war von Blut und Tränen verschmiert, und quer über ihre Kehle verlief eine tiefe, blutende Wunde.

„Bitte helfen Sie mir", stieß sie panisch hervor. „Er ist hinter mir her. Bitte lassen Sie mich ins Haus."

Mittwoch, 28. Oktober 2015

„Weiß man schon, wer es ist?“, fragte Inken, als sie das Absperrband hochhob, um darunter durchzuschlüpfen.

Auf der anderen Seite der Absperrung wurde sie schon von Eiderhoff erwartet. Sie hatte keine Ahnung, wie der LKA-Beamte es schaffte, immer vor ihr am Tat- oder Fundort einzutreffen, obwohl sie im Gegensatz zu ihm sämtliche Schleichwege und Abkürzungen auf der Insel kannte. Entweder er hielt sich an keine einzige Geschwindigkeitsbeschränkung, oder er war ein extremer Frühaufsteher, der schon fix und fertig angezogen und geduscht gewesen war, als der Anruf früh am Morgen gekommen war.

Inken hatte schon eine schlimme Ahnung gehabt, als das Klingeln ihres Telefons sie so früh geweckt hatte. Inzwischen hatte sich diese Ahnung leider bestätigt.

Eiderhoff nickte. „Eine Frau namens Christina Thalsen und ihre Eltern“, gab er zurück, während er sich neben Inken einen Weg zum Fundort der Leichen bahnte. „Der Finder selbst hat sie gleich erkannt. Er heißt Stephan Bahnke und wohnt nur ein paar Häuser von den alten Thalsens entfernt. War wohl schon ganz früh mit seinem Hund unterwegs. Ich glaube, er kotzt sich immer noch die Seele aus dem Leib.“

Er wies auf einen jungen Mann, der am Rand des abgesperrten Bereichs an einen Streifenwagen gelehnt stand. Er hatte den Oberkörper nach vorn übergebeugt und stützte sich mit den Händen auf den Knien ab. Sein Gesicht war unnatürlich blass, was durch das zuckende Blaulicht des Streifenwagens in der Morgendämmerung besonders betont wurde.

„Es ist kein schöner Anblick, nehme ich an“, sagte Inken bedrückt.

„Wohl kaum“, stimmte Eiderhoff zu. „Es ist ähnlich wie an den anderen Fundorten. Wieder sind die Leichen in Form eines T hingelegt, mit den Köpfen in der Mitte. Allerdings ist diesmal doch einiges anders.“

„Inwiefern?“ Inken blickte fragend zu ihm hinüber

„Sie werden es gleich selbst sehen“, orakelte er, ohne weitere Erklärungen abzugeben.

„Also gut.“

Inken wappnete sich innerlich für den grausamen Anblick, der sie erwartete, als sie sich der Abbruchkante des Morsumer Kliffs näherten. Der Mörder hatte seine Opfer nur wenige Meter vor der Kante drapiert, an der es steil nach unten ging.

„Die Stelle ist aber lange nicht so exponiert wie der Friedhof der Heimatlosen oder der Leuchtturm bei Kampen“, bemerkte Inken. „Anscheinend wird unser Mörder vorsichtiger.“

„Das muss er auch“, gab Eiderhoff zurück. „Inzwischen werden ja alle Sehenswürdigkeiten der Insel regelmäßig von Streifenwagen angefahren. Da wäre es viel zu riskant, an einem solchen Ort die Leichen zu deponieren. Hier draußen war das sicher um einiges einfacher.“ Er deutete mit einem Kopfnicken nach vorn. „Hier ist es gleich.“

Inken schluckte, als die Silhouetten der drei Toten vor ihr auftauchten.

Die bekannte T-Form, in der sie wie immer drapiert waren, kam ihr inzwischen fast wie Hohn vor. In der Mitte lag Christina Thalsen, rechts und links von ihr, parallel zur Abbruchkante des Kliffs, lagen ihre Eltern wie aufgebahrt. Wie immer hatten alle drei Leichen die Hände über dem Bauch gefaltet, doch als Inken näher an die Opfer herantrat, begriff sie, was Eiderhoff damit gemeint hatte, dass es diesmal anders wäre.

Christina Thalsen war auf Sylt eine bekannte Frau gewesen. Als erfolgreiche Bauunternehmerin und damit Insel-Promi war ihr Bild häufig in den lokalen Nachrichten aufgetaucht. Trotzdem war Inken sich nicht sicher, ob sie die Frau erkannt hätte, wenn Eiderhoff ihr vorher nicht ihren Namen gesagt hätte.

Christina Thalsens Gesicht war kaum noch zu erkennen. Zahlreiche Brandwunden bedeckten ihre Wangen, ihre Stirn und ihr Kinn. Die Augen der Frau waren geschlossen, sodass man erkennen konnte, dass der Mörder ihr sogar beide Augenlider verbrannt hatte.

Zwischen den Brandwunden klafften tiefe Schnitte. Einer davon führte vom linken Ohr über die Wange bis zum inneren Augenwinkel und war so tief, dass der Wangenknochen zu sehen war.

Um den Hals von Christina Thalsen lag ein dünner Draht, der sich teilweise so weit in die Haut eingeschnitten hatte, dass er nicht mehr zu sehen war.

Die Leichen von Christinas Eltern waren dagegen nicht durch derartige Verletzungen entstellt. Nur die Drahtschlinge um ihren Hals wies darauf hin, woran sie gestorben waren.

„Es ist genau andersherum", bemerkte Inken erstaunt. „Diesmal hat er anscheinend sein hauptsächliches Opfer gefoltert und die Zeugen nur beseitigt."

„Und es gibt keine Armbrustpfeile", fügte Eiderhoff hinzu.

Inken betrachtete die Leichen nachdenklich. Entgegen aller Logik fand sie es besonders erschütternd, die beiden alten Leute, die sicherlich um die achtzig waren, dort im Sand liegen zu sehen. Obwohl ihr Verstand ihr sagte, dass sie ihr Leben ja schon gelebt hatten, ging es ihr besonders nahe, weil die Opfer so hilf- und wehrlos gewesen waren.

Sie musste sich zwingen, ihre Gefühle außen vor zu lassen und die Tat rational zu betrachten. Gefühle würden im Moment nur schaden.

„Die Armbrust haben wir ja beim Strandkorbverleih gefunden", sagte sie in möglichst sachlichem Ton. „Und wahrscheinlich ist es ziemlich schwierig, auf die Schnelle Ersatz zu besorgen. Selbst wenn Zitkowsky also einen Komplizen haben sollte, musste der diesmal ohne sie zurechtkommen."

„Oder es ist ein Nachahmungstäter", gab Eiderhoff zu bedenken. „Noch haben wir keine offizielle Meldung herausgegeben, dass wir einen Tatverdächtigen festgenommen haben. Es wäre also möglich, dass jemand auf ganz elegante Weise Christina Thalsen loswerden wollte."

„Und dabei ihre Eltern gleich mit beseitigt?", fragte Inken skeptisch. „Das wäre schon ziemlich heftig." Sie starrte weiter auf die drei Toten.

„Vielleicht lagen wir mit Zitkowsky auch einfach daneben", überlegte sie. „Vielleicht ist er tatsächlich unschuldig und Anna Köhler hat sich geirrt, als sie seine Stimme identifiziert hat. Sie war ja in einer absoluten Ausnahmesituation. Manchmal wollen die Opfer unbedingt jemanden wiedererkennen, damit der Schuldige aus dem Verkehr gezogen wird und sie keine Angst mehr zu haben brauchen."

Eiderhoff sah auf den Boden und bohrte mit dem Fuß im lockeren Sand herum. Die Ratlosigkeit war ihm deutlich ins Gesicht geschrieben.

„Es wird immer verworrener", sagte er schließlich missmutig. „Wir brauchen dringend die Verbindung zwischen den Opfern, sonst sind wir aufgeschmissen. Ist Ihnen der Name Christina Thalsen schon irgendwann bei den Recherchen zu unserem Fall begegnet?"

„Nicht direkt", gab Inken vorsichtig zurück. „Ich weiß allerdings, dass Christina Thalsen und Tina Steewe, die Mutter von Klaas Steewe, sich auf jeden Fall gut kannten. Die beiden verkehren in den gleichen Kreisen und müssen sich zig Male auf diversen Veranstaltungen begegnet sein. Außerdem gehe ich davon aus, dass Leif Hanstedt bestimmt den einen oder anderen Hauseigentümer auf seiner Kundenliste hatte, der sein Haus von Christina Thalsens Bauunternehmen gekauft hat. Was das aber mit den Morden zu tun haben könnte, davon habe ich leider nicht den Hauch einer Ahnung."

*

„Sagen Sie endlich, wo Sie den Elektroschocker versteckt haben!"

Eiderhoff beugte sich über den Tisch des Verhörzimmers, bis sein Gesicht ganz nah vor dem von Karl Zitkowsky war.

Zitkowsky sah ihn unverwandt an. Sein Gesicht war immer noch blass, aber er schien einen Teil seines Selbstvertrauens wiedergewonnen zu haben.

„Ich habe keine Ahnung, wovon Sie sprechen", gab er zurück. „Das habe ich Ihnen doch alles schon erzählt. Irgendjemand wollte mich reinlegen, hat die Armbrust bei mir versteckt und Ihnen den Tipp gegeben, sie bei mir zu suchen. Und ihr Bullen wart auch noch so blöd und seid auf den Kerl reingefallen. Ganz schön dämlich, wenn ihr mich fragt."

„Ach ja?", fragte Eiderhoff in spöttischem Tonfall. „Ist es nicht vielmehr so gewesen, dass Sie zu blöd waren, ihren Rachefeldzug am Richter und an der Staatsanwältin allein durchzuziehen? Sie brauchten jemanden, der genug Hirn hatte, so eine Aktion zu planen. Sie waren dann doch nur für die Drecksarbeit zuständig. Und jetzt lässt der Kerl Sie hier hängen. Sie allein sollen die ganze Sache ausbaden, während er sich irgendwo ins Fäustchen lacht und es sich gutgehen lässt."

„Völliger Unsinn", murmelte Zitkowsky und wandte sich ab.

„Dafür bekommen Sie lebenslänglich, ist Ihnen das klar?", sagte Eiderhoff scharf. „Und anschließende Sicherungsverwahrung. Sie werden nie wieder einen einzigen Schritt in Freiheit machen. Selbst wenn Sie achtzig sind, sitzen Sie noch im Bau."

„Für eine Verurteilung müssten Sie die Schuld meines Mandanten erst einmal beweisen", mischte sich Herdeck ein. Wie schon am Vortag hatte Zitkowsky darauf bestanden, seinen Pflichtverteidiger bei dem Verhör bei sich zu haben.

Eiderhoff war froh, dass der Mord an Christina Thalsen und ihren Eltern noch nicht durch die Nachrichten gegangen war. Sonst hätte Herdeck bestimmt schon davon gehört und Zitkowsky weitererzählt, dass es weitere Opfer gegeben hatte.

„Wir werden die Wahrheit herausfinden, verlassen Sie sich drauf", sagte Eiderhoff zu dem Anwalt, bevor er sich wieder an Zitkowsky wandte. „Sie merken es hier drin nicht, aber das Netz um Sie zieht sich immer weiter zusammen. Es dauert nicht mehr lange, und Sie zappeln wie ein Fisch am Haken."

„Blödsinn", gab Zitkowsky zurück, doch seine Stimme klang unsicher. Er sah Eiderhoff misstrauisch an.

„Welche Beziehung haben Sie zu Christina Thalsen?", wechselte der LKA-Beamte unvermittelt das Thema.

Zitkowsky runzelte die Stirn. „Zu wem?"

„Christina Thalsen", wiederholte Eiderhoff. „Seit wann kennen Sie sie?"

Zitkowsky überlegte einen Moment lang, dann schien ihm ein Licht aufzugehen.

„Ach, Sie meinen diese Zicke, die überall auf Sylt Häuser baut und sich damit ein goldenes Näschen verdient?" Er lachte höhnisch auf. „Na, sehen Sie mich doch mal an. Was meinen Sie, gibt sich eine Frau wie die mit einem Mann wie mir ab? Wohl kaum. Die bemerkt einen wie mich doch nicht mal, wenn sie über ihn stolpert."

„Sie müssen Frau Thalsen ja gut kennen, wenn Sie das so gut einschätzen können", bemerkte Eiderhoff.

„Quatsch." Zitkowsky schnitt eine Grimasse. „Als ob ich in den Kreisen verkehren würde! Bisher hat mich die Sylter Prominenz zumindest noch nicht zu einer ihrer Partys eingeladen, aber vielleicht kommt das ja noch, wenn ich durch die Talkshows ziehe und erzähle, was ihr Bullen mit Unschuldigen wie mir macht."

Als Eiderhoff nicht auf seine Worte reagierte, beugte Zitkowsky sich zu ihm vor. „Ich habe zwar den Namen Christina Thalsen schon öfter gehört, aber persönlich kennengelernt habe ich die Frau noch nicht. War das jetzt verständlich genug für Sie?"

„Sie sind ihr noch nie begegnet?", hakte Eiderhoff nach. „Sind Sie sich da ganz sicher?"

Zitkowsky rollte genervt mit den Augen. Er öffnete den Mund, um etwas zu sagen, doch plötzlich blitzte Verstehen in seinen Augen auf.

„Es gab wieder einen Mord", sagte er, während sich sein Gesicht zu einem hässlichen Grinsen verzog. „Der Killer hat wieder zugeschlagen, und diesmal hat er diese Christina Thalsen erwischt, richtig? Dann weiß jetzt jeder, dass ich mit den Morden nichts zu tun habe. Was glaubt ihr, habt ihr jetzt noch gegen mich in der Hand, hä?"

Eiderhoff antwortete nicht. Stattdessen stand er auf und gab dem Wachmann ein Zeichen, dass er den Raum verlassen wollte.

Er war sicher, dass das Verhör gelaufen war. Zitkowsky wusste genau, dass die Beweislage für sie nach dem erneuten Mord noch viel schwieriger geworden war. Wie er ganz richtig festgestellt hatte, hatten sie kaum noch etwas gegen ihn in der Hand. Und er würde nichts mehr herausrücken, so viel war klar.

Eiderhoff biss die Zähne aufeinander. Es wurmte ihn, dass der Kerl durch die aktuellen Ereignisse entlastet wurde. Wenn er ehrlich war, konnte er es nicht einmal ausschließen, dass der Mord an Christina Thalsen nur geschehen war, um Zitkowsky aus dem Knast zu holen und vom wahren Mordmotiv abzulenken.

*

Es war schon später Nachmittag, als Eiderhoff das Team im Besprechungsraum zusammentrommelte.

Er war immer noch ärgerlich, weil es ihm bisher nicht gelungen war, Zitkowsky zu knacken und ihn zu einem Geständnis zu bewegen. Inzwischen mehrten sich in ihm allerdings auch die Zweifel an dessen Schuld. Wenn überhaupt, war er in dem Getriebe sicher nur ein ganz kleines Rädchen. Eines, das vor allem als Sündenbock herhalten sollte.

Er schob den Gedanken beiseite und konzentrierte sich auf die Informationen, die Inken über Christina Thalsen zusammengestellt hatte.

„Christina Thalsen war 52 Jahre alt, als sie ermordet wurde", begann Inken ihren Bericht. „Sie ist in Morsum geboren und aufgewachsen, hat in Köln BWL studiert und ist dann nach Sylt zurückgekommen. Zuerst hat sie als Immobilienmaklerin gearbeitet, bis sie dann ins Baugeschäft eingestiegen ist. Genauer gesagt ist sie bei Sören Jacobs, dem Eigentümer eines Bauunternehmens aus Westerland, Juniorpartnerin geworden. Die Firma hat sich darauf spezialisiert, alte Häuser auf der Insel aufzukaufen, sie abzureißen und auf den Grundstücken neue Häuser zu bauen, vor allem im Luxussegment. Dabei hat Jacobs richtig abgesahnt, aber auch die Thalsen ist ziemlich schnell reich geworden."

„Und in die Clique der Sylt-Promis aufgestiegen", warf Sven Brähme ein.

Inken nickte. „Stimmt. Sie ist auf immer mehr In-Partys aufgetaucht und war gern gesehener Gast auf allen Veranstaltungen. Dabei war sie allerdings auch nicht ganz unumstritten. Zum einen lag sie eigentlich immer im Clinch mit den Behörden, weil sie die Bebauungsvorschriften häufig sehr kreativ ausgelegt hat. Zum anderen haben ihre Kritiker behauptet, Umwelt- und Naturschutz interessiere sie nur, wenn sie ihn als Verkaufsargument einsetzen konnte, um die Preise für ihre Häuser noch ein bisschen weiter in die Höhe zu treiben."

„Gab es da irgendwelchen weiterreichenden Ärger mit Umweltschutzgruppen oder auch einzelnen Umweltschützern?", erkundigte sich Eiderhoff interessiert.

„Nein, bisher ist es immer beim verbalen Schlagabtausch geblieben."

Sie blätterte in ihren Notizen weiter.

„Eine Verbindung zwischen Richter Engler und Staatsanwältin Gambrowski habe ich bisher nicht gefunden", fuhr sie fort. „Aber Leif Hanstedt hatte einen Vertrag mit ihr, dass er sich um die neu gebauten Häuser kümmert, die fertiggestellt, aber noch nicht an die neuen Eigentümer übergeben worden sind. Was ich allerdings viel interessanter finde, ist, dass Christina Thalsen eine gute Freundin von Tina Steewe war, und zwar schon, bevor sie im Immobiliengeschäft reich geworden ist. Sie müsste also auch Klaas Steewe gut gekannt haben. Und auch eine Verbindung zu Erkan Özgul habe ich gefunden, wenn auch nur indirekt. Christina Thalsen hat die Villa in Kampen gebaut, die Özguls Chef Goran Vidajevic gekauft hat."

Inken klappte die Mappe mit ihren Notizen zu. „Interessant wäre vielleicht noch zu erwähnen, dass Christina Thalsens Geschäftspartner Sören Jacobs seit etwa eineinhalb Jahren als vermisst gilt."

Eiderhoff blickte erstaunt auf. „Vermisst?"

„Ja." Inken strich sich mit der Hand über das Gesicht. Sie wirkte unkonzentriert.

„Jacobs hat regelmäßig Urlaub in Thailand gemacht", berichtete sie dann mit matter Stimme. „Er hatte eine kleine Jacht in Phuket liegen, mit der er regelmäßig rausgefahren ist. Von einem seiner Törns ist er nicht mehr zurückgekommen. Es wird vermutet, dass er entweder Opfer einer Bande von Piraten geworden ist, die da vor der Küste ihr Unwesen treibt, oder dass er beim Navigieren Mist gebaut hat und ihm der Treibstoff ausgegangen ist, und später auch das Wasser und der Proviant. Aber Genaues darüber ist nicht bekannt. Weder ihn selbst noch seine Jacht hat man bisher gefunden."

„Geht es Ihnen gut?", unterbrach sie Eiderhoff besorgt. Ihm war schon vorher aufgefallen, wie blass seine junge Kollegin aussah, aber inzwischen schien es ihr wirklich schlecht zu gehen.

„Ich habe heute ziemlich üble Kopfschmerzen, aber es geht schon", wehrte Inken ab.

„Gab es zu Jacobs' Verschwinden eigentlich offizielle Ermittlungen?", wollte Niehaus wissen, der bisher nur interessiert zugehört hatte.

Inken schüttelte den Kopf. „Ich habe bei der Staatsanwaltschaft nachgefragt. Hier auf Sylt sind natürlich eine Menge Gerüchte kursiert. Die meisten davon haben sich darum gedreht, dass Christina Thalsen ihren Geschäftspartner aus dem Weg geräumt hat, um die Firma allein zu übernehmen. Dazu muss man sagen, dass Jacobs keine Kinder hatte und auch nicht verheiratet war. Im Gesellschaftsvertrag war daher vereinbart, dass, wenn einem der Partner etwas passiert, der andere die Geschäfte allein weiterführen soll."

„Klingt interessant", meinte Brähme.

„Es gab auch noch andere Gerüchte", fuhr Inken fort. „Angeblich sollte sich Jacobs mit der Mafia eingelassen haben, die ihm in Thailand dann ein Paar Betonschuhe verpasst und ihn im Meer versenkt hat. Aber wirklich plausibel klingt das alles nicht. Jedenfalls hat die Staatsanwaltschaft kein Ermittlungsverfahren eingeleitet, weil es keinen hinreichenden Verdacht gab, um gegen irgendjemanden zu ermitteln. Jacobs' Leiche wurde bisher ja nicht gefunden, und noch dazu fand das Ganze im Ausland statt, was natürlich noch alles viel schwieriger macht."

„Weiß die deutsche Botschaft etwas darüber?", fragte Eiderhoff nach.

„Ich habe angefragt, aber sie konnten mir nicht direkt antworten", gab Inken zurück. „Sie wollen sich aber wieder bei mir melden, wenn sie die Informationen dazu zusammengestellt haben. Ich hoffe, dass ich morgen im Lauf des Tages mehr erfahre."

„Was ist mit den Eltern von Christina Thalsen?", wollte Niehaus wissen. „Gibt es irgendwelche Hinweise darauf, dass es vielleicht um sie gegangen sein könnte?"

Inken schüttelte den Kopf. „Das ist eher unwahrscheinlich. Die beiden waren ja schon um die achtzig. Christinas Vater war früher Lehrer, ist aber schon seit fast zwanzig Jahren in Pension. Die Mutter war Hausfrau. Über beide haben wir nichts in unseren Akten. Ich weiß, dass die Familie schon seit Generationen auf Sylt lebt, und bisher habe ich noch nie gehört, dass es irgendeinen Skandal oder auch nur ein paar Gerüchte gab, was die Eltern angeht."

„Das ist genau das, was auch die Nachbarn gesagt haben", bestätigte Brähme, der nach dem Fund der Leichen die Anwohner in der Nähe von Thalsens Haus befragt hatte. „Christina mag sich gern in der Öffentlichkeit gezeigt und ihren Reichtum zur Schau gestellt haben, aber ihre Eltern haben in Morsum eher beschaulich und zurückgezogen gelebt. Sie waren im Dorf beliebt, hatten sich aus dem Dorfleben wegen ihres Alters aber ein bisschen zurückgezogen. Zudem war Inge Thalsen geistig wohl nicht mehr voll auf der Höhe. Man munkelt von einer beginnenden Demenz. Eine Nachbarin hat mir erzählt, dass Christina ihre Eltern schon länger gedrängt hat, in ein Heim zu ziehen. Aber das wollten die beiden nicht."

„Hat irgendjemand etwas Auffälliges gesehen oder gehört?", erkundigte sich Eiderhoff.

„Nicht wirklich. Eine Frau, die direkt gegenüber von den Thalsens wohnt, hat gesagt, dass sie gegen Mitternacht beobachtet hat, wie Christina Thalsens Wagen weggefahren ist. Sie hat sich aber nichts dabei gedacht, weil Christina fast jeden Abend bei ihren Eltern war, mal länger, mal kürzer. Und sie hat im Dunkeln natürlich auch nicht gesehen, wer in dem Wagen gesessen hat."

„Gab es verwertbare Spuren im Haus?", wandte sich Eiderhoff an Niehaus, der nach dem Leichenfund zusammen mit der Spurensicherung im Haus der Thalsens gewesen war, während Eiderhoff sich auf den Weg in die JVA Flensburg gemacht hatte, um Karl Zitkowsky zu befragen.

„Es sah ähnlich aus wie bei den anderen Morden", berichtete Niehaus. „Wieder standen die drei Stühle im Wohnzimmer im Kreis, und wieder lagen durchschnittene Kabelbinder auf dem Boden. Allerdings waren die Blutspuren nur um den einen Stuhl verteilt."

„Den Verletzungen nach zu urteilen muss das der von Christina Thalsen gewesen sein", warf Eiderhoff ein.

Niehaus nickte. „Ist anzunehmen. Ansonsten ist mir aber nichts aufgefallen. Mal sehen, was die Spurensicherung noch rauskriegt. Sie wollen uns ihren Bericht so schnell wie möglich zukommen lassen."

„Seltsam ist aber, dass diesmal anscheinend Christina Thalsen selbst gefoltert worden ist", bemerkte Inken nachdenklich. „Bisher waren es doch immer die Angehörigen, die die meisten Verletzungen hatten. Aber bei den Eltern von der Thalsen war der Mörder ja richtig gnädig. Es sah zumindest so aus, als hätte er sie ganz schnell umgebracht."

„Vielleicht hatte er Mitleid, weil sie schon so alt und wehrlos waren", meinte Brähme.

„Oder es war schlicht und einfach ein anderer Täter", knurrte Eiderhoff. „Selbst wenn Zitkowsky die ersten Morde im Auftrag eines anderen ausgeführt hat, hat er den Fällen seinen eigenen Stempel aufgedrückt. Aber da

Zitkowsky ja jetzt in Haft ist, muss sein Komplize selbst Hand anlegen. Und der macht es eben auf seine Weise."

„Sie glauben immer noch, dass wir mit Zitkowsky den Richtigen verhaftet haben?", fragte Brähme. Seiner Stimme waren die Zweifel deutlich anzuhören.

„Solange wir nicht wissen, dass er nichts damit zu tun hatte, gehe ich davon aus", beharrte Eiderhoff. „Auf jeden Fall werde ich seinen Anwalt noch mal genauer unter die Lupe nehmen, diesen Herdeck. Es kommt mir immer noch seltsam vor, dass Zitkowsky ihn plötzlich dabeihaben wollte, und er war der Einzige, mit dem er während der U-Haft Kontakt hatte. Vielleicht finde ich irgendeine Verbindung zwischen dem Anwalt und unseren anderen Verdächtigen. Oder auch zu den Opfern."

„Ich fahre gleich noch mal raus zu der Firma von Leif Hanstedt. Es ist noch nicht ganz raus, wie es da weitergeht, aber im Moment führt einer der Mitarbeiter das Geschäft, der Hanstedt auch immer vertreten hat, wenn der krank oder im Urlaub war. Ich will mich noch mal mit sämtlichen Angestellten unterhalten. Vielleicht finde ich eine Verbindung zwischen Hanstedt und Christina Thalsen, irgendetwas Inoffizielles, von dem wir noch nichts wissen."

„Gute Idee", stimmte Eiderhoff zu.

Dann wandte er sich an Brähme. „Sie suchen am besten in den Akten weiter nach Verbindungen zwischen Christina Thalsen und Richter Engler beziehungsweise Staatsanwältin Gambrowski. Irgendetwas muss es da noch geben, das wir bisher übersehen haben."

Brähme machte keinen besonders begeisterten Eindruck, nickte aber.

„Und Sie“ – Eiderhoff sah Inken an – „sollten für heute Schluss machen. So elend, wie Sie aussehen, brauchen Sie dringend eine Pause. Gehen Sie nach Hause und ruhen Sie sich aus. Morgen ist auch noch ein Tag.“

*

Mit aller Kraft trat Patrick Stübig auf die Bremse und riss das Lenkrad herum. Sein alter VW-Golf machte einen gewagten Schlenker, verfehlte den schwarzen Geländewagen aber immerhin um einige Zentimeter.

Der Fahrer des Geländewagens gab Patrick mit erhobenem Mittelfinger zu verstehen, was er von seinen Fahrkünsten hielt. Patrick hob entschuldigend die Hand. Er hatte den anderen einfach übersehen und ihm voll die Vorfahrt genommen.

„Verdammt!“, fluchte er leise. Das wäre beinahe schiefgegangen. Wenn man mit dem Auto unterwegs war, sollte man eben fahren, auch mit dem Kopf. Aber seine Gedanken waren bei ganz anderen Dingen, schon seit er in List losgefahren war.

Er atmete ein paar Mal tief durch und versuchte, seinen Puls wieder runter zu bekommen, der bei dem Beinahe-Zusammenstoß in die Höhe geschnellt war.

Als er weiterfuhr, versuchte er, sich ganz auf die Straße zu konzentrieren. Aber er konnte es nicht verhindern, dass seine Gedanken immer wieder abschweiften.

Schon als er im Lister Hafen nach der Ausflugsfahrt zu den Seehundsbänken vom Schiff gegangen war, hatte er erste Gerüchte gehört, dass es wieder einen Mord gegeben hatte. Nervös war er zu Elli hinübergelaufen, die mit versteinerter Miene in ihrem Fischbrötchenstand gestanden hatte. Wie immer hatte sie Genaueres gewusst.

„Er hat Christina Thalsen erwischt", hatte sie tonlos berichtet, „die von dem Bauunternehmen. Und ihre Eltern hat er auch umgebracht, kannst du dir das vorstellen? Das ist einfach nur der Horror. Wie kann man sich an zwei alten Leutchen vergreifen?"

Elli war vollkommen geschockt gewesen, aber das war kein Vergleich zu dem Schreck, der ihm in die Glieder gefahren war, als er den Namen gehört hatte.

Christina Thalsen.

Unbewusst ballte er seine Hände zu Fäusten und umklammerte das Lenkrad so fest, bis er seine Finger kaum noch spürte.

Als er vom Mord an Leif Hanstedt gehört hatte, hatte er noch an einen Zufall geglaubt, an einen dummen Streich, den seine Fantasie ihm spielte. Aber jetzt?

Es konnte kein Zufall mehr sein, dazu passte alles zu gut zusammen.

Er spürte ein seltsam taubes Gefühl, das sich rasend schnell in seinem Inneren auszubreiten schien. Die Straße verschwamm vor seinen Augen und die Außengeräusche klangen wie durch Watte gedämpft an sein Ohr. Mit einem Mal hatte er das Gefühl, keine Luft mehr zu bekommen.

Zittrig steuerte er den Wagen an den Straßenrand und hielt an. Dann kurbelte er auf der Fahrerseite das Fenster herunter und atmete tief ein und aus.

Was sollte er nur tun?

Er lachte freudlos auf. Die Antwort lag eigentlich ganz klar auf der Hand: Er musste Inken anrufen und ihr alles erzählen. Es würde ihm schwerfallen, wie ihm noch nie im Leben etwas schwergefallen war, aber es gab einfach keine andere Möglichkeit. Auch wenn er seine Schwester zutiefst enttäuschen würde, könnte sie ihm bestimmt einen Rat geben, was er machen sollte. Und sie könnte endlich etwas gegen diesen verrückten Killer unternehmen.

Er senkte den Kopf und presste die Stirn gegen das Lenkrad.

Seit Jahren hatte er versucht, aus seinen Gedanken zu verdrängen, was damals passiert war. Aber auch wenn er inzwischen nicht mehr ständig daran denken musste, vergessen hatte er es nie. Jedes Mal, wenn er ein kleines Kind sah, das mit neugierigen Augen die Welt um sich herum entdeckte, zog sich in ihm alles zusammen und er hatte das Gefühl, nicht mehr atmen zu können.

Damit musste endlich Schluss sein!

Er nahm sein Handy aus der Ablage neben dem Fahrersitz, rief Inkens Nummer auf und drückte auf den Button, der die Verbindung herstellte.

Er lauschte auf das Freizeichen, aber Inken nahm das Gespräch nicht an. Als die Mailbox ansprang, legte er auf. Auf keinen Fall wollte er das, was er ihr zu sagen hatte, auf Band sprechen. Er würde es einfach später noch einmal versuchen.

Vielleicht war es sogar ganz gut so, dachte er. So hatte er wenigstens noch Zeit, vorher mit Michaela zu sprechen.

Er legte das Telefon zurück in die Ablage, startete den Motor und setzte seinen Weg fort.

*

Irgendein Geräusch hatte sie geweckt.

Inken blinzelte und rieb sich die Augen. Die Uhr neben ihrem Bett zeigte kurz nach acht am Abend an.

Gleich, nachdem Inken nach Hause gekommen war, hatte sie eine starke Schmerztablette genommen und sich hingelegt, um sich ein bisschen auszuruhen. Eigentlich hatte sie nur eine halbe Stunde dösen und dann noch ein paar Sachen einkaufen wollen. In ihrem Kühlschrank herrschte gähnende Leere. Aber sie war tatsächlich fest eingeschlafen.

Sie überlegte, ob sie überhaupt noch mal aufstehen sollte. Noch immer fühlte sie sich matt und erschöpft, aber immerhin wirkte inzwischen die Schmerztablette. Die pochenden Schmerzen waren weg, und in ihrem Kopf herrschte ein merkwürdiges, taubes Gefühl.

Eigentlich war es kein Wunder, dass ihr Körper langsam zu streiken begann, dachte sie sich. Seit dem Mord an Richter Engler und seiner Familie war sie durchgehend am Limit gewesen. Sie hatte von früh morgens bis spät abends gearbeitet und sich kaum eine Pause gegönnt. Und selbst wenn sie mal ein paar freie Minuten gehabt hatte, waren ihre Gedanken auch dann immer nur um die Morde gekreist. Sie hatte es einfach nicht geschafft, mal richtig abzuschalten.

Noch dazu hatte sie schlecht geschlafen. In ihrem Job war sie schon mit vielen Grausamkeiten konfrontiert worden, aber die Bilder der zur Schau gestellten Leichen verfolgten sie bis in den Schlaf. Immer wieder sah sie die

Brandwunden in den Gesichtern der Opfer vor sich, die weit aufklaffenden Messerschnitte, die Drahtschlingen, die sich in die Haut geschnitten hatten – und natürlich die Karbonpfeile, die tief im Fleisch der Opfer steckten.

Sie wusste, dass sie erst wieder zur Ruhe kommen würde, wenn sie den Täter endlich gefasst hatten.

Inken merkte, dass eine innere Unruhe sie erfasste. Eigentlich hatte sie gar keine Zeit, hier faul herumzuliegen und ihren Kollegen die Arbeit zu überlassen. Gerade jetzt zählte jede Minute, denn der Täter konnte jederzeit wieder zuschlagen.

Unwillkürlich kamen ihr wieder die Qualen in den Sinn, die die Opfer hatten erleiden müssen. Sie war sich nicht sicher, wen es dabei schlimmer getroffen hatte: die Opfer, die gefoltert und gequält worden waren, oder deren Angehörige, die das alles hatten mit ansehen müssen.

Sie dachte an ihre eigene Familie. Ihre Eltern hatte sie schon eine Weile nicht mehr gesehen. Sie hatten vor einigen Jahren ihr Haus auf Sylt verkauft und waren nach Mallorca gezogen – in die Wärme des Südens, aber natürlich auch wieder auf eine Insel. Jetzt telefonierte sie zwar gelegentlich mit ihnen, aber die beiden hatten sich ihr Leben auf der Mittelmeerinsel ganz gut ohne ihre Kinder eingerichtet.

Umso enger war der Kontakt zu ihrem Bruder geworden. Patrick war immer so etwas wie das Sorgenkind der Familie gewesen. Er hatte frühzeitig die Schule verlassen und nicht immer mit den richtigen Leuten rumgehangen. Alle paar Wochen hatte er einen neuen Job angefangen, nur um ihn kurz darauf wieder aufzugeben.

Aber zum Glück hatte sich das geändert. Inken lächelte bei dem Gedanken daran, wie seine Augen zu strahlen begannen, sobald er von seinem Job auf dem Ausflugsschiff erzählte, auf dem er seit ein paar Monaten arbeitete. Endlich schien er das Richtige für sich gefunden zu haben. Und es tat ihm sicherlich auch gut, Michaela an seiner Seite zu haben. Sie hatte ihren Freund ziemlich gut unter Kontrolle, wie Inken fand.

Ihre Gedanken wanderten wieder zu den Morden zurück. Bei der Vorstellung, dass in den nächsten Tagen wieder irgendwo drei Leichen gefunden werden könnten, wurde ihr fast übel. Sie mussten diesen Scheißkerl unbedingt schnappen, bevor er weiter morden konnte.

Mit einem lauten Seufzer schwang sie die Beine aus ihrem gemütlichen Bett und stand auf. Sie würde nicht mehr zurück auf die Wache fahren, aber sie wollte trotzdem noch ein bisschen recherchieren. Bei ihrer Suche am Nachmittag hatte sie extrem viel Material über Christina Thalsen im Internet gefunden. Jetzt wollte sie die Posts und Meldungen noch einmal ganz in Ruhe durchgehen. Vielleicht hatte sie etwas übersehen. Etwas, das sie auf die Spur des wahren Kopfes bringen würde, der hinter der ganzen Sache steckte.

Sie ging in die Küche, machte sich eine Tasse Tee und kramte ein paar Cracker hervor, die sie noch in ihrem kümmerlich bestückten Vorratsschrank auftrieb.

Bevor sie sich an ihren Küchentisch vor ihren Laptop setzte, sah sie, dass Patrick angerufen hatte. Einen Moment lang überlegte sie, ihn sofort zurückzurufen, verschob den Anruf dann jedoch auf den nächsten Tag. Sie mochte ihren Bruder sehr gern, aber im Augenblick stand ihr nicht der Sinn nach familiärem Smalltalk.

Kurz darauf begann sie, die Ergebnisse abzuarbeiten, die ihr das Internet für die Suchanfrage *Christina Thalsen, Sylt* geliefert hatte.

Zuerst ging sie die Bilder durch. Christina Thalsen war eine attraktive Frau gewesen, mittelgroß, blond und dabei sehr schlank. Wahrscheinlich hatte sie mit eiserner Disziplin daran gearbeitet, bloß keine Fettpölsterchen zuzulegen. Sie schien eine Perfektionistin gewesen sein. Auf sämtlichen Bildern, die Inken fand, war sie absolut perfekt angezogen und gestylt. Nicht einmal eine einzelne Haarsträhne saß am falschen Platz.

„Es muss verdammt anstrengend sein, immer perfekt aussehen zu wollen“, murmelte Inken.

Interessanter allerdings fand sie die Leute, mit denen Christina Thalsen fotografiert worden war. Die meisten Bilder zeigten sie mit ihrem Geschäftspartner Sören Jacobs, einem dunkelhaarigen Mann um die fünfzig mit tiefen Geheimratsecken und dicken, wulstigen Lippen. Inken konnte selbst nicht sagen, warum es so war, aber sie fand ihn auf den ersten Blick unsympathisch.

Sie schüttelte den Gedanken ab und wandte sich den weiteren Bildern zu. Auf vielen war Christina Thalsen mit Tina Steewe zu sehen, auf zweien auch mit ihrem Sohn Klaas, aber Inken fand keine Fotos, die sie zusammen mit Leif Hanstedt, Richter Engler oder Staatsanwältin Gambrowski zeigten.

Also schloss sie die Seite mit den Bildern und wandte sich den Artikeln auf Zeitungs- und Nachrichtenseiten zu und den Posts in sozialen Netzwerken.

Mehr als eine Stunde kämpfte sie sich durch die Meldungen, ohne allerdings auf etwas zu stoßen, das sie wirklich weitergebracht hätte. Es war eine sehr ermüdende Angelegenheit, vor allem, weil sich alles ständig wiederholte, häufig sogar mit identischem Wortlaut. Wirklich interessant fand Inken dabei eigentlich nur die Artikel, die sich mit dem Verschwinden von Sören Jacobs vor der thailändischen Küste beschäftigten.

Sie beschloss, mehr darüber nachzulesen und gab die entsprechenden Suchbegriffe ein.

Auch hier erhielt sie wieder eine lange Liste von Treffern, allerdings weit weniger als bei ihrer Suche nach Christina Thalsen. Jacobs schien sich lange nicht so gern im Licht der Öffentlichkeit gesonnt zu haben wie seine Geschäftspartnerin.

Inken streckte kurz ihren schmerzenden Rücken durch, dann begann sie zu lesen.

Sie erfuhr, dass Jacobs und Thalsen sich zwar beim Studium an der Uni Köln kennengelernt hatte, dass er aber eigentlich aus einer reichen Reederfamilie aus Hamburg stammte. Dieser familiäre Hintergrund war es auch, der ihm überhaupt erst die finanziellen Möglichkeiten eröffnet hatte, um das Bauunternehmen zu gründen, in das Christina Thalsen später als Juniorpartner eingestiegen war.

Anscheinend hatten die beiden gut zusammengearbeitet, denn das Unternehmen hatte enorme Umsatzzuwächse aufzuweisen gehabt. Allerdings hatte es auch einige Male heftigen Ärger gegeben. Korruptionsvorwürfe waren laut geworden, und in regelmäßigen Abständen hatten sich engagierte Naturschützer mit den beiden angelegt.

Mit Erstaunen las Inken, dass Jacobs sogar einmal vor Gericht gestanden hatte. Ihm war vorgeworfen worden, eine Brandstiftung in Auftrag gegeben zu haben. Da ihm aber nichts nachgewiesen werden konnte, wurde er in allen Punkten freigesprochen.

Inken lehnte sich zurück. Sie erinnerte sich an den Brand. Er musste vor neun Jahren stattgefunden haben. Damals hatte sie gerade die Schule beendet und hatte Sylt wegen ihrer Ausbildung für ein paar Jahre verlassen. Trotzdem hatte sie einiges von dem mitbekommen, was passiert war:

Ein Einfamilienhaus in Wenningstedt war eines Nachts abgebrannt. Es hatte den Maarsbergs, einem älteren Ehepaar gehört, die zu dieser Zeit eine Kreuzfahrt zu den Kanaren gemacht hatten. Tragischerweise war aber ihr Sohn mit seiner Frau und der kleinen Tochter im Haus gewesen. Die drei wollten ein paar ruhige Tage auf Sylt verbringen. Während die Eltern noch rechtzeitig aus dem Haus gekommen waren, war die kleine Tochter, die im oberen Stockwerk geschlafen hatte, in den Flammen umgekommen.

Inken erinnerte sich noch gut daran, wie aufgeregt ihre Mutter damals gewesen war, als sich herausgestellt hatte, dass der Brand vorsätzlich gelegt worden war. Sie wusste auch, dass kurze Zeit danach die wildesten Gerüchte im Umlauf waren, dass Sören Jacobs die Brandstiftung in Auftrag gegeben hatte. Seine Firma hatte nur wenige Monate danach damit begonnen, auf dem Grundstück drei neue Häuser zu bauen, die später für viel Geld verkauft worden waren.

Was Inken damals aber nicht mitbekommen hatte, war die Tatsache, dass es tatsächlich zu einem Prozess gekommen war. Sören Jacobs war angeklagt worden, aber da man den Brandstifter nicht gefunden hatte und Sören Jacobs damit nichts nachweisen konnte, hatte das Ganze mit einem Freispruch geendet.

Inken starrte nachdenklich auf ihren Monitor, bis die Buchstaben vor ihren Augen verschwammen. Natürlich kannte sie die drei Häuser, die in Wenningstedt auf dem ehemaligen Grundstück der Familie Maarsburg entstanden waren. Sie war erst wenige Tage zuvor ganz in der Nähe gewesen. Die Häuser standen genau gegenüber vom Haus von Leif und Silke Hanstedt.

Inken schluckte. Sicher, das konnte alles nur ein dummer Zufall sein, aber vieles, was auf dem ersten Blick nach Zufall aussah, hing doch irgendwie zusammen.

Sie beugte sich vor und ergänzte die Suchbegriffe, die sie auf der Suche nach Artikeln über Sören Jacobs eingegeben hatte, um den Begriff *Brand*.

Sofort wurde sie fündig.

Eine ganze Reihe von Treffern wurde angezeigt, und schon, als sie den ersten davon aufrief, erschien ein langer Bericht einer lokalen Nachrichtenseite auf ihrem Monitor. Inken begann zu lesen. Sie hoffte, auf irgendetwas zu stoßen, was den Brand in Zusammenhang mit ihrer Mordserie brachte. Irgendetwas Greifbares, das ihr zeigte, ob sie mit ihrer vagen Vermutung richtig lag.

Sie brauchte nicht lange zu suchen.

Sie hatte gerade die ersten Zeilen des Artikels gelesen, als sie über ein Datum stolperte, das ihr bekannt vorkam.

Sie brauchte ein paar Sekunden, bevor ihr klar wurde, warum sie daran hängen geblieben war.

Erschreckt keuchte sie auf.

Der Brand hatte in der Nacht vom 28. Mai 2006 stattgefunden.

*

„Merlin, hierher!“

Susanne Tiedow lauschte angestrengt in die Dunkelheit, aber es war kein Laut zu hören, der darauf hindeutete, dass ihr Hund sich ihr wieder näherte.

Kein Wunder, dachte sie. Selbst wenn er nur ein paar Meter von ihr entfernt gewesen wäre, hätte sie ihn wahrscheinlich gar nicht gehört. Die Geräusche, die aus den angrenzenden Dünen zu ihr hätten herüberdringen können, wurden vom monotonen Rauschen der Wellen verschluckt, die unaufhörlich auf den Strand rollten.

Susanne fluchte leise. Sie hatte schon überlegt, ob sie trotz der Dunkelheit zum Strand laufen sollte. Normalerweise war Merlin ganz wild darauf, in die Wellen zu springen und im Sand herumzubuddeln, und auch sie selbst liebte den Strand, wenn er in der Dunkelheit menschenleer war und die weiße Gischt der Wellen sanft im Mondlicht schimmerte. Jeden Abend lief sie hier unterhalb des roten Kliffs am Strand entlang, wenn sie endlich mit der Arbeit im Hotel fertig war.

In den letzten Tagen aber hatte sie sich dabei nicht besonders gut gefühlt. Die Gewissheit, dass ein verrückter Killer auf der Insel herumlief und sich reihenweise neue

Opfer suchte, trug nicht gerade zu ihrer Entspannung bei. Sie fühlte sich eigentlich nur einigermaßen sicher, weil sie Merlin dabeihatte. Der dreijährige Rottweiler-Mix war zwar friedlich wie ein Schaf, machte auf Fremde aber meistens gewaltigen Eindruck, vor allem, wenn er beim Laufen oder Hecheln sein imposantes Gebiss entblößte. Susanne war sich sicher, dass keiner sie auch nur schief ansehen würde, wenn sie den Hund dabei hatte.

Aber das alles half natürlich nichts, wenn Merlin in die Dünen abdüste, um Jagd auf die Kaninchen zu machen, die um diese Zeit ihren Bau verließen.

„Merlin, komm hierher, du verdammter Mistköter!“, brüllte sie laut, um das Rauschen der Brandung zu übertönen. Langsam bekam sie Angst.

Wieder lauschte sie in die Dunkelheit. Sie meinte, ein leises Klimpern zu hören, das von Merlins Steuermarke an seinem Halsband stammen konnte. Doch sicher war sie sich nicht.

„Merlin!“, rief sie und pfiff laut, den Blick fest auf die Dünen gerichtet, aus denen ihr Hund auftauchen müsste. Eigentlich konnte sie ihn kaum übersehen, denn sein schwarzes Fell hob sich auch in der Dunkelheit gut vom weißen Sand ab.

Plötzlich hatte sie das Gefühl, nicht mehr allein zu sein. Ein leises, kaum wahrnehmbares Geräusch hinter ihr hatte sie aufhorchen lassen.

Sie spürte, wie Panik in ihr aufstieg. Mit einem leisen Aufschrei fuhr sie herum – und begann zu lachen.

Merlin stand mit wild wedelndem Schwanz da und sah sie erwartungsvoll an. Er hatte einen alten Ball im Sand gefunden, den offenbar einer seiner Artgenossen verloren hatte. Stolz trug er ihn in seinem Maul herum.

„Mach so was nie wieder, hörst, du?", sagte sie kopfschüttelnd. „Deinetwegen kriege ich noch einen Herzinfarkt. Und dann liege ich hier tot rum und du kannst sehen, wer dich durchfüttert. Jetzt bleibst du auf jeden Fall in meiner Nähe, ist das klar?"

Susanne lief weiter, dicht gefolgt von Merlin, der seinen Ball immer wieder fallen ließ, nur um ihn sofort wieder aufzuheben. Am liebsten hätte sie den Hund angeleint, damit er nicht wieder in den Dünen verschwinden konnte, aber leichtsinnigerweise hatte sie die Leine nicht einmal mitgenommen.

Sie fluchte, als er kurz darauf schon wieder in Richtung Dünen lief, die Nase dicht über dem Boden. Den Ball hatte er inzwischen achtlos fallen gelassen.

„Merlin!", rief sie, doch der große Hund ließ sich nicht beirren. Er lief noch ein paar Meter weiter, blieb dann abrupt stehen und begann wie wild zu buddeln.

Mit beiden Vorderpfoten scharrte er im Sand und schob ihn mit den Hinterpfoten weg. Immer tiefer arbeitete er sich in den Boden hinein, bis sein Oberkörper fast vollständig in dem großen Loch verschwunden war, das er aushob. Und Merlin machte nicht den Eindruck, als wolle er so schnell von seinem Vorhaben ablassen.

Susanne sah sich alles aus ein paar Schritten Entfernung an. Sie war nicht begeistert, dass sie nicht weiterkamen, aber sie wusste, dass sie Merlin kaum von seiner Buddelei abbringen konnte, wenn er so interessiert bei der Sache war. Immerhin war er in ihrer Nähe, und das war ja auch schon was wert.

Sie wartete noch eine oder zwei Minuten, dann wurde es ihr doch zu bunt.

„Merlin, es reicht jetzt“, sagte sie streng.

Ohne Erfolg. Der Hund machte mit unvermindertem Eifer weiter.

„Merlin!“, versuchte sie es noch mal, aber auch diesmal war sie nicht erfolgreicher.

Sie beschloss, einfach noch ein bisschen zu warten, bis der Hund von sich aus das Interesse verlieren würde. Doch als er plötzlich begann, etwas aus dem Loch zu zerren, trat sie schnell näher.

In der Dunkelheit konnte sie nicht erkennen, was Merlin da im Maul hatte, aber es glänzte leicht und knisterte leise wie eine Plastikfolie.

Sie hatte ein ganz übles Gefühl bei der Sache.

„Aus!“, brüllte sie panisch.

Von ihrem plötzlichen Stimmungswechsel alarmiert, ließ der Hund seine Beute los – nur für einen winzigen Augenblick, doch dieser kurze Moment reichte Susanne aus, um beherzt zuzugreifen und Merlin seinen Fund zu entreißen.

Es war eine Plastiktüte, wie sie erstaunt feststellte. Eigentlich war das nichts Besonderes. Sie hatte schon ganz andere Sachen am Strand gefunden. Es verwirrte sie nur, warum Merlin so wild darauf war.

Sie schluckte, griff mit spitzen Fingern nach den beiden Griffen der Tüte und zog sie auseinander. Ein muffiger, irgendwie fauliger Geruch stieg aus ihr auf. Susanne rümpfte angewidert die Nase.

„Was ist das denn?“, murmelte sie, als sie in die Tüte hineinsah.

Mit einer Hand griff sie zu ihrem Handy und schaltete die Taschenlampenfunktion ein. In der Tüte lag ein Paar Lederhandschuhe, das aber ziemlich dreckig zu sein schien. Außerdem waren da zwei Dinger, die aussahen wie kleinere Plastikbeutel mit einem Gummi, das sich um den Rand zog, eine Rolle Klebeband und ein paar lange Kabelbinder aus dem Baumarkt. Alles in der Tüte war mit rotbraunen Schlieren überzogen, die an manchen Stellen eine bröckelige Kruste gebildet hatten.

Blut?

Erschreckt ließ Susanne die Tüte fallen. Doch sofort stürzte sich Merlin wieder auf seinen Fund.

Susanne schafft es gerade noch, die Tüte zu packen und hochzureißen, ehe der Hund sie erwischen konnte. Sorgsam darauf bedacht, nur die einigermaßen saubere Außenseite zu berühren, hielt sie die Tüte hoch.

Sofort musste sie wieder an die grauenvolle Mordserie denken, die seit Tagen Gesprächsthema auf der Insel war. Konnte ihr Fund damit zusammenhängen?

„Völliger Quatsch“, sagte sie laut zu sich selbst. „Da hat irgendein Idiot seinen Müll entsorgt und du denkst gleich an diesen Irren, der hier irgendwo herumläuft.“

Trotzdem wurde sie das mulmige Gefühl nicht los, das sich noch verstärkte, als sie zu dem Loch blickte, das Merlin gebuddelt hatte.

Vielleicht war da noch mehr drin.

Ihr Pulsschlag schnellte in die Höhe, als sie sich mit langsamen Schritten dem Loch näherte. Wieder schaltete sie die Taschenlampenfunktion ein, bevor sie sich vorsichtig über das Loch beugte und hineinleuchtete. Ihre Nerven waren zum Zerreißen gespannt.

Plötzlich schrie sie auf und machte einen Satz zurück. Im Lichtkegel des Handys war deutlich etwas Dunkles im weißen Sand zu sehen gewesen.

*

„Michi? Bist du da?“

Patrick Stübig schloss die Wohnungstür hinter sich und hängte seine Jacke an den Garderobenhaken neben der Tür.

„In der Küche!“, kam die gedämpfte Antwort. „Essen ist gleich fertig. Es gibt Fischfilet, Kartoffelsalat und rote Grütze.“

Patrick lächelte traurig und ging hinüber in die kleine Küche, aus der verführerische Düfte durch die Wohnung zogen. Einen Moment lang blieb er in der Küchentür stehen und beobachtete seine Freundin, ohne ein Wort zu sagen.

Wie immer durchflutete ihn eine Welle der Wärme, wenn er sie ansah. Diesmal allerdings gemischt mit einer ordentlichen Portion Wehmut.

Sie waren noch nicht lange zusammen. Michaela war gemeinsam mit einer Freundin auf dem Schiff mitgefahren, auf dem er arbeitete. Es war eine seiner ersten Fahrten gewesen, und er hatte sich ziemlich nervös mit den Fahrgästen unterhalten, während er die Getränke serviert hatte. Dabei war sie ihm sofort aufgefallen. Ihre niedliche Stupsnase war von Sommersprossen übersät und ihre grünen Augen hatten gestrahlt, als sie die Seehundsbänke gesehen hatte. Spontan hatte Patrick sie eingeladen, ihr am nächsten Tag ganz privat die Insel zu zeigen – und zu seiner Verwunderung hatte sie sein Angebot angenommen.

Schon am nächsten Abend hatte er sie zum ersten Mal geküsst, und seitdem waren sie ein Paar. Sie hatte sogar ihren Job als Erzieherin in Hamburg für ihn aufgegeben und war zu ihm nach Westerland gezogen. Kein leichter Schritt, vor allem, da er ohnehin schon immer knapp bei Kasse war und sie nicht so schnell eine Arbeit gefunden hatte. Sein Job machte ihm zwar Spaß, aber reich werden konnte man damit nicht.

Er konnte schon froh sein, dass Freunde seiner Eltern ihm die Einliegerwohnung im Souterrain ihres Hauses günstig vermietet hatten. Eine normale Mietwohnung auf Sylt hätte er sich von seinem Lohn niemals leisten können, und wie so viele andere aufs Festland zu ziehen und jeden Tag zur Arbeit zu pendeln, war für ihn nie infrage gekommen. Trotzdem war er zufrieden mit seinem Leben – wenn da nicht diese eine Sache gewesen wäre.

Denn jetzt stand all das auf dem Spiel. Schon seitdem er den Entschluss gefasst hatte, Michaela alles zu erzählen, fragte er sich, wie seine Freundin reagieren würde. Bisher hatte er sie immer als großzügig und verständnisvoll kennengelernt, aber das, was er getan hatte, war durch nichts zu rechtfertigen. Ihm war klar, dass dies vielleicht ihr letztes gemeinsames Essen sein würde.

„Alles in Ordnung mit dir?"

Unbemerkt hatte sich Michaela zu ihm umgedreht und sah ihn fragend an. „Du siehst ein bisschen käsig aus um die Nase. Du bist doch nicht etwa seekrank geworden?"

„Ich?“, gab er in gespielter Entrüstung zurück. „Der Seegang muss erst noch erfunden werden, der das schafft!“

Er sah sie an, und plötzlich wurde er ernst.

„Es gibt da etwas, das ich unbedingt mit dir besprechen muss“, sagte er leise.

Michaela erwiderte seinen Blick.

Patrick bemerkte die Unsicherheit in ihrer Miene, und auch ihre Stimme klang etwas schriller als sonst, als sie zurückgab: „Das muss warten. Zuerst wird mal gegessen. Wir sind sowieso schon viel später dran als sonst. Ich sterbe fast vor Hunger.“

Einen Moment lang zögerte Patrick, doch dann nickte er. Vielleicht war es besser so, sagte er sich.

„Du hast dich den Sylter Verhältnissen ja schon ganz gut angepasst“, scherzte er, als er auf die Schüssel mit roter Grütze blickte, die sie frisch gekocht hatte. „Wenn es so weitergeht, lassen die dich hier gar nicht mehr weg.“

„Wer sagt denn, dass ich wieder weg will?“, gab sie mit einem Grinsen zurück.

Aber irgendwie merkte er, dass alles nicht echt war. Sie schauspielerte, so gut kannte er sie inzwischen. Sie musste tatsächlich Angst haben vor dem, was er mit ihr besprechen wollte.

Zu Recht, dachte er bedrückt.

Er nahm zwei Teller und Besteck und trug alles zum Esstisch, als es an der Tür klingelte.

„Ich gehe schon“, rief er Michaela zu, stellte die Teller ab und lief in den kleinen Flur vor der Wohnungstür. Es nervte ihn, dass ausgerechnet jetzt jemand störte.

„Ja?", sagte er in gereiztem Tonfall, noch während er die Tür aufzog.

Dann erstarrte er.

Er wusste sofort, wen er vor sich hatte, aber er schaffte es nicht, rechtzeitig zu reagieren.

„Michaela", brüllte er schließlich. „Du ..."

Weiter kam er nicht.

Eine Hand schnellte vor und ein scharfer Schmerz durchzuckte ihn. Alles in ihm krampfte sich zusammen. Dann wurde es dunkel um ihn.

*

Ungläubig starrte Inken auf den Bildschirm.

28.05.2006.

Das konnte unmöglich ein Zufall sein! Sie hatte noch gut den Platz auf dem Friedhof der Heimatlosen vor Augen, an dem der Hobbyfotograf die Leichen von Staatsanwältin Gambrowski und ihren beiden Töchtern gefunden hatte. *Rantum Strand, 28.05.1865* war die Inschrift auf dem Holzkreuz gewesen, vor dem der Killer die Leichen zur Schau gestellt hatte.

Schon damals war sie das Gefühl nicht losgeworden, dass die Inschrift für den Mörder eine tiefere Bedeutung haben müsste. Aber sie hatte keinen Zusammenhang zwischen dem Datum und dem Namen Gabriele Gambrowski gefunden.

Dann war sie auf die Vergewaltigung von Svetlana Kraikowa durch Klaas Steewe gestoßen, die zumindest die Ortsangabe erklärt hätte. Damit hatte sich die Suche für sie erledigt gehabt.

Sie presste fest die Lippen aufeinander. Sie hätte sich selbst dafür ohrfeigen können, dass sie damals nicht intensiver gesucht hatte. Vielleicht wäre sie dann schon vorher auf das Datum des Brandes gestoßen.

Aber hätte sie vor dem Mord an Christina Thalsen überhaupt schon einen Zusammenhang zwischen den Ereignissen hergestellt?

Wohl kaum, wie sie ehrlich zugeben musste. Auch jetzt war ihr noch nicht klar, was die Morde mit dem Brand zu tun hatten. Trotzdem war sie fest davon überzeugt, endlich auf der richtigen Spur zu sein.

Aufgeregt las sie weiter. Der Artikel beschäftigte sich eingehend mit dem Prozess gegen Jacobs. Über den Brand wurde allerdings nicht allzu ausführlich berichtet. Nur, dass es sich erwiesenermaßen um Brandstiftung gehandelt hatte, war zu lesen. Außerdem wurde berichtet, dass die Tochter der Maarsbergs dabei umgekommen war, weil die Treppe ins Obergeschoss, in dem die Kleine geschlafen hatte, von den Flammen versperrt gewesen war. Die Eltern dagegen, die ein Zimmer im Erdgeschoss bezogen hatten, konnten sich rechtzeitig vor dem Feuer ins Freie retten. Als die Feuerwehr eingetroffen war, war das Dach schon am Einstürzen gewesen. Niemand hatte der Tochter mehr helfen können.

Schrecklich!, dachte Inken bedrückt. Sie wollte sich gar nicht vorstellen, was in den Eltern des kleinen Mädchens vorgegangen sein mochte, als sie hilflos dabei zusehen mussten, wie ihr einziges Kind verbrannte.

Sie verdrängte den Gedanken und zwang sich weiterzulesen.

Erstaunt las sie, dass Sören Jacobs wohl schon vor dem Brand mehrfach bei den Maarsbergs gewesen war, um ihnen ein Angebot für den Kauf ihres Hauses zu machen. Aber das ältere Pärchen hatte immer abgelehnt. Die beiden hatten einen Großteil ihres Lebens in dem Haus verbracht und wollten auf keinen Fall umziehen.

Dennoch sah es das Gericht nicht als erwiesen an, dass Jacobs die Brandstiftung in Auftrag gegeben hatte, wie Theo Engler, der vorsitzende Richter in dem Fall, betonte.

Inken schluckte schwer, als sie die Zeilen las. Also hatte Engler Jacobs freigesprochen.

Und damit vielleicht sein eigenes Todesurteil unterzeichnet.

Vielleicht war Gabriele Gambrowski die Staatsanwältin gewesen, die damals die Anklage vertreten hatte, dachte Inken. Vielleicht hatte sie sterben müssen, weil sie es nicht geschafft hatte, eine Verurteilung von Jacobs durchzusetzen.

Fieberhaft begann Inken, alle Meldungen nach dem Namen des zuständigen Staatsanwalts zu durchforsten. Als sie ihn endlich fand, sank sie enttäuscht in ihren Stuhl zurück. Es war nicht Gabriele Gambrowski gewesen, die die Anklage geführt hatte, sondern ein Mann namens Gerd Janwitsch.

„Trotzdem hängt alles mit dem Brand zusammen“, sagte sie bestimmt.

Jacobs war verschwunden. Inken zweifelte inzwischen daran, dass er tatsächlich ein Opfer von Piraten oder eines Navigationsfehlers geworden war. Viel wahrscheinlicher war doch, dass er das erste Opfer ihres Killers geworden war. Und wenn dieser Killer ihn tatsächlich für den Brand verantwortlich machte, erklärte es auch den Hass gegen Christina Thalsen, sein letztes Opfer. Als Geschäftspartnerin von Jacobs war es nicht unwahrscheinlich, dass sie auch seine Mitwisserin war. Und selbst wenn nicht, hätte sie doch erheblich von dem Verkauf der drei Häuser profitiert, die auf dem ehemaligen Grundstück der Maarsbergs entstanden waren.

Aber was war mit Leif Hanstedt und Gabriele Gambrowski? Wie steckten die in der Sache drin?

Über sie hatte Inken in den Artikeln nichts gefunden.

Spontan griff sie zum Telefon, suchte im Internet eine Rufnummer heraus und wählte. Sie kannte ein paar Wenningstedter, die sie zu dem Thema befragen konnte, aber wirklich geeignet war dafür eigentlich nur eine: Else Tamken. Else kannte jeden und wusste alles, was im Ort vor sich ging. Und Else redete gern, viel und vor allem lange. Wenn sie einmal damit angefangen hatte, war sie nur noch schwer zu stoppen. Das war auch der Grund, warum Inken Gesprächen mit ihr normalerweise lieber aus dem Weg ging. Aber in diesem Fall konnte es sich natürlich als goldrichtig erweisen, sie zu dem Brand zu befragen.

„Moin Else, Inken Stübig hier“, meldete sich Inken, nachdem Else abgehoben hatte. „Entschuldige, dass ich so spät noch anrufe, aber ich müsste dringend ein paar Fragen loswerden an jemanden, der sich in Wenningstedt gut auskennt.“

„Da bist du bei mir absolut an der richtigen Adresse“, gab Else in verschwörerischem Tonfall zurück. „Es geht doch bestimmt um den Mord an Leif und Silke, oder?“

„Nicht direkt“, antwortete Inken ausweichend, Sie hatte keine Lust, erst einmal eine ganze Reihe Fragen zu den Ermittlungen zu beantworten, ehe sie selbst welche stellen konnte. „Es geht um etwas, das schon ein paar Jahre zurückliegt. Du erinnerst dich doch sicher noch daran, dass 2006 das Haus der Maarsbergs abgebrannt ist, oder?“

„So lange ist das schon wieder her?“, fragte Else erstaunt. „Meine Güte, wie die Zeit vergeht. Ja, das war ’ne ganz schlimme Sache damals. Wie kann jemand ein Haus anstecken, in dem Leute schlafen? Dass jemand so rücksichtslos sein kann, ist mir bis heute ein Rätsel. Mir wird jetzt noch ganz anders, wenn ich nur daran denke, wie das war.“

„Kannst du mir erzählen, was damals genau passiert ist?“, fragte Inken, ohne auf Elses Redeschwall zu achten. Sie hatte keine Zeit, endlose Floskeln auszutauschen, sondern wollte einfach wissen, was sich zugetragen hatte.

„Ja, also, das war so“, begann Else zu erzählen. Ihrer Stimme war deutlich anzuhören, wie sehr sie es genoss, mal wieder eine ihrer Geschichten loszuwerden, noch dazu bei Inken.

„Es war, glaube ich, irgendwann Ende Mai. Eigentlich war es eine Nacht wie jede andere, aber plötzlich ist es ganz laut geworden mit den vielen Sirenen. Feuerwehr, Rettungswagen und Polizei – du weißt schon, das ganze Programm. Ich habe natürlich sofort aus dem Fenster gesehen, weil ich wissen wollte, was da passiert ist, und da habe ich gesehen, dass das Haus der Maarsbergs gebrannt hat. Ich meine nicht so ein kleines Feuer, wo es ein bisschen qualmt, sondern richtig. Ganz hohe Flammen kamen aus den Fenstern, und selbst aus dem Dach haben die Flammen geschlagen. Ich war natürlich total aufgeregt. Ich meine, es war ja schade um das Haus. Aber so richtig Sorgen habe ich mir nicht gemacht, weil ich wusste, dass das Haus leersteht."

„Warum das?", hakte Inken nach.

„Die Maarsbergs waren für zwei Wochen nicht da", kam die prompte Antwort. „Sie hatten eine Kreuzfahrt zu den Kanaren gebucht. Jeder wusste das, weil sie es überall rumerzählt hatten. Sie waren ganz aufgeregt deswegen. Also dachte ich mir, dass eigentlich nichts weiter passiert sein kann. Aber dann habe ich Dirk gesehen."

Inken runzelte die Stirn. „Dirk?"

„Ja, Dirk Maarsberg, den Sohn. Er hat damals schon seit ein paar Jahren nicht mehr auf Sylt gelebt. Er ist doch Ingenieur, da gab es hier auf der Insel natürlich keinen Job für ihn. Deshalb ist er direkt nach dem Studium weggezogen, in irgendeine Großstadt, Hamburg, Berlin, München oder so was. Ich verwechsle das immer, da kenne ich mich ja nicht so aus. Also, für mich wäre das ja nichts. So viele Menschen auf engem Raum. Da würde ich ja verrückt werden."

„Aber in der Nacht, in der es gebrannt hat, war er in Wenningstedt?", unterbrach Inken den Wortschwall ungeduldig.

„Genau." Else holte tief Luft. „Er hat sich wohl kurzfristig Urlaub genommen, weil er ein paar ruhige Tage auf der Insel verbringen wollte, zusammen mit seiner Familie.

Seine Frau war dabei. Ich kenne sie nicht besonders gut, weil sie nicht von hier ist, aber soweit ich weiß, war sie 'ne ganz Hübsche. Aber das eigentlich Tragische ist, dass auch die kleine Tochter dabei war. Sie hieß Mira. Ich finde den Namen ja ein bisschen seltsam, aber die Maarsbergs haben ständig von ihrer kleinen Enkelin geschwärmt, da darf man das natürlich nicht sagen."

Inken verdrehte die Augen. „Natürlich nicht. Was war mit der Kleinen?"

Eigentlich kannte sie die Antwort auf ihre Frage schon aus den unzähligen Berichten, die sie gelesen hatte, aber sie wollte wissen, ob es mit dem übereinstimmte, was man sich im Ort erzählte.

„Das war wirklich schlimm", meinte Else. In ihrer Stimme lag ehrliche Betroffenheit. „Weißt du, die Maarsbergs hatten ein Gästezimmer im Erdgeschoss, gleich neben ihrem eigenen Schlafzimmer. Dort hat Dirk mit seiner Frau übernachtet. Aber oben unter dem Dach war noch so ein kleines Zimmer, das sie für Mira hergerichtet hatten, mit einem Kinderbett, Spielsachen und so weiter. Da hat die Kleine geschlafen. Als es dann gebrannt hat, wollte Dirk natürlich sofort hochrennen und seine Tochter aus dem Haus bringen, aber das Treppengeländer hat schon gebrannt. Ich habe mal gehört, dass so ein Treppenhaus wie ein Kamin wirken kann."

Inken nickte unbewusst. Sie kannte ähnliche Berichte.

„Na ja, jedenfalls ist wohl ein Teil des brennenden Geländers runtergefallen, und Dirk hat es abgekriegt", fuhr Else fort. „Er hatte schlimme Verbrennungen und hat es selbst nur rausgeschafft, weil seine Frau ihm geholfen hat. Aber die kleine Mira konnten sie nicht mehr rausholen."

Sie war während des Erzählens immer leiser geworden.

Auch Inken presste die Lippen zusammen. „Das muss wirklich schlimm gewesen sein."

„Das war es", bestätigte Else. „Dirk stand völlig unter Schock, als er da draußen auf dem Rasen lag, aber du hättest die Mutter sehen sollen. Wenn Leif Hanstedt und diese Frau sie nicht festgehalten hätten, wäre die glatt wieder ins Haus gerannt. Die hat geheult und geschrien und versucht, sich loszureißen. Dabei war das Dach schon dabei, einzustürzen. Niemals hätte sie die Kleine noch retten können."

Inken horchte auf. „Leif Hanstedt hat die Mutter zurückgehalten?", fragte sie noch einmal nach, um ganz sicher zu gehen.

„Ja, das habe ich doch gesagt", gab Else zurück. Sie schien etwas verwundert zu sein, dass Inken sich so begriffsstutzig anstellte. „Leif hatte schon vor mir mitgekriegt, dass was passiert ist, genau wie die Frau aus dem Ferienhaus nebenan. Er ist aus seinem Haus rausgekommen, um zu helfen. Oder um alles besser sehen zu können, das weiß ich nicht so genau."

Inken merkte, dass sie eine Gänsehaut bekam. „Weißt du zufällig noch den Namen dieser Frau aus dem Ferienhaus, die auch dabei war?", erkundigte sie sich in möglichst beiläufigem Ton.

Else dachte einen Moment lang nach. „Nee, keine Ahnung", entgegnete sie schließlich. „Ist ja schon ein Weilchen her. Ich weiß nur noch, dass sie so 'ne zierliche Blonde war, ganz hübsch eigentlich, aber ein bisschen zickig war sie schon. Hat hier mit ihren beiden kleinen

Töchtern Urlaub gemacht. Zwillingsmädchen, soweit ich mich erinnere. Ach ja, und ich weiß noch, dass sie einen außergewöhnlichen Beruf hatte. So eine trifft man auch nicht jeden Tag, habe ich mir gedacht."

Inken zögerte.

„War sie vielleicht Staatsanwältin?", fragte sie vorsichtig.

„Ja, genau!" Else klang begeistert. „Du hast absolut recht, sie war Staatsanwältin. Und ich glaube, sie kam aus Flensburg."

*

„Wahrscheinlich lachen Sie dich aus, wenn du ihnen deinen Fund präsentierst", murmelte Susanne Tiedow.

Unschlüssig stand sie vor der Tür des Polizeireviers. Vielleicht war es doch besser, einfach zu gehen und ihre Geschichte für sich zu behalten. Wenn jeder Hansel, der irgendetwas am Strand fand, damit gleich zur Polizei rannte, wäre die Schlange vor der Wache wahrscheinlich mehrere hundert Meter lang.

Hätte sie nur die Tüte mit den Handschuhen und dem anderen Zeugs gefunden, hätte sie sich wahrscheinlich tatsächlich direkt wieder in ihr Auto gesetzt und wäre nach Hause gefahren. Aber es war eben nicht nur die Tüte gewesen.

Wieder wanderte ihr Blick zu der schwarzen Tasche, die sie in der Hand hielt. Zuerst hatte sie sich wahnsinnig erschreckt, als sie gesehen hatte, dass etwas Dunkles in dem Sandloch lag, das Merlin gebuddelt hatte. Sie hatte tatsächlich geglaubt, jemand hätte einen Toten dort am Strand vergraben.

Na ja, bei den ganzen Mordgeschichten, die derzeit auf der Insel kursierten, war das vielleicht auch gar nicht mal so abwegig.

Umso erleichterter war sie gewesen, dass es sich nur um eine schwarze, ziemlich große Sporttasche gehandelt hatte, die dort im Sand lag. Mit zitternden Fingern hatte sie den Reißverschluss aufgezogen. Sie hatte mit allem gerechnet, das sich in der Tasche befinden würde, mit ekelhaften Sachen wie Leichenteilen oder einem toten Tier, mit Geld oder einfach nur mit Sportsachen. Daher war sie erstaunt gewesen, dass es nur diese seltsame Waffe war, die in der Tasche steckte. Zuerst hatte sie gedacht, es wäre irgendein neumodisches Kinderspielzeug, aber dafür kam es ihr zu groß vor – und vor allem zu schwer.

„Egal. Augen zu und durch“, machte sie sich selbst Mut. „Wenn sie mich auslachen, habe ich zumindest für einen lustigen Abend gesorgt.“

Entschlossen öffnete sie die Tür und trat ein.

Ein junger Polizist in Uniform, der gerade telefonierte, machte ihr ein Zeichen, kurz zu warten. Ansonsten sah sie niemanden.

Während sie wartete, hatte sie das Gefühl, es wäre vielleicht doch besser gewesen, sie wäre direkt nach Hause gefahren. Sie kam sich unglaublich lächerlich vor mit ihrem sandigen Fund, den sie in der Hand hielt. Sie war schon froh, dass sie wenigstens Merlin im Auto gelassen hatte. Wenn er sie jetzt noch an der Leine durch die Wache ziehen würde, hätte sie sich wohl endgültig blamiert.

Zum Glück dauerte es nicht lange, bis der Polizist sein Telefonat beendet hatte. Mit einem freundlichen Lächeln kann er auf sie zu.

„Kann ich Ihnen helfen?"

Sie nickte, musste sich aber kurz räuspern, bevor sie antwortete.

„Ich war vorhin bei Kampen unten am Strand. Ich gehe da immer abends mit meinem Hund spazieren. Na ja, und da hat mein Hund plötzlich angefangen, im Sand zu buddeln. Ich habe ihn gar nicht mehr weggekriegt von der Stelle."

Sie schluckte, als sie bemerkte, dass sie damit indirekt zugegeben hatte, ihren Hund entgegen der Leinenpflicht, die überall herrschte, nicht an der Leine gehabt zu haben. Aber entweder der Polizist hatte es nicht bemerkt, oder es war ihm schlichtweg egal.

Erleichtert erzählte sie weiter.

„Mein Hund hat diese Tüte aus dem Sand geholt." Sie legte die Tüte auf den Tresen, wo sie eine sandige Spur hinterließ. „Da drin sind Lederhandschuhe und so komische Plastiktüten. Ich denke, das sind Überzieher für die Schuhe. Und es sieht so aus, als ob sie voller Blut sind."

Der Beamte sah sie aufmerksam an. Das Lächeln war aus seinem Gesicht verschwunden. Plötzlich wirkte er todernst.

„Ich habe dann noch mal in das Loch im Sand reingeguckt, und da habe ich das entdeckt", fuhr sie fort, während sie die schwarze Tasche hochhob und auf den Tresen legte. Vorsichtig zog sie den Reißverschluss auf und zog die Seiten der Tasche so weit auseinander, dass der Polizist hineinsehen konnte.

Sie sah den Beamten unsicher an. Sie hatte erwartet, dass er blöd grinste, einen dummen Spruch machte oder vielleicht einfach nur spöttisch die Augenbrauen hob, aber nichts von alledem passierte.

Stattdessen wurde er sichtlich nervös.

„Können Sie mir genau sagen, wo sie das gefunden haben?“, fragte er.

„Ja, natürlich“, gab Susanne verwirrt zurück. „Das war bei Kampen, am Weststrand. Es war nicht direkt am Wasser vergraben, sondern ein Stück weiter oben, wo die Vegetation anfängt, ungefähr auf Höhe des alten Leuchtturms Rotes Kliff.“

Der Polizist nickte, griff zum Telefon und wählte eine kurze Nummer.

„Lasse?“, fragte er nach ein paar Sekunden. „Hier ist Niels. Könntest du einen Augenblick zu mir runterkommen? Ich habe hier eine Frau, die etwas am Strand gefunden hat. Und das könnte euch wirklich brennend interessieren.“

*

Inken spürte vor Aufregung ein leichtes Kribbeln auf der Haut.

War es das? War das die Auflösung?

Übte jemand blutige Rache für den Tod eines unschuldigen Kindes?

Sicher war noch gar nichts, aber alle Hinweise deuteten in diese Richtung. Und wenn es so war, kam eigentlich nur einer als Täter infrage: Dirk Maarsberg.

„Else, hast du eine Ahnung, was nach dem Brand mit Dirk Maarsberg passiert ist?“, erkundigte sie sich. Dabei versuchte sie sich nicht anmerken zu lassen, wie aufgeregt sie war. „Weißt du, wo er jetzt wohnt?“

Am anderen Ende herrschte betretenes Schweigen.

„Else, bist du noch da?“

Ein tiefes Seufzen ertönte. „Das ist der nächste tragische Punkt bei der Geschichte“, sagte Else niedergeschlagen. „Dirk lebt nicht mehr. Er hat durch den Brand anscheinend einen echt üblen psychischen Knacks abbekommen. Wahrscheinlich hat er nicht verkraftet, dass er seine Tochter nicht retten konnte. Jedenfalls hat er sich das Leben genommen, nur ein paar Monate nach dem Brand. Seine Frau hat ihn gefunden. Er hat sich in der Garage erhängt.“

„Oh.“ Inken spürte den Anflug eines schlechten Gewissens, weil sie bei dieser Nachricht anstatt Mitleid hauptsächlich Enttäuschung empfand. Ihre sorgfältig entwickelte Theorie war mit einem einzigen Satz zunichte gemacht worden.

Allerdings hatte es ja zwei Elternteile gegeben, die ein Kind verloren hatten ...

„Was ist mit Miras Mutter?“, fragte sie daher. „Ist sie noch am Leben?“

„Soweit ich weiß, schon“, gab Else verwundert zurück. „Ich kann dir allerdings nicht sagen, wo sie jetzt steckt. Irgendjemand hat mal erzählt, dass sie nach dem Selbstmord ihres Mannes in die USA gegangen ist, weil da ihr Bruder gewohnt hat. Aber ob das stimmt, weiß ich nicht. Anna war ja keine Einheimische, sondern nur ab und an zu Besuch auf der Insel. Gewohnt hat sie hier nie. Deshalb kannte ich sie auch nicht so gut."

Anna?

Inken hatte mit einem Mal das Gefühl, dass ihr die Kehle zugeschnürt wurde. Sie musste beinahe würgen bei dem Gedanken, der ihr in den Sinn kam.

Nein, das konnte nicht sein, dachte sie. So krank konnte niemand sein.

Oder doch?

Sie musste unbedingt mit Eiderhoff und den anderen darüber reden, und zwar sofort.

Eilig verabschiedete sie sich von Else und legte auf. Dann wählte sie Eiderhoffs Handynummer. Sofort sprang die Mailbox an. Da sie sich nicht vorstellen konnte, dass er während eines Falles wie diesem sein Handy überhaupt jemals ausstellte, musste er wohl gerade telefonieren.

Es klingelte an ihrer Wohnungstür, aber sie beachtete es nicht. Stattdessen schnappte sie sich ihre Jacke und zog sie an, während sie zur Wohnungstür eilte. Mit dem Auto brauchte sie nur ein paar Minuten bis zur Wache. Sie war sich sicher, dass weder Eiderhoff noch ihre Kollegen schon Feierabend gemacht hatten, also konnten sie dort gleich alle gemeinsam besprechen, was sie rausgefunden hatte. Sie war gespannt, wie die anderen auf ihre Theorie reagieren würden. Sie ließ ihr Handy in die hintere Tasche ihrer Jeans gleiten. Vielleicht würde sie es von unterwegs noch mal probieren, Eiderhoff oder einen der Kollegen zu erreichen.

Wieder klingelte es.

Okay, dann würde sie eben schnell noch ihren ungebetenen Besucher abwimmeln müssen, dachte Inken genervt. Aber auf eine Minute kam es jetzt sicher auch nicht mehr an. Sie öffnete die Wohnungstür.

Dann ging alles so blitzschnell, dass sie überhaupt keine Möglichkeit mehr hatte zu reagieren.

Sie erkannte Anna Köhlers Gesicht, doch im selben Moment wurde ihr schon etwas Hartes, Kaltes an den Hals gedrückt. Sie versuchte noch, das Ding irgendwie wegzuschlagen, aber sie war nicht schnell genug. Eine Welle heißen Schmerzes überrollte sie.

Mit einem Mal hatte sie ihre Arme und Beine nicht mehr unter Kontrolle. Alles krampfte sich schmerzhaft zusammen, während sie seitlich auf dem Boden kippte. Ihr wurde speiübel und kleine Lichter tanzten hinter ihren geschlossenen Augenlidern.

„Tut mir echt leid für dich, Inken", ertönte die bekannte Stimme. „Glaub mir, es ist nichts Persönliches. Ich brauche dich nur als Druckmittel für deinen Bruder."

Das war das Letzte, was sie hörte. Dann verlor sie das Bewusstsein.

*

„Was soll das?", fragte Sven Brähme ratlos. „Es gibt zwei von den Dingern? Oder sogar noch mehr? Will der Kerl uns jetzt total verarschen?"

Er stand zusammen mit Eiderhoff und Niehaus vor dem Tisch, auf dem die schwarze Armbrust lag, die am Strand bei Kampen gefunden worden war. Verwirrt starrte er auf die Waffe. Daneben lag der Elektroschocker, der ebenfalls in der schwarzen Sporttasche gewesen war, die Susanne Tiedow am Strand gefunden hatte.

„Sieht so aus, als wollte er genau das", knurrte Eiderhoff. „Er bringt mehrere Waffen ins Spiel. Und im Gegensatz zu einer Schusswaffe lässt sich bei einer Armbrust auch nicht im Nachhinein feststellen, ob bestimmte Pfeile mit ihr abgeschossen wurden. Wir können also nicht einmal sagen, welche der beiden Waffen tatsächlich die Mordwaffe ist. Der Kerl ist echt verdammt schlau."

Er begann, unruhig im Raum auf und ab zu laufen. Er musste nachdenken.

Irgendetwas störte ihn an der ganzen Geschichte. Er musste einen entscheidenden Punkt übersehen haben, aber welchen? Irgendetwas passte da ganz und gar nicht zusammen.

In Gedanken ging er noch mal den zeitlichen Ablauf der Ereignisse Punkt für Punkt durch, vom ersten Mord an Richter Engler und seiner Familie bis zum Fund der Armbrust. Und plötzlich wusste er, was ihn gestört hatte.

„Ich verstehe nicht, warum der Täter das Zeug vergraben hat", überlegte er. „Wenn man vom Fundort der Tasche ausgeht, muss er sie direkt nach dem Mord an Leif und Silke Hanstedt versteckt haben. Er ist vom Leuchtturm runtergelaufen zum Strand, hat ein Loch gebuddelt, die Armbrust und die anderen Sachen hineingelegt und das Loch wieder zugeschoben. Aber warum? Warum hat er das Zeug nicht einfach mitgenommen, als er abgehauen ist?"

Niehaus runzelte nachdenklich die Stirn. „Vielleicht hat er Angst gehabt, mit den Sachen erwischt zu werden."

Eiderhoff schüttelte den Kopf. „Das ist zwar möglich, aber das hat ihn bei den Morden davor ja auch nicht gestört. So eine Armbrust ist weder besonders schwer, noch ist sie sofort zu erkennen, wenn man sie wie hier in einer Tasche transportiert. Ich glaube nicht, dass der Täter geplant hatte, die Waffe zurückzulassen. Nein, er macht am Leuchtturm Jagd auf Leif Hanstedt, bringt ihn um, genauso wie seine Frau. Auch die Freundin der Frau hält er für tot. Dann will er fliehen und die Waffe mitnehmen. Aber stattdessen lässt er sie zurück. Allerdings lässt er sie nicht einfach fallen, als ob er in Eile hätte flüchten müssen. Er hat sogar noch die Zeit, die Armbrust und die anderen Beweise am Strand zu vergraben. Irgendetwas muss ihm also dazwischen gekommen sein und seinen Plan vereitelt haben. Ansonsten ergibt das überhaupt keinen Sinn."

Er setzte sich auf die Kante des Schreibtischs und starrte nachdenklich aus dem Fenster in die Dunkelheit.

„Es sei denn ..."

Er sprang auf und griff nach der Akte des Falls. Hektisch blätterte er darin herum. Dann blickte er zu Niehaus und Brähme auf.

„Es sei denn, der Wagen, mit dem er unterwegs war, ist in den Dünen stecken geblieben. Der Täter hatte also keine Möglichkeit, vom Leuchtturm wegzukommen, die Beweise zu entsorgen – und rechtzeitig wieder zurück zu sein."

Die beiden Kripo-Beamten sahen ihn verständnislos an.

„Zurück zu sein?", fragte Brähme verwirrt. „Wo zurück?"

„Am Fundort der Leichen", erklärte Eiderhoff. „Ich habe mich von Anfang an gewundert, dass Anna Köhler überlebt hat. Der Täter ist so kalt und professionell vorgegangen, und dann soll er übersehen haben, dass eines seiner Opfer gar nicht tot war? Sicher, jeder macht irgendwann einen Fehler. Aber was ist, wenn es gar kein Fehler war, sondern mit zum Plan gehörte?"

Er schlug die Akte auf und legte sie auf den Tisch, sodass Brähme und Niehaus hineinsehen konnten. Mit dem Finger deutete er auf ein Foto, das Anna Köhlers Verletzungen im Gesicht und am Hals zeigte.

„Das sieht alles sehr spektakulär aus und es war bestimmt unglaublich schmerzhaft, aber keine dieser Verletzungen ist wirklich gefährlich. Der Arzt hat zwar gemeint, dass jemand den Draht um ihren Hals sehr heftig zugezogen hat, weil er sich so tief in die Haut eingeschnitten hat, aber ich kann mir gut vorstellen, dass sie die Haut erst mit einem Messer angeritzt hat und dann den Draht durch den Schnitt gezogen hat, damit es schlimmer aussieht, als es eigentlich war."

Er blätterte ein paar Seiten weiter und deutete auf einen Absatz im Bericht der Spurensicherung.

„Und hier", fuhr er fort. „Laut Aussage der Spurensicherung hatte sie Sand und Lederfasern unter ihren Fingernägeln. Beides war für uns logisch, da sie ja in den Dünen gefunden wurde und da sie nach den Händen des Täters gegriffen haben konnte, als sie sich gegen seine Angriffe zur Wehr gesetzt hat."

Er sah seine Kollegen ernst an.

„Aber was ist, wenn sie selbst die Handschuhe getragen hat? Wenn der Sand unter ihre Fingernägel gekommen ist, als sie die Armbrust und die Handschuhe am Strand verscharrt hat?"

„Anna Köhler soll unser Killer sein?", fragte Niehaus ungläubig. „Das kann ich mir irgendwie nicht vorstellen."

„Aber das mit den Handschuhen könnte zumindest stimmen", warf Brähme ein. Er zeigte auf das Paar Lederhandschuhe, das in einen durchsichtigen Plastikbeutel verpackt neben der Armbrust auf dem Tisch lag. „Sie sind ziemlich klein. Das ist mir vorhin schon aufgefallen. Sie sehen tatsächlich so aus, als würden sie eher einer Frau passen als einem Mann."

Eiderhoff nickte. „Und vergessen Sie nicht, dass Anna Köhler es war, die uns den Tipp mit Zitkowsky gegeben hat. Als vermeintliches Opfer haben wir sie nicht nur als Verdächtige ausgeschlossen, sondern sie konnte uns auch gezielt in die Irre führen. Durch sie sind wir doch überhaupt erst darauf gekommen, den Strandkorbverleih zu durchsuchen. Dadurch, dass wir die Armbrust bei Zitkowsky gefunden haben und sie zudem noch seine Stimme wiedererkannt haben will, war es klar, dass wir uns erst einmal ganz auf ihn konzentrieren. Er war der ideale Sündenbock für sie."

„Aber wie soll sie darauf gekommen sein, dass wir ihn schon auf unserer Verdächtigenliste hatten?", überlegte Niehaus kopfschüttelnd. „Sie konnte ja nicht irgendjemanden verdächtigen, sondern musste jemanden nehmen, den wir vorher schon im Visier hatten."

Plötzlich schien ihm die Antwort selbst einzufallen.

„Scheiße!", rutschte es ihm heraus. „Sie hat doch in meinem Büro gewartet, nachdem sie sich selbst aus der

Klinik entlassen hat. Da muss sie in meinen Unterlagen herumgeschnüffelt haben."

„Aber warum?", fragte Brähme. Er war immer noch vollkommen fassungslos über die Entwicklung, die der Fall gerade nahm. „Warum sollte Anna Köhler all diese Morde begehen?"

„Genau das sollten wir sie selbst fragen", gab Eiderhoff grimmig zurück. „Am besten fahren wir sofort zu ihr."

*

„Aufwachen, Schätzchen! Es ist Zeit zu gehen!"

Als hätte sie eine dicke Schicht Watte um ihren Kopf herum, hörte Inken die dumpf klingende Stimme von Anna Köhler. Kalte Finger klatschten ihr ins Gesicht.

Sie blinzelte. Ihre Augenlider begannen zu flattern, und sie brauchte eine Weile, bis sie es endlich schaffte, ihre Augen zu öffnen.

Anna Köhler sah ihr direkt ins Gesicht. Ihre Schnittverletzungen und die Brandwunden hatten begonnen zu heilen. Aber am Hals, wo sie inzwischen den Verband abgelegt hatte, sah die Wunde schlimmer aus als vorher. Es wirkte fast, als hätte Anna sie noch einmal aufgeschnitten.

„Ah, da bist du ja wieder", sagte sie in erschreckend freundlichem Ton. „Wir müssen jetzt gehen. Steh auf!"

Erst jetzt merkte Inken, dass sie immer noch auf dem Fliesenboden lag, direkt vor der Wohnungstür, die Anna inzwischen hinter sich geschlossen hatte. Ihr Kopf dröhnte und ihre Arme und Beine fühlten sich an, als würden sie nicht zu ihrem Körper gehören. Ein taubes Gefühl ging von der Stelle an ihrem Hals aus, wo der Elektroschocker sie getroffen hatte.

Mühsam versuchte Inken sich aufzurappeln, aber sie konnte ihre Arme nicht benutzen, um sich darauf abzustützen. Offenbar hatte Anna ihre Handgelenke hinter ihrem Rücken gefesselt. Scharf schnitt ein schmales Band sich in die Haut. Beim Versuch, auf die Beine zu kommen, gaben diese einfach unter ihr nach.

„Jetzt mach schon", sagte Anna. Ihr zuerst freundlicher Tonfall war durch einen harschen Befehlston ersetzt worden. „Wir haben nicht ewig Zeit."

Mit erstaunlicher Kraft packte sie Inken am Oberarm und riss sie hoch.

Inken stöhnte auf, als sich die Fesseln um ihre Handgelenke schmerzhaft noch tiefer in die Haut schnitten. Mit einer gewaltigen Kraftanstrengung gelang es ihr, auf die Füße zu kommen. Sie taumelte, schaffte es aber gerade noch, das Gleichgewicht zu halten.

„Na bitte, es geht doch", murmelte Anna.

Während sie Inken mit einer Hand weiter festhielt, tastete sie mit der anderen die Taschen ihrer Jacke ab. Inken wusste nicht, ob sie nach einem Handy oder eventuell auch nach ihrer Dienstwaffe suchte. Als sie keines von beidem fand, lächelte Anna zufrieden.

Sie hakte einen Arm von Inken unter, während sie mit der freien Hand ein kleines, spitzes Messer aus der Tasche zog, das sehr an einen Dolch erinnerte. Sie öffnete die Wohnungstür, schob Inken nach draußen ins Treppenhaus und zog die Tür hinter sich mit einem leisen Klicken ins Schloss. Dann schob sie Inkens Pullover ein paar Zentimeter nach oben und setzte ihr die Spitze ihres Messers direkt auf die nackte Haut.

Inken zuckte zusammen, als das Messer ihr die Haut aufritzte.

„Ja, das tut weh, oder?", raunte Anna ihr ins Ohr. „Aber nur ein Mucks von dir, und ich zeige dir, was richtig wehtut."

Unsicher wankte Inken die Treppe hinunter, gestützt von Anna, die sie unerbittlich vorwärts schob. Als sie die Haustür öffnete, schlug ihnen die unangenehm feuchtkalte Oktoberluft entgegen.

Es waren nur wenige Menschen auf der Straße. Niemand beachtete die beiden Frauen, die scheinbar freundschaftlich untergehakt zu einem der am Straßenrand abgestellten Fahrzeuge liefen. Anna lachte und schwatzte, während Inken sich bei jedem ihrer Schritte darauf konzentrieren musste, nicht umzukippen.

Mit der Fernbedienung entriegelte Anna ihren Wagen und öffnete die Beifahrertür. Sie drängte Inken auf den Beifahrersitz, schloss die Tür hinter ihr und lief um das Auto herum.

Noch während sie sich auf den Fahrersitz schwang und den Gurt anlegte, startete sie den Motor.

„So, wir beide machen jetzt einen netten kleinen Ausflug", sagte sie lächelnd. „Dein Bruder wartet schon auf dich." Geschickt lenkte sie ihren Wagen aus der Parklücke und gab Gas.

Inken wollte etwas sagen, aber ihre Zunge fühlte sich trocken und geschwollen an. Als sie schluckte, hatte sie das Gefühl, Sandpapier am Gaumen und in der Kehle zu haben.

„Was hat Patrick mit dem Brand zu tun?“, stieß sie schließlich undeutlich hervor.

Anna antwortete nicht. Ihre Miene wurde plötzlich eiskalt. Ihre Hände hielten krampfhaft das Lenkrad fest und sie starrte stur geradeaus auf die Straße.

Inken sah zu ihr hinüber, aber sie begriff schnell, dass sie keine Antwort bekommen würde. In ihrem Kopf kreisten ihre Gedanken unaufhörlich um den Brand. Patrick war kein Zeuge gewesen. Er hätte bestimmt mal davon erzählt, und selbst wenn nicht, hätte Else Tamken es bestimmt nicht unerwähnt gelassen.

Es gab eigentlich nur noch einen Beteiligten an der Geschichte, dessen Identität nicht bekannt war.

Nein, das konnte auf keinen Fall sein!, schrie eine Stimme in Inkens Kopf.

Es war absolut unmöglich, dass Patrick das Feuer gelegt hatte. Er hatte in seinem Leben ja schon viel Mist gebaut, aber doch nicht das!

Allein der Gedanke, dass ihr kleiner Bruder am Tod eines Mädchens schuld sein sollte, trieb ihr die Tränen in die Augen.

„Du begreifst anscheinend ziemlich schnell“, bemerkte Anna nach einem kurzen Seitenblick auf Inken. „Es hat eine ganze Weile gedauert, ehe Sören Jacobs mir den Namen verraten hat. Er hat versucht, sich dumm zu stellen. Wahrscheinlich dachte er sogar wirklich, dass er damit durchkommen würde. Aber irgendwann sind ihm die Schmerzen dann doch zu viel geworden, und er hat mir alles erzählt.“

Geschockt drehte Inken den Kopf weg. Sie hatte also recht gehabt mit ihrer Theorie. Anna Köhler war tatsächlich die Frau, die den Brand überlebt hatte. Und deren Familie daran zugrunde gegangen war.

Sie wusste, was jetzt auf sie zukommen würde. Schließlich hatte sie die Verletzungen und Foltermale an den Leichen gesehen. Und sie würde sicher nicht besser wegkommen.

Im Gegenteil. Inken musste unwillkürlich an die verbrannten Augenlider von Christina Thalsen denken. Patrick hatte eine ähnlich große Schuld auf sich geladen wie die Bauunternehmerin. Zumindest wesentlich mehr als Gabriele Gambrowski oder Leif Hanstedt, die nur verhindert hatten, dass Anna ihrer Tochter zu Hilfe kommen konnte. Und Inken war sich sicher, dass Anna ihn deswegen auch wesentlich heftiger und länger würde leiden lassen.

Morgen würde man dann ihre Leichen finden – an einem exponierten Ort auf der Insel zu einem bizarren Kunstwerk drapiert. Patrick würde in der Mitte liegen, sie selbst daneben.

Und wer noch?

Wen hatte Anna als drittes Opfer auserkoren? Es gab keine weiteren Familienmitglieder, also müsste jemand anders den dritten Platz einnehmen. Patricks Freundin Michaela vielleicht.

Sofort kamen Inken die Bilder der anderen Toten wieder in den Sinn. Sie schluchzte leise auf.

Anna warf ihr einen mitleidlosen Blick zu.

„Das wird dir auch nichts nützen, Schätzchen“, sagte sie kühl.

Sie setzte den Blinker und bog in eine Seitenstraße ein.

Erst jetzt registrierte Inken, dass sie nicht zu Patricks Wohnung gefahren waren, wie sie eigentlich erwartet hatte, sondern sich in Wenningstedt befanden. Sie fuhren durch die Straße, in der das Haus der Hanstedts lag.

Und in der das Haus der Maarsbergs früher gestanden hat, ging es Inken durch den Kopf.

Also waren Patrick, Michaela und sie wahrscheinlich die letzten Opfer von Anna Köhler. Hier hatte es angefangen und hier sollte es auch enden.

Panik schnürte ihr die Kehle zu. Sie musste irgendetwas unternehmen, aber was?

Wenn sie doch nur irgendwie Hilfe rufen könnte!

Wenn es irgendeine Möglichkeit gäbe, ihren Kollegen Bescheid zu geben, könnte doch noch alles gut ausgehen. Sie dachte daran, dass ihr Handy immer noch in ihrer hinteren Hosentasche steckte, aber sie war kaum in der Lage zu telefonieren. Mit ihren auf den Rücken gefesselten Händen konnte sie nicht einmal eine kurze Nachricht schreiben und sie an Lasse oder Sven schicken.

Aber vielleicht konnte sie wenigstens etwas dafür tun, dass Anna Köhler nicht unerkannt entkommen konnte, nachdem sie ihren Rachefeldzug vollendet hatte. Vielleicht konnte sie ihre Kollegen auf Annas Spur bringen, wenn sie morgen früh die Leichen fanden ...

Vorsichtig schob sie ihre Hände ein Stück näher an ihre Hosentasche heran. Ihre Arme schmerzten immer noch, und die Fesseln gruben sich tiefer in ihre Handgelenke, aber es gelang ihr, mit Daumen und Zeigefinger der rechten Hand das Handy zu fassen zu bekommen. Millimeter für Millimeter zog sie es aus der Tasche, sorgfältig darauf bedacht, dass ihre Bewegung langsam genug war, um von Anna nicht bemerkt zu werden.

Als sie in eine Einfahrt fuhren und der Wagen über eine Kante ruckelte, nutze Inken die Gelegenheit und ließ das Handy fallen. Sie wagte es nicht nachzusehen, wo es gelandet war, hoffte aber, dass es irgendwo unter oder neben dem Sitz lag, wo Anna es nicht bemerken würde, wenn sie ausstiegen.

„So, da wären wir“, sagte Anna, nachdem sie den Wagen gestoppt und den Motor ausgeschaltet hatte.

Sie hatte mit ihrer Einschätzung richtig gelegen, stellte Inken fest, als sie hinaussah. Der Wagen stand tatsächlich vor einer der drei Villen, die auf dem ehemaligen Grundstück der Maarsbergs gebaut worden waren.

Die drei Häuser lagen im Dunkeln. Alle Häuser waren Zweitwohnsitze, und es war unwahrscheinlich, dass sich um diese Jahreszeit einer der Besitzer hier aufhielt, noch dazu unter der Woche. Also würde Anna sich wohl ungestört an ihren Opfern austoben können.

Inken überlegte fieberhaft. Irgendeine Möglichkeit musste es doch geben, der Frau doch noch zu entkommen. Sie war Polizistin, verdammt noch mal. Sie war dazu ausgebildet, schwierige Situationen durchzustehen.

Normalerweise war sie allerdings weder gefesselt noch durch einen Schlag von mindestens 500.000 Volt außer Gefecht gesetzt worden.

Aber vielleicht gelang es ihr wenigstens, um Hilfe zu rufen. Im Gegensatz zu den drei neuen Villen gab es in der Nachbarschaft auch einige Häuser, die das ganze Jahr über bewohnt waren. Wenn sie so laut wie möglich schrie, sobald Anna die Beifahrertür öffnete, würde eventuell einer der Anwohner auf sie aufmerksam werden.

Innerlich bereitete sie sich darauf vor, um Hilfe zu rufen, aber Anna schien ihre Gedanken lesen zu können. Sie holte eine Rolle mit breitem Klebeband hervor, riss ein Stück davon ab und näherte sich Inkens Gesicht. Inken versuchte sich wegzudrehen, um dem Klebeband zu entkommen, aber Anna griff mit der freien Hand in ihre Haare und riss ihren Kopf brutal zu sich heran.

Der leise Aufschrei, den sie ausstieß, wurde durch das Klebeband abgewürgt, das Anna fest auf ihren Mund drückte.

„Nur, damit du nicht auf dumme Ideen kommst", sagte sie ungerührt, bevor sie aus dem Wagen stieg.

Kurz darauf war sie bei Inken, riss die Beifahrertür auf und zerrte Inken an einem Arm aus dem Auto. Inken taumelte, als ihr Fuß umknickte und sie das Gleichgewicht verlor. Doch bevor sie hinfallen konnte, riss Anna sie wieder hoch.

Sie drückte ihr das Messer in die Seite. „Ein falscher Schritt, und ich steche dich direkt hier vor dem Haus ab", zischte sie. „Dann darf dein Bruder dabei zusehen, wie du langsam verblutest."

Mit festen, entschlossenen Schritten führte sie Inken durch den Garten um das Haus herum bis zur Terrasse. Sie drückte die nur angelehnte Terrassentür auf und schob Inken ins Wohnzimmer.

„So, auf zum letzten Akt", sagte sie feierlich.

*

Sven Brähme ignorierte jede Geschwindigkeitsbeschränkung. Mit einem Höllentempo raste er in Richtung des Ferienhauses, das Inken für Anna Köhler organisiert hatte. Erst am Ortseingang von Keitum verringerte er auf Eiderhoffs Anweisung die Geschwindigkeit. Der LKA-Beamte wollte Anna auf keinen Fall vorwarnen.

Damals hatte ihre vermeintliche Zeugin ihn gebeten, ihr ein eher abgelegenes Haus zu besorgen. Inzwischen glaubte er, auch den Grund dafür zu kennen. Hier hatte sie in Ruhe jeden weiteren Schritt ihrer Taten planen und ausführen können, ohne gestört zu werden.

Was war er für ein Idiot gewesen, dass er nicht eine ständige Bewachung für sie durchgesetzt hatte. Stattdessen war es ihm wichtiger erschienen, alle bekannten Plätze der Insel regelmäßig von Streifenwagen anfahren zu lassen.

Im Nachhinein betrachtet war das wahrscheinlich die falsche Entscheidung gewesen – vorausgesetzt, an ihrem Verdacht gegen Anna Köhler war tatsächlich etwas dran.

Brähme bremste den Wagen ab, als sie das Haus erreichten, hielt aber nicht direkt davor, sondern fuhr ein paar Meter weiter um eine Hausecke und stellte den Wagen dort ab.

„Ich sehe ihr Auto gar nicht", bemerkte Niehaus. „Ich hoffe, sie ist uns nicht schon entwischt."

Eiderhoff zuckte die Achseln. „Sie kann auch ein Stück die Straße runter geparkt haben", meinte er. Aber auch er wirkte nicht besonders zuversichtlich.

Die drei Beamten stiegen aus und gingen auf das Haus zu. Auf ein Zeichen von Eiderhoff hin trennte sich Brähme von den beiden anderen und lief um das Haus herum in den Garten, während er und Niehaus den direkten Weg zur Haustür nahmen.

Eiderhoff nickte Niehaus noch einmal kurz zu, dann drückte er auf den Klingelknopf. Durch die geschlossene Tür war das Läuten gut zu hören, aber ansonsten blieb im Inneren des Hauses alles still.

Wieder klingelte Eiderhoff, aber auch diesmal rührte sich nichts.

Niehaus schüttelte den Kopf. „Drinnen ist alles dunkel. Ich denke mal, sie hat entweder hammerstarke Schlaftabletten eingeworfen und ist nicht wachzukriegen, oder sie ist tatsächlich weg. Zurück nach Berlin vielleicht." Er verzog verbittert das Gesicht. „Oder auf dem Weg zu ihrem nächsten Opfer."

Er machte ein paar Schritte auf das nächstgelegene Fenster zu und versuchte, ins Innere des kleinen Hauses zu sehen, doch er gab sein Vorhaben schnell auf.

„Zwecklos", meinte er knapp. „Da ist nichts zu sehen. Was machen wir jetzt?"

Eiderhoff überlegte einen kurzen Moment.

„Sie sorgen dafür, dass eine Fahndung nach der Frau und nach ihrem Wagen rausgeht. Jeder, der auch nur irgendwie eine Uniform trägt, soll nach ihr Ausschau halten. Das hat oberste Priorität." Er deutete mit einer Kopfbewegung auf die Haustür. „Ich gehe rein, und zwar sofort."

„Ohne Durchsuchungsbeschluss?", versicherte sich Niehaus.

Eiderhoff nickte entschlossen. „Ich werde bestimmt nicht wertvolle Zeit damit vergeuden, darauf zu warten, bis wir irgendeinen lahmarschigen Richter von unserer Theorie überzeugt haben und einen Beschluss kriegen. Sie haben nichts damit zu tun. Das nehme ich ganz allein auf meine Kappe."

Niehaus sah ihn einen Moment lang unschlüssig an, doch dann grinste er. „Wesentlich schneller kommen Sie aber mit unserem Werkzeug rein. Und ich werde mich bestimmt nicht davor drücken, wenn es deswegen Ärger gibt. Sollte Anna Köhler tatsächlich unschuldig sein, werde ich ganz persönlich auf Knien zu ihr rutschen und mich dafür entschuldigen, dass wir in ihr Ferienhaus eingebrochen sind."

Er wandte sich an Brähme, der aus dem Garten zurückkehrte und ebenfalls den Kopf schüttelte. „Hol du den Kuhfuß aus dem Wagen, Sven. Ich kümmere mich um die Fahndung."

Mit dem Stemmeisen dauerte es nur Sekunden, bis Eiderhoff die Tür des Ferienhauses aufgehebelt hatte. Knackend brachen die Angeln, die wesentlich instabiler waren als das Schloss, und die Tür kippte nach vorn. Brähme fing sie auf und stellte sie zur Seite.

Mit gezogener Waffe betraten sie das Haus. Es ging recht zügig, in alle Zimmer einen Blick zu werfen. Anna Köhler schien nicht mit Besuch gerechnet zu haben. Ihre Klamotten lagen unordentlich herum, das Bett war nicht gemacht, und auf einem Teller, der auf dem kleinen Esstisch stand, lag ein angebissenes Fischbrötchen.

„Sie ist definitiv ausgeflogen", meinte Eiderhoff grimmig. „Wir kommen zu spät."

Er sah sich um.

„Sehen wir nach, ob wir einen Anhaltspunkt finden, wo sie sein könnte“, schlug er vor.

Während Niehaus und Brähme sich ihre Handschuhe überzogen und anfingen, hinter jede Schranktür zu sehen und jede einzelne Schublade im Wohnbereich aufzuziehen, nahm er sich den Kleiderschrank im Schlafzimmer vor.

„Hier habe ich etwas“, rief er nach kurzer Zeit. „Und das ist ziemlich heftig.“

Beladen mit einem dicken Stapel verschiedenfarbiger Pappmappen trat er aus dem Schlafzimmer. Er legte den Stapel auf dem Tisch ab und schlug die oberste davon auf. Sie enthielt Dutzende von Seiten mit Fotos, Zeitungsartikeln, Ausdrucken von Internetseiten sowie handschriftlichen Notizen.

„Das ist Richter Engler“, stieß Niehaus hervor, als er auf das Foto sah, das oben auf der ersten Seite prangte. „Und daneben ist seine Frau Klara.“

„Die Köhler muss Wochen oder sogar Monate damit verbracht haben, das alles zusammenzutragen“, meinte Brähme schockiert. „Sie hat sie nach Strich und Faden ausspioniert.“

Eiderhoff nickte und blätterte ein paar Seiten durch. „Die ganze Mappe enthält nur Material über die Englers. Beim Überfliegen von ein paar Seiten habe ich auch den dick unterstrichenen Hinweis gefunden, dass Klara Engler gern bei Gewinnspielen mitmacht.“

„Und damit hat sie die Englers dann in die Falle gelockt“, stieß Niehaus gepresst hervor. „Mann, das ist so krank.“

Eiderhoff legte die Mappe beiseite und schlug die nächste auf. „Gabriele Gambrowski“, murmelte er, klappte die Mappe aber sofort wieder zu und legte sie weg. Er verspürte nicht die geringste Lust, sich momentan mit den privaten Details über die Staatsanwältin zu befassen, die in den Unterlagen enthalten waren.

Niehaus hatte bereits nach der nächsten Mappe gegriffen. „Die hier ist über die Hanstedts“, sagte er knapp, bevor er sie beiseite legte.

„Das ist wirklich krass“, meinte Brähme ungläubig. „Das ist besser als jedes Geständnis. Bis vorhin hatte ich ja noch irgendwie Zweifel, ob Anna Köhler wirklich unsere Täterin ist. Mit so was habe ich echt nicht gerechnet.“

„Das hat wohl keiner von uns“, sagte Eiderhoff tonlos. Er zeigte die Mappe hoch, die er gerade aufgeschlagen hatte. „Christina Thalsen. Jetzt haben wir alle unsere Mordopfer zusammen, und zwar schön der Reihe nach.“

„Fragt sich nur, was jetzt noch kommt“, sagte Niehaus, der die letzte Mappe in der Hand hielt. Ihm war deutlich anzumerken, dass er sich in seiner Rolle äußerst unwohl fühlte. Mit unsicher wirkenden Bewegungen öffnete er die Mappe und sah hinein.

„Oh mein Gott!“, stöhnte er plötzlich. „Das darf nicht wahr sein!“

„Was ist denn?“ Brähme starrte ihn an. Furcht stand in seinen Augen.

Niehaus legte die Mappe aufgeschlagen auf den Tisch, sodass die anderen ebenfalls hineinsehen konnten. Er tippte auf ein Foto.

„Das ist Patrick, Inkens Bruder“, sagte er mit belegter Stimme. „Er muss das nächste Opfer auf ihrer Liste sein.“

Er blätterte ein paar Seiten weiter. „Da ist Michaela, Patricks Freundin. Und da ..."

Er beendete den Satz nicht. Aber das musste er auch nicht. Wortlos starrten alle auf das große, eindeutig heimlich gemachte Foto von Inken, das sich über eine ganze Seite erstreckte.

*

Im Haus herrschte eine gespenstische Atmosphäre.

Die elektrische Beleuchtung war ausgeschaltet, aber Dutzende von Teelichtern tauchten das großzügige Wohnzimmer in ein schummriges Licht. Sie waren überall aufgestellt: auf dem Esstisch, auf dem Fußboden, in den Fensternischen und auf den Regalbrettern. Die flackernden Flammen spiegelten sich im Glas der Fensterscheiben und in den glänzenden Oberflächen der Schränke.

Inken schluckte. Das Haus wirkte, als wäre es für eine feierliche Zeremonie hergerichtet worden, tatsächlich ging es aber um nichts anderes als eine Hinrichtung.

In der Mitte des Wohnraums standen sich drei Stühle gegenüber. Auf einem davon saß Patrick. Seine Fußgelenke waren mit Kabelbindern an die Stuhlbeine gefesselt. Inken konnte seine Handgelenke nicht sehen, weil sie durch ihn verdeckt waren, war sich aber sicher, dass auch sie hinter der Rückenlehne des Stuhls gefesselt waren. Über seinem Mund klebte ein breiter Streifen Klebeband.

Auf einem der anderen beiden Stühle saß Michaela in der gleichen Position. Der dritte Platz war noch frei. Inken zweifelte nicht daran, dass er für sie selbst reserviert war.

Patrick starrte ihnen entsetzt entgegen, als Anna und Inken das Haus durch die Terrassentür betraten. Er versuchte zu schreien, aber durch das Klebeband kam nur ein gedämpfter Laut aus seiner Kehle. Mit aller Kraft zerrte er an den Fesseln und versuchte sich zu befreien, doch Anna hatte anscheinend ganz Arbeit geleistet. Er schaffte es nicht einmal, die Fesseln zu lockern, geschweige denn, sie zu lösen.

Michaela starrte währenddessen einfach geradeaus. Sie wirkte vollkommen apathisch.

„Ich habe dir doch gesagt, dass wir noch Besuch erwarten“, sagte Anna zu Patrick. Ihr Tonfall klang gelöst, fast schon freudig erregt. „Deine Schwester möchte uns auch Gesellschaft leisten.“

Sie drängte Inken zu dem freien Stuhl.

Die junge Beamtin schöpfte wieder ein bisschen Hoffnung. Um ihre Fußgelenke zu fesseln, brauchte Anna auf jeden Fall beide Hände. Und sie musste sich runterbeugen. Mit ein bisschen Glück und einem gezielten Tritt gegen den Kopf konnte es ihr vielleicht gelingen, die Frau so weit außer Gefecht zu setzen, dass sie genug Zeit hatte, sich zu selbst zu befreien und die andere zu überwältigen.

Doch Anna hatte einen anderen Plan. Mit einem überlegenen Lächeln zog sie den Elektroschocker aus ihrer Jackentasche, drückte ihn Inken in die Seite und betätigte den Auslöser.

Inken stöhnte auf, krümmte sich zusammen und kippte zu Boden. Schmerzhaft schlug sie mit dem Kopf auf dem Parkettboden auf.

Diesmal hatte Anna den Auslöser nur kurz gedrückt, sodass Inken nicht das Bewusstsein verloren hatte. Aber der krampfende Schmerz machte sie kurzzeitig völlig bewegungsunfähig. Diese Zeit nutzte Anna aus, um die junge Polizistin an den Armen hochzuziehen. Sie fädelte ihre immer noch gefesselten Arme um die Rückenlehne des Stuhls und drückte Inken grob nach unten, bis sie zum Sitzen kam. Mit zügigen, geübt wirkenden Bewegungen fesselte sie Inkens Fußgelenke an die Stuhlbeine.

Doch es kam noch schlimmer.

Anna holte zwei Drahtschlingen, die auf dem Tisch gelegen hatten.

Inken starrte die Frau entsetzt an, während sie auf sie zukam. Sie kannte diese Art von Drahtschlingen mit den Holzgriffen an beiden Enden nur zu gut. Sie hatte sie oft genug gesehen in den letzten Tagen – jeweils um den Hals einer Leiche gewickelt.

Anna lächelte, während sie um Inken herumging. Fast schon genießerisch langsam legte sie die Schlinge um den Hals der jungen Polizistin, die von dem erneuten Stromschlag noch immer wie gelähmt war.

Inken sah, wie Patrick wieder auf seinem Stuhl herumzappelte und versuchte zu schreien, aber es half nichts. Mit einem heftigen Ruck zog Anna die Schlinge zu.

Inken begann zu röcheln. Instinktiv riss sie den Mund auf und wollte nach Luft schnappen, doch es ging nicht. Immer noch klebte der breite Streifen Klebeband darüber, sodass sie nur durch die Nase atmen konnte.

Panik erfasste sie. Sie versuchte die Hände hochzureißen, um die Schlinge von ihrem Hals zu ziehen, aber die Fesseln saßen bombenfest. Tief schnitten sich die Kabelbinder in die Haut ihrer Handgelenke und hinterließen schmale, blutige Streifen.

Als Anna den Draht wieder etwas lockerte, sackte Inken kraftlos in sich zusammen. Schnaufend sog sie die Luft durch die Nase ein.

„Kein schönes Gefühl, wenn man weiß, dass jemand, den man liebt, gleich sterben muss, hm?", sagte Anna leise an Patrick gewandt. „Da würde man doch alles tun, um das zu verhindern, oder?"

Ohne seine Reaktion abzuwarten, holte sie die zweite Drahtschlinge und legte sie um Michaelas Hals.

Als sie den Draht spürte, kam plötzlich Leben in Michaela, die bis dahin apathisch auf ihrem Stuhl gesessen und ins Leere gestarrt hatte. Panisch quietschte sie auf, wand und drehte sich und versuchte, sich von den Fesseln zu befreien.

Doch auch sie hatte keine Chance. Als Anna die Schlinge zuzog, begann Michaela zu keuchen. Ihr Gesicht lief rot an und sie würgte laut.

Voller Angst beobachtete Inken, was passierte. Wenn Michaela sich jetzt übergeben musste, konnte das ihren Tod bedeuten, das wusste Inken. Sie würde qualvoll an ihrem eigenen Erbrochenen ersticken.

„Hör auf! Hör sofort auf damit!", versuchte sie zu schreien, aber das Klebeband ließ ihre Worte zu einem dumpfen, unverständlichen Laut werden.

Zum Glück ließ Anna nach kurzer Zeit die Enden des Drahtes wieder los. Während ihr Opfer röchelnd zu atmen versuchte, ging sie langsam auf Patrick zu. Sie packte das Klebeband und riss es mit einer schnellen Bewegung von seinem Mund.

Patrick zuckte kurz zusammen vor Schmerz, machte aber keinen Laut. Hasserfüllt starrte er Anna ins Gesicht.

„Es ist an der Zeit, dass du deine Entscheidung triffst“, sagte sie ruhig. Sie deutete auf Inken und Michaela. „Ich weiß, dass dir beide Frauen viel bedeuten, aber welche ist dir wichtiger, hm? Welche von den beiden darf weiterleben?“

*

„Ruf du Inken an, ich verständige Patrick.“

Niehaus hatte sein Handy schon in der Hand und wählte die Nummer seiner Kollegin über den Adressspeicher.

„Wollen wir hoffen, dass die Köhler sich nur etwas zu essen holt und gleich wieder zurückkommt“, murmelte er, während das Freizeichen ertönte.

„Mist!“, sagte er nach einer Weile und ließ das Telefon sinken. „Sie geht nicht dran.“

Brähme schüttelte den Kopf. „Patrick erreiche ich auch nicht. Das ist nicht gut.“

„Wir sollten sofort zu Inkens Wohnung fahren“, schlug Eiderhoff vor. „Möglicherweise hat sie sich nur hingelegt und das Telefon auf lautlos geschaltet.“

„Ich denke, ich habe da eine bessere Idee“, sagte Niehaus, der sein Handy immer noch in der Hand hielt und bereits eine App geöffnet hatte. „Wir orten einfach, wo ihr Handy im Moment gerade ist.“ Er blickte zu Eiderhoff auf. „Wir haben alle Handy-Tracker installiert, mit denen wir uns gegenseitig orten können. Nur zur Sicherheit.“

Eiderhoff atmete hörbar aus. „Gute Idee.“

Konzentriert starrte Niehaus auf das Display seines Handys.

„Was ...?“, meinte er nach einer Weile. „Das ist seltsam.“

Er blickte auf und sah Eiderhoff und Brähme irritiert an. „Mein Telefon zeigt an, dass Inkens Handy gerade in Wenningstedt ist. In der Straße, in der das Haus der Hanstedts steht.“

„Anna Köhler“, stieß Brähme hervor. „Sie muss sie erwischt und da hingebracht haben.“

Niehaus sah fragend zu Eiderhoff hinüber. „Sollen wir einen Streifenwagen hinschicken?“

Der LKA-Beamte überlegte einen Moment lang, dann schüttelte er den Kopf. „Nein. Wenn Anna Köhler Inken wirklich in ihrer Gewalt hat, tickt sie vielleicht völlig aus, wenn sie einen Streifenwagen oder einen Kollegen in Uniform sieht. Wir fahren selbst hin.“

*

„Das kann ich nicht“, stieß Patrick heiser hervor. „Ich kann so eine Entscheidung nicht treffen. Dazu können Sie mich nicht zwingen.“

„Aber das hast du doch auch getan!“, brüllte Anna unvermittelt. „Du hast mich gezwungen, mich zu entscheiden, ob mein Mann weiterleben darf oder meine Tochter. Du hast dafür gesorgt, dass mein Mann unter einem brennenden Stück vom Treppengeländer eingeklemmt war und meine Tochter oben in ihrem Kinderbettchen lag, von den Flammen eingeschlossen.“ Sie begann zu schluchzen. Tränen rannen über ihr Gesicht.

„Wer hat mich denn gefragt, ob ich eine solche Entscheidung treffen will?“, heulte sie. „Ich konnte meinen

Mann doch nicht so einfach da liegen lassen. Ich musste ihn doch nach draußen bringen. Ich wollte danach ganz schnell zurückkommen und Mira holen. Ich habe gehofft, dass noch genug Zeit bleibt. Aber die Zeit hatte ich nicht."

Sie wies auf die Kerzen überall im Raum. „Hier, genau hier an dieser Stelle ist sie gestorben. Hier ist sie verbrannt, während ich draußen vor dem Haus stand und diese Leute mich daran gehindert haben, sie noch rechtzeitig rauszuholen. Sie hätten mir helfen können. Zusammen hätten wir es noch geschafft. Aber sie waren einfach zu feige."

Sie schniefte und wischte sich mit dem Ärmel über das Gesicht. „Genau hier hat mein kleines Mädchen seinen letzten Atemzug gemacht. Hier hat ihr Herz zum letzten Mal geschlagen."

Ihre Stimme erstarb.

„Bitte glauben Sie mir, ich wollte das alles nicht!" Auch Patricks Augen hatten sich mit Tränen gefüllt. „Ich hatte vorher eine Menge Scheiße gebaut und habe ein paar Leuten Geld geschuldet, und Jacobs hat mir eine ordentliche Summe angeboten, wenn ich das Haus anzünde. Aber ich wollte doch nicht, dass irgendjemandem dabei etwas passiert! Ich war ganz sicher, dass niemand im Haus ist. Ich hätte das niemals gemacht, wenn ich gewusst hätte, was ich damit anrichte."

Anna starrte ihn unverwandt an, sagte aber nichts.

„Bitte, es tut mir so leid", beteuerte Patrick. „Ich denke jeden Tag daran, was passiert ist. Ich weiß, dass es meine Schuld war. Glauben Sie mir, ich leide selbst darunter."

Anna lachte hysterisch auf.

„Du leidest?", fragte sie spöttisch. „Du weiß doch gar nicht, was es bedeutet zu leiden. Aber du wirst es erfahren, das verspreche ich dir." Sie trat hinter Michaelas Stuhl und zog die Drahtschlinge zu.

Michaela gab ein hohes Kieksen von sich. Sie röchelte, aber sie hatte kaum noch Kraft, sich zu wehren.

„Bitte hören Sie auf!", flehte Patrick. „Sie hat doch mit der ganzen Sache gar nichts zu tun. Sie ist völlig unschuldig."

„Mein Mann und meine Tochter waren auch unschuldig!", schrie Anna. „Und ich war vollkommen hilflos. Willst du wissen, wie hilflos man sich fühlt, wenn man dabei zusehen muss, wie ein geliebter Mensch stirbt? Ich kann es dir zeigen."

Noch einmal zog sie die Drahtschlinge um Michaelas Hals fest zusammen, dann ließ sie die Enden los.

Michaelas Kopf sank kraftlos nach vorn.

„Nein, keine Angst", sagte Anna, als sie Patricks weit aufgerissene Augen sah. Sie lächelte fies. „So einfach mache ich es dir nicht." Sie riss Michaelas Kopf an den Haaren nach oben. Ein gequältes Stöhnen war zu hören.

„Sie lebt noch", sagte Anna höhnisch. „Und ich bin sicher, ein bisschen wird sie noch durchhalten. Es sei denn, du entscheidest dich, dass sie als Erste sterben soll." Sie hielt ihr das Messer an die Kehle. „Ich kann ihren Qualen ganz schnell ein Ende machen."

„Nein", ächzte Patrick.

„Dann also deine Schwester."

Anna trat zu Inken heran.

Inken sah das Entsetzen in den Augen ihres Bruders, als Anna ihren Kopf an den Haaren nach hinten zog, ihr das Messer seitlich an den Hals setzte und eine lange Linie von oben nach unten zog.

Der Schmerz durchzuckte sie im selben Moment, in dem sie spürte, dass ihr eine warme Flüssigkeit den Hals hinunterlief und in ihren Pullover sickerte. Es blutete stark, aber Inken war sich sicher, dass Anna ihre Halsschlagader nicht verletzt hatte.

Noch nicht.

„Stopp!“, schrie Patrick panisch. „Bitte, egal was Sie vorhaben, machen Sie es mit mir. Lassen Sie die beiden Frauen gehen, ich flehe Sie an. Sie wollen sich doch an mir rächen, an niemandem sonst.“

Anna schüttelte den Kopf.

„Du verstehst es immer noch nicht, oder? Ich weiß, dass deine Freundin und deine Schwester nichts mit dem zu tun haben, was meiner Tochter passiert ist. Das hier ist *deine* Lektion. Du weißt, dass die beiden allein deinetwegen leiden müssen.“

„Bitte“ – Patrick schloss für einen Moment die Augen – „Hören Sie auf!“

Wieder schüttelte Anna den Kopf. „Das kann ich nicht. Nicht, solange du mir deine Entscheidung noch nicht mitgeteilt hast. Aber vielleicht verstehst du ja eine andere Sprache.“

Die Flammen der Teelichter begannen zu tanzen, als sie die Terrassentür aufzog und nach etwas griff, das sie offensichtlich vorher dort abgestellt hatte.

Inken riss die Augen vor Schreck weit auf, als sie erkannte, was sie in der Hand hielt, als sie sich wieder näherte. Es war ein Benzinkanister.

In aller Ruhe schraubte Anna den Deckel auf und begann, die Flüssigkeit um Michaelas Stuhl herum auf den Boden zu kippen. Danach verteilte sie auch um Inkens Stuhl herum Benzin. Inken versuchte, ihre Beine wegzuziehen, aber sie schaffte es nicht, sich vor den Benzinspritzern zu schützen, die ihre Jeans durchnässten. Voller Angst wanderte ihr Blick zu den Teelichtern, die gefährlich nahe an der Benzinlache auf dem Boden standen. Wenn Anna nur mit dem Fuß gegen eine der Kerzen stieß, konnte alles sofort in Flammen aufgehen.

„Oh mein Gott“, stieß Patrick tonlos hervor. „Bitte nicht!“

Doch Anna beachtete ihn gar nicht. Ruhig ging sie zum Tisch, nahm eine Zigarette aus der Schachtel, die dort lag, und zündete sie an einem der Teelichter an. Dann stellte sie sich neben Patrick und blickte auf Inken und Michaela.

„Nun?“, fragte sie mit einem unheilvollen Glitzern in den Augen, die Zigarette drohend in Richtung der Frauen schwenkend. „Wie entscheidest du dich? Wer von den beiden soll als Erste brennen?“

*

Eiderhoff kam es wie eine halbe Ewigkeit vor, bis sie endlich das Haus der Hanstedts in Wenningstedt erreichten. Wie schon in Keitum parkte Brähme den Wagen ein Stück vom Haus entfernt. Vorsichtig schlossen er, Eiderhoff und Niehaus die Autotüren, nachdem sie ausgestiegen waren.

„Alles dunkel da drinnen", meinte Niehaus leise. „Es gibt keine Rollläden. Wenn irgendwo im Haus Licht wäre, müsste man das also sehen."

Brähme sah sich um. „Bist du sicher, was das Handy angeht?", fragte er Niehaus.

Dieser sah noch einmal auf das Display seines Telefons und nickte. „Es muss hier ganz in der Nähe sein." Er lief ein paar Schritte die Straße hinunter und spähte in die Gärten und zu den Häusern.

„Da vorn!", sagte er plötzlich. „Da steht ein weißes Auto ziemlich verdeckt hinter einer Hecke. Fährt die Köhler nicht einen weißen Wagen?"

Eiderhoff nickte. „Einen Ford Kombi. Berliner Kennzeichen."

„Das ist er."

So leise wie möglich eilten die drei Männer auf das Haus zu, in dessen Einfahrt der Wagen stand. Auf den ersten Blick wirkte es dunkel und verlassen, doch als Eiderhoff ein Stück um das Haus herumging, entdeckte er einen schwachen Lichtschimmer, der aus einem der Fenster drang.

Er gab den anderen ein Zeichen, dass sie zurückbleiben sollten, während er selbst seinen Weg fortsetzte. Je weiter er vorankam, umso deutlicher wurde der Lichtschimmer. Als er sah, dass in den hinteren Fensternischen Kerzen brannten, stutzte er.

Waren sie vielleicht doch am falschen Haus? An den anderen Tatorten hatten sie nie Hinweise auf Kerzen gefunden. Wieso sollte Anna Köhler ihre Vorgehensweise jetzt ändern?

Er überlegte gerade, ob er zu den anderen zurückzugehen sollte, als er plötzlich etwas entdeckte, das ihn davon überzeugte, doch am richtigen Ort zu sein: Eines der kleineren Fenster zur Seite hin war eingeschlagen.

Gebückt lief Eiderhoff zu dem Fenster hin, richtete sich vorsichtig auf und spähte ins Innere des Hauses.

Was er sah, ließ ihn erstarren.

Drei Stühle standen im Wohnzimmer. Auf einem davon saß Inken. Sie war an Händen und Füßen gefesselt, Klebeband verschloss ihren Mund. Ihr Hals war blutverschmiert, und auch auf ihrem hellen Pullover zeichnete sich ein großer Blutfleck ab, der ihr bis zur Hüfte reichte. Sie wirkte schwach, war aber noch bei Bewusstsein.

Den anderen beiden Gefesselten – nach den Fotos in Anna Köhlers Mappe erkannte er Inkens Bruder Patrick und dessen Freundin – ging es allem Anschein nach nicht viel besser.

Michaelas Kopf schwankte kraftlos hin und her. Sie schien kaum noch die Kraft aufbringen zu können, ihn zu halten. Ihr Blick wirkte milchig und abwesend.

Patricks Gesicht konnte Eiderhoff nur im Profil sehen. Er schien körperlich etwas fitter zu sein als die beiden Frauen, was vielleicht daran liegen mochte, dass er keinen Draht um den Hals hatte. Aber auch er litt sichtlich.

Es war wie bei den anderen Tatorten, die er gesehen hatte, dachte Eiderhoff. Abgesehen allerdings von den Kerzen und von Anna Köhler, die mit einer brennenden Zigarette in der Hand vor den beiden Frauen stand – und dem intensiven Benzingeruch, der aus dem Fenster drang.

*

Inkens Blick war starr auf die glühende Spitze der Zigarette gerichtet, die Anna Köhler locker zwischen Daumen und Zeigefinger hielt. Sie wusste, wenn nur ein bisschen glimmende Asche davon herunterfiel und in der Benzinlache landete, würde das ihr Ende bedeuten.

Noch immer versuchte Anna Patrick zu der Entscheidung zu drängen, ob Michaela zuerst sterben sollte oder sie selbst.

Ihr war klar, dass Anna es todernst meinte. Sie würden die Nacht nicht überleben, genauso wenig wie Anna selber.

Im Gegensatz zu den Morden vorher trug Anna weder Handschuhe, noch hatte sie versucht, in Inkens Wohnung ihre Spuren zu verwischen. Dies war offensichtlich der letzte Akt ihres Rachefeldzuges. Wahrscheinlich war ihre Rache der einzige Grund für sie gewesen, nach dem Tod ihrer Tochter und ihres Mannes überhaupt weiterzuleben.

Inken hatte keine Ahnung, auf welche Art Anna sich töten würde, aber dass sie es geplant hatte, stand absolut fest.

Verzweifelt versuchte sie einen Weg zu finden, das Unvermeidliche doch noch etwas hinauszuzögern. Wenn sie Zeit gewinnen könnte, bestand vielleicht trotz allem noch die Chance, dass einer der Nachbarn etwas bemerkte und die Polizei rief.

Doch was sollte sie tun? Die Fesseln verhinderten jeden Versuch, Anna irgendwie zu attackieren, und durch das Klebeband über dem Mund konnte sie nicht einmal mit der Frau reden, um Zeit zu schinden.

Sie konnte es nicht verhindern, dass ihr Tränen über das Gesicht liefen. Ein leises Schluchzen kam aus ihrer Kehle.

Anna sah sie an. Ihr Blick hatte jegliche Wärme und Menschlichkeit verloren. Ohne eine Spur von Mitleid zog sie ihren Racheplan durch.

Inken presste unwillkürlich die Zähne zusammen.

Warum war sie nicht früher darauf gekommen, was hinter der Mordserie steckte? Warum hatte sie nicht intensiver geforscht, welche Bedeutung die Inschrift des Grabkreuzes haben könnte? Und warum hatte sie nicht gemerkt, dass Anna ihnen die ganze Zeit etwas vorgespielt hatte? Sie ließ sich doch normalerweise nicht so einfach von anderen hinters Licht führen!

Plötzlich stutzte sie.

Aus dem Augenwinkel hatte sie hinter Anna eine Bewegung wahrgenommen. Sie konnte selbst nicht genau sagen, was es gewesen war, aber es war da gewesen, da war sie ganz sicher.

Hoffnung keimte in ihr auf. Vielleicht gab es ja doch noch eine Chance auf Rettung.

Um Anna nicht auf das, was hinter ihr vorging, aufmerksam zu machen, sah Inken Anna an und verfolgte jede ihrer Bewegungen. Dabei konzentrierte sie sich aber auf den Rand ihres Blickfeldes, die Stelle, an der sie meinte, die Bewegung gesehen zu haben.

Nur Sekunden später erkannte sie ihren Kollegen Sven, der durch das kleine Seitenfenster ins Zimmer kletterte.

Fast hätte sie vor Erleichterung laut aufgeschluchzt, aber sie durfte Sven auf keinen Fall verraten. Mit aller Kraft zwang sie sich, nicht zu ihm hinüberzusehen. Sie wusste, dass die Gefahr noch lange nicht gebannt war. Im Gegenteil, sobald Anna den Polizisten entdeckte, würde sie keinen Augenblick zögern, das Benzin in Brand zu setzen. Davon war Inken überzeugt.

In diesem Augenblick war sie froh, dass Sven so sportlich war. Geschickt und beinahe unhörbar wand er sich in den Wohnraum. Trotzdem konnte er es nicht verhindern, dass ein leichtes Scharren zu ihnen herüberdrang.

Inken reagierte sofort. Sie begann zu würgen und täuschte einen schlimmen Hustenanfall vor, um das Geräusch zu übertönen.

Wäre die Zigarette nicht gewesen, hätte Sven vielleicht auf Anna schießen und sie so ausschalten können, sobald er im Zimmer war. Aber die Gefahr, dass sie nach vorn fiel und die Zigarette das Benzin in Brand setzte, wäre dabei viel zu groß gewesen.

Er hatte nur eine Chance: Er musste sich von hinten an sie anschleichen und sie überwältigen, ohne dass sie die Gelegenheit bekam, die Zigarette in die Nähe von einer der beiden Frauen zu werfen. Nicht gerade eine leichte Aufgabe, dachte Inken ängstlich.

„Ich denke, du solltest dich mit deiner Entscheidung beeilen“, sagte Anna an Patrick gewandt. Ihre Miene war kalt und abweisend. Keine Spur von Mitgefühl oder Menschlichkeit lag mehr in ihren Zügen. „Sieht so aus, als ob deine Schwester nicht mehr besonders lange durchhält.“

Ihr Gesicht verzog sich zu einem diabolischen Lächeln. „Dabei hätte ich viel eher darauf gewettet, dass sie die Zähere der beiden ist. Vielleicht sollte ich ihrem Elend ein Ende machen und sie erlösen.“

Sie bewegte die Hand mit der Zigarette ruckartig in Inkens Richtung, ließ die Zigarette aber nicht los.

„Nein!", brüllte Patrick. „Hören Sie auf! Ich weiß, dass ich viel Schuld auf mich geladen habe. Ich habe ein kleines Mädchen umgebracht, und ich werde es bis zum Ende meines Lebens bereuen. Aber Sie sind doch kein bisschen besser als ich! Wie viele Leute haben Sie denn auf dem Gewissen? Und wie viele davon waren unschuldig?"

Anna sah ihn hasserfüllt an, schwieg aber.

„Und das ist noch nicht einmal das Schlimmste", fuhr Patrick fort. „Das Schlimmste daran ist, dass Sie es genießen. Sie haben Spaß daran, andere zu quälen. Geht es Ihnen überhaupt noch um Ihre Tochter, oder ist es nur der Kick, der Sie anmacht? Der Kick, Macht über andere zu haben und über Leben und Tod zu entscheiden?"

Inken ahnte, was Patrick vorhatte. Er wollte Anna wütend machen, wollte ihren Zorn auf sich ziehen, damit sie ihn tötete und Michaela und sie doch noch verschonte.

Aber das war zwecklos. Inken wusste, dass Anna sich nicht von ihrem Plan abbringen lassen würde. Spontane Reaktionen lagen ihr nicht. Dafür war sie bisher viel zu beherrscht und zielgerichtet vorgegangen.

Doch immerhin schaffte es ihr Bruder, dass Anna für einen Moment unsicher wurde. Sie sah zwischen Inken und Michaela hin und her.

Auch Inken blickte zur Freundin ihres Bruders hinüber, und was sie sah, machte alle ihre Hoffnungen mit einem Schlag zunichte: Trotz ihres benebelten Zustands musste Michaela Sven ebenfalls entdeckt haben. Mit entsetztem Blick starrte sie ihn an – und richtete damit Annas Aufmerksamkeit direkt auf ihn.

Nein, bitte nicht!, flehte Inken im Stillen. *Sieh ihn nicht an, Michaela. Sieh auf keinen Fall zu ihm hinüber!*

Doch ihr Stoßgebet wurde nicht erhört. Anna stutzte kurz, dann drehte sie sich nach hinten, um zu sehen, was Michaelas Aufmerksamkeit auf sich gezogen hatte.

Plötzlich ging alles blitzschnell.

Direkt in dem Augenblick, in dem Anna sich zu ihm umdrehte, zog Sven seine Waffe. Ihm blieb nichts anderes übrig, als sofort zu schießen.

Inken war klar, dass Anna wahrscheinlich nach hinten kippen würde, direkt in ihre Richtung. Und auch die Zigarette würde in diese Richtung fallen – und mit ziemlicher Sicherheit in der Benzinlache unter ihr landen. Sie wollte sich gar nicht vorstellen, wie schnell die Flammen auf ihre mit Benzin getränkte Jeans übergreifen würden. Selbst wenn Sven extrem schnell handelte, sie wegzog und die Flammen löschte, würde er sie kaum noch retten können.

Ihr blieb nur noch eine Möglichkeit.

Im selben Moment, als die Schüsse durch den Raum hallten, nahm sie alle Kraft zusammen, stieß sich mit den Füßen ab, riss den Oberkörper nach vorn und kippte mitsamt dem Stuhl um. Sie konnte nur hoffen, dass Anna nah genug bei ihr stand, damit ihr Plan klappte.

Anna zuckte zusammen, als sie von den Kugeln getroffen wurde. Für den Bruchteil einer Sekunde taumelte sie und drehte sich um neunzig Grad zur Seite. Dann sackte sie langsam in Inkens Richtung zusammen.

Inkens Kopf traf sie genau an der Hüfte.

Inken spürte einen heftigen Schlag an der Stirn. Annas taumelnder Körper wurde in die andere Richtung gestoßen. Dann fiel Inken weiter und schlug mit dem Kopf hart auf dem Parkettboden auf. Benzin spritzte um ihre Beine herum auf. Sie kniff die Augen zusammen und wartete auf die lodernde Hitze.

Dann wurde es dunkel um sie.

Epilog

Es klopfte an der Tür und Eiderhoff streckte seinen Kopf durch den Türspalt ins Zimmer.

„Darf ich reinkommen?", erkundigte er sich.

„Sicher." Inken schaffte es, ein halbwegs überzeugendes Lächeln zustande zu bringen. Sie hatte ein Einzelzimmer im Krankenhaus bekommen und war anfangs auch sehr froh gewesen, Ruhe zu haben. Jetzt aber freute sie sich über ein bisschen Gesellschaft, die sie vom Grübeln ablenkte.

„Wollen Sie sich verabschieden?", fragte sie.

Eiderhoff nickte. „Ich muss wieder aufs Festland. Auf mich wartet schon der nächste Fall, aber ich wollte Ihnen wenigstens noch ein bisschen Nervennahrung vorbeibringen."

Er zog eine große Pralinenschachtel aus einer Plastiktüte und reichte sie Inken. „Ihre Kollegen haben mir verraten, dass das Ihre Lieblingsmarke ist. Ich dachte mir, eine kleine Stärkung können Sie jetzt bestimmt ganz gut vertragen."

„Allerdings", gab Inken zu. „Ich kann immer noch nicht wirklich begreifen, was da gestern alles passiert ist. Irgendwie habe ich das Gefühl, es ist schon lange vorbei und erledigt. Aber dann wieder stecke ich doch wieder mittendrin. Ich glaube, ich bin ziemlich durcheinander."

„Lassen Sie sich Zeit, alles in Ruhe zu verarbeiten", riet ihr Eiderhoff. Seine Miene war ernst geworden. „Das geht sicher nicht von heute auf morgen."

„Ich weiß." Unbewusst griff sich Inken an den Hals, der wie der von Anna Köhler damals mit einem dicken Verband umwickelt war. Zum Glück waren die Verletzungen nicht wirklich gefährlich gewesen. Auch die Folgen der zwei Attacken mit dem Elektroschocker würde sie sicher gut überstehen. Nur ihr Kopf dröhnte noch kräftig vom Aufprall auf den Boden. Gehirnerschütterung lautete die Diagnose.

Sie presste die Lippen aufeinander. „Ich kann nur einfach nicht abschalten", gab sie zu. „Immer wieder frage ich mich, warum ich nicht früher darauf gekommen bin, dass Anna Köhler ein falsches Spiel treibt. Ich meine, irgendetwas hätte ich doch bemerken müssen."

„Nein." Eiderhoff schüttelte vehement den Kopf. „Sie dürfen sich auf keinen Fall Vorwürfe machen. Die Frau hat uns alle an der Nase herumgeführt, uns nach Strich und Faden belogen. Keiner von uns hat auch nur das Geringste geahnt. Anscheinend war sie eine herausragende Schauspielerin. Und sie hatte alles minutiös geplant. Denken Sie nur daran, wie sie das Haus der Hanstedts hergerichtet hat, damit wir denken mussten, sie wäre dort wirklich zu Gast gewesen."

„Ich habe es jedenfalls sofort geglaubt", gab Inken unumwunden zu. „Es sah alles so richtig aus, angefangen von ihren Sachen im Gästezimmer bis zum dritten Weinglas auf dem Couchtisch. Und ich hätte ehrlich gesagt auch niemals gedacht, dass sich jemand selbst solche Verletzungen zufügen würde, nur um als Opfer zu gelten. Das geht mir immer noch nicht in den Kopf."

„Wir haben inzwischen übrigens herausgefunden, dass sie schon seit Wochen auf Sylt war", berichtete Eiderhoff.

„Sie hat ein ziemlich abgelegenes Häuschen zwischen Morsum und Keitum gemietet, natürlich unter falschem Namen. Nicht jeder Vermieter lässt sich die Papiere zeigen, wenn sein Gast bar bezahlt. Von dem Haus aus muss sie alles geplant und ihre Opfer ausgekundschaftet haben. Wir haben da ein ganzes Waffenarsenal gefunden, darunter noch mehrere Messer, Ersatzpfeile für die Armbrust und ein paar Elektroschocker. Einen Mietwagen hat sie übrigens auch schon seit Wochen gehabt. So konnte sie sich unabhängig auf der Insel bewegen, während ihr eigener Wagen schön vor dem Ferienhaus stand, das Sie ihr besorgt haben. Anscheinend hatte sie wirklich für alles einen Plan B."

„War Köhler denn ihr richtiger Name?", fragte Inken.

„Ja." Eiderhoff nickte. „Es war ihr Mädchenname. Sie hat ihn wieder angenommen, nachdem ihr Mann sich das Leben genommen hat. Auch sonst hat sie uns nicht nur Lügen erzählt. Sie hat wohl tatsächlich einige Jahre in den USA in der Nähe ihres Bruders verbracht, allerdings zum großen Teil in der Psychiatrie. Und auch, dass sie anschließend in Berlin als Fitnesstrainerin gearbeitet hat, war nicht gelogen. Sie muss sich in dieser Zeit auf ihre Rache vorbereitet haben, auch körperlich. Wäre sie nicht in so guter Verfassung gewesen, hätte sie ihre Opfer wahrscheinlich nicht so einfach überwältigen können."

„Ich bin froh, dass sie tot ist", stieß Inken unvermittelt hervor. „Ich weiß, dass es nicht korrekt ist, aber es ist nun mal so. Ich habe keine Ahnung, wie ich ihr noch mal im Gerichtssaal hätte entgegentreten sollen."

„Wirklich betroffen macht mich ihr Tod auch nicht gerade", gestand Eiderhoff ein. „Nicht nach dem, was sie getan hat. Trotzdem hätte ich gern noch die Antworten auf ein paar offene Fragen gehabt. Wie sie zu den Opfern ins Haus gekommen ist zum Beispiel."

„Wahrscheinlich ganz ähnlich wie bei mir", gab Inken zurück. „Sie hat einfach den Überraschungseffekt ausgenutzt. Vielleicht hat sie auch vorgegaukelt, dass sie Hilfe braucht. Eine Frau würden die meisten Leute viel eher ins Haus lassen als einen Mann."

Sie runzelte die Stirn, als ihr etwas einfiel. „Ich glaube, bei Christina Thalsen hat sie selber das Opfer gespielt. Sicher hat sie bei ihr geklingelt und so getan, als ob sie dringend Hilfe braucht. Ich habe mich nämlich noch gewundert, dass Annas Wunde am Hals ziemlich schlimm aussah. Fast so, als wäre sie noch mal aufgeschnitten worden. Ich denke, kaum jemand würde eine blutende Frau abweisen und vor der Tür stehen lassen."

Eiderhoff hob erstaunt die Augenbrauen. „Eigentlich unglaublich", schnaubte er, „aber Sie könnten recht haben. Der Frau war tatsächlich alles zuzutrauen."

Inken seufzte. „Dass mein Bruder ihr einfach so die Tür geöffnet hat, verstehe ich allerdings nicht. Er hat mir vorhin gestanden, dass er geahnt hat, dass der Brand die Ursache für die Mordserie sein könnte. Trotzdem hat er wohl nicht damit gerechnet, dass es ihn auch erwischen könnte."

„Das muss ein schwerer Schock für Sie gewesen sein, als sich herausgestellt hat, dass er damals der Brandstifter war", meinte Eiderhoff vorsichtig. „Er hat uns alles erzählt, was vor neun Jahren passiert ist."

Inken schluckte. „Ich hätte niemals gedacht, dass er zu so etwas in der Lage ist. Ich meine, durch seine Schuld ist ein Kind gestorben!“

„Vergessen Sie aber nicht, dass Ihr Bruder damals selbst noch fast ein Kind war, als er das getan hat“, gab Eiderhoff zu bedenken.

Inken sah ihn erstaunt an. Eigentlich hatte sie ihn immer eher als Hardliner eingeschätzt. So milde Töne war sie von ihm gar nicht gewohnt.

Schließlich nickte sie und zwang sich zu einem gequälten Lächeln. „Immerhin hat er sich gestern Abend sehr anständig verhalten, das muss ich ihm zugutehalten. Er hat versucht, Annas Zorn auf sich selbst zu lenken, damit sie mich und Michaela in Ruhe lässt.“

„Wie geht es denn der Freundin Ihres Bruders?“, erkundigte sich Eiderhoff.

Inken zog eine Grimasse. „Exfreundin, würde ich sagen. Ich habe gehört, dass ihre Eltern schon heute Vormittag hier im Krankenhaus waren und mit ihr direkt nach Hamburg zurückgefahren sind. Ich denke nicht, dass sie jemals wieder einen Fuß auf die Insel setzen wird. Sie hat ziemlich viel zu verarbeiten, schätze ich.“

So wie ich selber, ging es ihr durch den Kopf.

Sofort hatte sie das flammende Inferno wieder vor Augen, das sie gestern Abend erwartet hatte, als sie wieder zu sich gekommen war. Sven Brähme hatte es mit der Unterstützung von Eiderhoff und Niehaus gerade noch so geschafft, Michaela, Patrick und sie aus dem Haus zu bringen, bevor eines der Teelichter die Benzindämpfe in Brand gesetzt hatte. Obwohl Eiderhoff schon vorher die

Feuerwehr verständigt hatte, war das Haus nicht mehr zu retten gewesen.

Ob Anna Köhler zu diesem Zeitpunkt schon tot gewesen war oder ob das Feuer sie letztendlich umgebracht hatte, würde erst die Obduktion klären. Aber eigentlich war es Inken auch egal. Die Frau hatte an diesem Abend sterben wollen, und genau so war es gekommen. Es war nur gut, dass sie es nicht geschafft hatte, noch andere Menschen mit sich in den Tod zu reißen.

Mit Grausen dachte Inken daran, was passiert wäre, wenn ihr Plan missglückt und sie Anna Köhler nicht die Zigarette aus der Hand geschlagen hätte, als sie mit dem Stuhl gegen sie gefallen war. Niemand von ihnen wäre da lebend rausgekommen, soviel war sicher.

„Immerhin gibt es auch eine positive Nachricht", riss Eiderhoff sie aus ihren unschönen Gedanken. „Svetlana Kraikowa ist nämlich wieder aufgetaucht."

Inken sah ihn überrascht an. „Wirklich? Wo war sie denn die ganze Zeit?"

Eiderhoff lachte leise. „In Hamburg. Sie hat in einer ziemlich schäbigen Absteige eingecheckt, natürlich unter falschem Namen. Und ihr Handy hat sie auch die ganze Zeit ausgestellt gehabt und sogar den Akku herausgenommen, wie sie uns erklärt hat."

„Warum das?"

„Sie hat nach den Morden an Richter Engler und Staatsanwältin Gambrowski sofort den Verdacht gehabt, dass Klaas Steewe damit zu tun hatte."

„So wie ich", warf Inken ein.

„Genau." Eiderhoff grinste. „Und weil sie Angst hatte, dass er sich auch an ihr rächen könnte, hat sie beschlossen, sich vor ihm zu verstecken. Sie hat niemandem verraten, wohin sie geflohen ist, weil sie Angst hatte, es könnte doch irgendwie zu Steewe durchsickern. Erst als sie heute Vormittag erfahren hat, was wirklich passiert ist, hat sie sich bei ihrer Freundin gemeldet. Und die hat wiederum uns sofort verständigt."

Inken lächelte. „Dann ist ja wenigstens ein kleiner Teil der Geschichte gut ausgegangen."

„Stimmt", pflichtete Eiderhoff ihr bei. „Svetlana hat gesagt, dass Sylt inzwischen ihre zweite Heimat geworden wäre. Sie will hierbleiben, selbst wenn sie dabei Klaas Steewe wahrscheinlich immer wieder über den Weg laufen wird."

„Eine tapfere Frau", meinte Inken anerkennend. „Und ich finde, sie hat absolut recht. Solchen Kerlen wie Steewe muss man die Stirn bieten. Klein beizugeben wäre in seinem Fall genau das falsche Signal."

Und sie selbst würde ihn genau im Auge behalten, schwor sie sich im Stillen. Bei einem Kerl wie ihm würde es wahrscheinlich nicht allzu lange dauern, bis sie sich wieder mit ihm beschäftigen musste. Genauso wie mit Zitkowsky, der inzwischen aus der Untersuchungshaft entlassen worden war. In diesem Fall waren zwar beide unschuldig gewesen, aber keinem von beiden traute sie auf Dauer ein ehrliches, gesetzestreues Leben zu.

„Und was ist mit Ihnen?", fragte Eiderhoff.

„Mit mir?" Inken sah ihn verständnislos an.

„Haben Sie nicht auch Lust, ein bisschen Ihren Horizont zu erweitern und mal etwas anderes zu sehen als Sylt? Beim LKA gäbe es da bestimmt ganz gute Möglichkeiten ..."

„Nee, ganz bestimmt nicht“, unterbrach Inken ihn schnell. Sie lachte leise. „Egal, was passiert ist, ich liebe diese verdammte Insel. Und so schnell kriegen Sie mich hier nicht weg. Da können Sie sicher sein.“

- Ende -

14547294R00146

Printed in Poland
by Amazon Fulfillment
Poland Sp. z o.o., Wrocław